新潮文庫

凜と咲け

家康の愛した女たち

仁志耕一郎著

新潮社版

11790

目次

凜と咲け

家康の愛した女たち

花散里

築山御前の巻

闇《やみ》の中に、男の顔がおぼろげに浮かぶ。

庭に座すこちら側は満月の月明かりに照らされて明るいが、屋敷の中は灯りもなく真っ暗だ。加えて庇《ひさし》の影で、廊下に座して話す男の表情はまったくわからない。ただ、鋭く向ける目だけがはっきりと見え、こちらを捉《とら》えている。

主君家康に仕えて二十年以上になるが、こんな夜更《よふ》けに呼び出されたのが初めてなら、密命を帯びたのも初めてだ。

男が発した最後の言葉に思わず息を呑《の》み、訊《き》き返した。

「わ……若殿を？」

廊下の男は微動だにしない。

「早まるな。若殿が殿の説得に応じぬ時じゃ。殿は、かつての一向一揆《いっき》の折のように、この徳川が二手に分かれて戦うようなことがあっては断じてならぬと申されておる」

十六年前の永禄《えいろく》六年（一五六三）、三河で一向一揆が勃発《ぼっぱつ》。家康の家臣が真っ二つに分かれて戦った過去がある。その折、野中三五郎重政《さんごろうしげまさ》は一族の意向で一向宗徒側に回り、家康の敵となった。

徳川は今、家康がいる東の浜松城の家臣たちと、西の岡崎城の嫡男信康《ちゃくなんのぶやす》が率いる家臣たちとの間で対立が起きている。

理由は立場の格差だ。

元亀《げんき》三年（一五七二）、徳川は領内の三方《みかた》ヶ原《はら》で武田信玄《しんげん》に攻められ、完膚《かんぷ》なきまでに敗北した。だが、宿敵信玄が病死するや、三年後の天正三年（一五七五）の長篠《ながしの》の戦いでは尾張の織田信長の助けもあり、逆に武田勢に圧勝する。

今や信玄亡《な》き後の武田は取るに足らぬともっぱらの噂《うわさ》で、先鋒《せんぽう》の浜松城方は手柄を取り放題。逆に岡崎城方は兵糧《ひょうろう》などを揃《そろ》える後方支援という立場に追いやられ、出世の道もない。

それを何とか改善しようと、信康が方々に働き掛けをしていた。

しかし、その動きが裏目に出てしまう。

今年（天正七年・一五七九）に入り「若殿、謀反《むほん》の兆《きざ》しあり」との噂が立ち始めるや、三河・遠江《とおとうみ》の国中に不穏な空気が流れ出す。

「されば、噂はまことにござりまするか」

「真偽は別として、武田との大戦《おおいくさ》を前に、徳川の足並みが乱れておっては、今後、同盟を結んだ織田ですら何をしてくるかわからぬ。とは申せ、若殿は織田殿（信長）の娘婿《むこ》。下手《へた》に手を下せば、それこそ織田に付け入られる。万が一にも殿と若殿が袂《たもと》を分かつようなことになれば……」

男は語尾を濁した。が、大よそのことは見当がつく。

「して、それがしは何をいたせば」

「その万が一の時よ。若殿のほうは何とかなろうが、厄介《やっかい》なのは築山《つきやま》殿じゃ」

「と、申されまするとﾞ？」

「今、殿と疎遠《そえん》とは申せ、ご正室様。というて、岡崎に置くわけにもいかぬ。若御台《わかみだい》（五徳《ごとく》）様の障《さわ》りになるでな、殿も心を痛められておる。そこで殿は、築山殿を隠せと申された」

「隠せ……。それが、それがしのお役目にござりまするか」

「そうじゃ。殿はの、そなたになら築山殿を任せてもよいと申された。このお役目を難なくこなせば、かつて一向宗徒側に回ったことも帳消し。否《いな》、そなたが譜代旗本《ふだいはたもと》になれるかどうかは、これに懸《かか》っておる」

「旗本……そ、それがしが」

夜にもかかわらず、急に辺りが明るさを増したような錯覚に囚《とら》われた。

旗本になれば、屋敷を頂ける。一族にとり、これほどの名誉はない。

「わかっておろうが、申すまでもなく、今後のことも含め他言無用。墓場まで持って行け。さもなくば、そなたの命はもとより、一族郎党《ろうとう》に至るまで命はない」

「……はっ。して、ご家老。御前様を何処《いずこ》にお隠し申せば？」

男は鋭いまなざしを押し付けてきた。

「いちいち説かずばわからぬようでは、お役目は務まらぬ。殿は多くは語られぬ。われらは殿の御心を察して動く。それが旗本ぞ。その方、剣の腕は確かと聞く。殿はそれほどの者を岡崎の隅で腐らせるのは惜しい。次の武田との大戦に連れて行きたいとまで申された。こたびの役目で、殿の覚えをさらによくしようと思うて、わしもその方を推挙したのよ」

「かたじけのうござる。されば……」

「もとより」男は深く頷《うなず》いた。「わしも泥を被《かぶ》る覚悟。まことの忠義というは、自ら泥を被ってこそぞ。手筈《てはず》は、こちらで調えるゆえ、見事に築山殿をお隠しせよ」

闇の中で男の目が怪しく光った。それがどんな意味かはわかる。

「――はっ」

野中三五郎重政は体に悪寒《おかん》が走るのを感じながらも覚悟を決めた。

一

コンッ、コンッ、コンッ――。

天正七年八月二十七日、昼過ぎ。降りしきる雨の中、岡崎城二ノ丸の中庭の池の畔《ほとり》にあった赤松が、男たちの振るう斧《おの》によって切られていく。

瀬名《せな》（築山御前）は廊下でひとり、作業を眺めていた。

赤松は腰をくねらせ踊っているような艶《なま》めかしい幹に、丁度、広げた扇子《せんす》を持ったような枝ぶりだった。先月まで葉が青々としていたが、八月の長雨で根腐れしたのか、葉が茶色くなり立ち枯れた。その隣に、赤松と対になるように杉の如《ごと》く真《ま》っ直《す》ぐに伸びた黒松があったことから、岡崎城内では二本の松を「夫婦松《めおとまつ》」と呼んだ。その黒松も葉を茶色に染め立ち枯れている。

目の前で赤松が右に傾いた途端、「きぃーっ」と、あたかも人の声を思わせる奇妙な音を立てながら地面に倒れ、泥を撥《は》ね上げた。

瀬名は思わず両手で耳を塞《ふさ》いだ。虫の知らせか、いつになく胸騒ぎがする。何か不吉なことが起きる予兆にも思える。というのも――。

浜松城にいた夫家康が、八月三日の朝に突然、岡崎城に兵を引いてきたかと思えば、翌四日の夜には、嫡男信康を岡崎城から連れ出したからだ。あの時の信康の唇を震わせ吐き捨てた言葉は、二十日余り経《た》った今も忘れられない。

父上は何もわかってはおられぬ。今の徳川では内と外とで滅んでしまうわ！——。

二十一歳ともなれば、三十半ば過ぎの父家康と意見が合わないこともある。

原因は浜松城と岡崎城の家臣同士の不仲だが、不満は信康自身にもあった。

信康は天正三年の武田勝頼《かつより》との長篠の戦いで功を挙げた。二年後の横須賀の戦いでも殿《しんがり》を務め、迫る武田勢を大井川で食い止めている。にもかかわらず、今は岡崎城の留守居役で前線にも出られない。

加えて、「瀬名と信康が挙《こぞ》って武田に内通——」という城内の悪意にも満ちた噂だ。

嫡男が生まれるようにと、瀬名が信康に付けた側室二人が元武田の家臣の娘だったことから、そんな噂が立った。しかも、こともあろうに側室二人に信康の正室五徳《ごとく》が嫉妬《しっと》してしまう。ただ、そんな愚にも付かない噂のために、家老の酒井忠次《ただつぐ》が近江《おうみ》の安土《あづち》城にまで出向き、信長に謝罪させられている。

信康を岡崎城から連れ出したのは、不仲の五徳から信康を切り離すためと、「若殿、武田に内通」という悪い噂を断ち切るためだろうが、気になることは他にもある。

夫家康だ。瀬名と顔を合わせることなく城を出ていった。

もっとも、三十半ば過ぎの大年増。すでに女とも正室とも思っていないのかもしれない。家康には今、若い側室が四人おり、子を三人も産ませている。岡崎城でこそ瀬名は「御前様」だが、浜松城では単に信康の母との意で「御母堂様」と呼ばれ、家臣すら正室とは認めていない。

それゆえ、蔑《ないがし》ろにされても仕方はないが、この不可解な胸騒ぎだけは収まらない。信康には二度と会えない気さえする。

その時、「――御前様！」と呼ぶ、侍女の声がした。

振り返ると、廊下の奥から小走りでやってくるお梅《うめ》の姿があった。

お梅は駿河《するが》から一緒に付いてきた侍女だった。すでに三十路《みそじ》を越え、侍女を束ねる侍女頭《がしら》だ。平べったい顔に、低い鼻。世辞にも美人とは言えないが、気立てはいい。

お梅はその場で両手を揃えて座すと、息を整えてから吐き出すように言葉を継いだ。

「御前様。お殿様からのお召しにございます！」

「――何。殿が、このわらわを？」

「すぐにも浜松城に参られますようにと。若殿も向かわれるとのことにございます」

「三郎（信康の通称）殿も……？　されば、三郎殿は今、何処におる」

「堀江《ほりえ》城とのこと。そこで御前様を待たれ、ともに浜松城に向かうとのことにございます」

堀江城は、岡崎城の東、十里（約四十キロメートル）ほど行った浜名湖の東岸に建つ、元は今川家の城だ。

「どういうことじゃ。わらわまで浜松に呼び寄せて、殿は何をなさるおつもりじゃ」

お梅は意味ありげに相好を崩した。

「おそらく弟君義伊丸《ぎいまる》（後の結城秀康《ゆうきひでやす》）様の下に、新たに弟君（後の秀忠）が生まれましたゆえ、そのお披露目方々、親子兄弟うち揃うての、内祝いやもしれませぬ」

家康の若い側室がこの四月、男子を上げたことは聞いている。

「内祝い……この時期にか」

次男義伊丸は、瀬名の侍女だったお万《まん》が五年前に産んだ。家臣の間から聞こえてきた噂では双子であったため、家康は毛嫌いして側《そば》にも寄せなかったという。武家の因習では、子を一度に何人も産むことを忌《い》み嫌う。信康は、義伊丸に会おうとしない家康に業《ごう》を煮やし、策を弄《ろう》して会わせたのだった。

その時の様子を伝えた、十八歳の信康の苦笑した顔と言葉は今も胸にある。

父上が三つになる義伊丸を、もののけを抱くように恐々《こわごわ》として抱いておられた。国《こく》守《しゅ》ともあろう方が、迷信なぞに惑わされるとは情けない。寵愛《ちょうあい》を受けたお万ノ方も、そのような父を持った義伊丸も不憫《ふびん》でならぬ――。

お梅は言い辛《づら》そうに視線を落とした。

「新たにまた側室が増えたそうにござりますゆえ、その顔合わせもあるかと」

「気を回さずともよい」瀬名は苦笑した。「殿を女子《おなご》好きにした責めは、わらわにも幾分ある。されば、案内《あない》は数正《かずまさ》にさせよ、お梅。数正は何処におる」

石川数正は、今川から嫁いだ瀬名が唯一《ゆいいつ》信じられる徳川の家臣といっていい。瀬名ばかりではない。信康の命の恩人でもある。今川義元《よしもと》が尾張の桶狭間《おけはざま》で織田信長に討たれた折、二歳の信康と一歳の亀姫《かめひめ》とともに駿府《すんぷ》城に置き去りにされ、いつ殺されてもおかしくなかった瀬名を救い出してくれたのが数正だった。

その後、瀬名は無事に岡崎に入れたものの、今川一門とみなされ、嫡男信康は岡崎城に入ったが、幼い亀姫とともに惣持尼寺《そうじにじ》に幽閉された。信康と五徳の婚儀の時ですら城には入れなかった。

ようやく惣持尼寺を出られたのは八年後の、元亀元年（一五七〇）四月。信康が岡崎城主となった時だ。

八年の間に足利一門の名家と謳《うた》われた今川家は、徳川・武田の両方から攻め滅ぼされていた。それが瀬名の立場をますます悪くする。名も、惣持尼寺の裏に築山があったことから、幽閉された過去を冷笑するかの如く「築山殿」と呼ばれた。家康はそんな瀬名と関わりたくなかったらしく、浜松城に移っていった。

以降、瀬名の心の支えは、岡崎城主になった信康だけ。とはいえ、当時十二歳。そんな信康を傅役《もりやく》として支えたのも家老の数正だった。

その数正も今は岡崎城を出されている。それだけに、今川に置き去りにされたあの日と同様、心細い。

「ご家老様は今、西尾城におられるとのこと」

西尾城は岡崎城の南を流れる乙川《おとがわ》を下り、矢作川《やはぎがわ》を三里ほど下ったところにある。

「されば、誰が案内いたす」

「仔細《しさい》はわかりませぬが、使いの者の口上によれば、明日、野中重政という者がお迎えに上がるとのことにございります」

「ならばお梅、早《はよ》う旅仕度を。三郎殿の具足や身の回りの物も持って行こうぞ」

「若殿の物も、でござりまするか」

「急ぎ出て行ったゆえ、難儀をしておられるはず。そうじゃ。二人の娘と側室も」

「それだけはならぬとのことにござります」言下に言った。

「どういうことぞ。娘や側室がならぬとは」

一瞬、〈幽閉〉の文字が脳裏をかすめた。

「ようわかりませぬが、色づく野山を眺めながらゆるりと浜松城へ参れとの、お殿様よりのご口上とのことにござります」

「色づく野山を眺めながらゆるりと……この雨の中をか」

外は前にも増して雨が降っていた。何か考えがあってのことだろうと、無理矢理、己を納得させた時だった。中庭の池の畔で立ち枯れていた黒松が、「ぐぁーっ」と、またもや悲鳴のような音を立て、先に切られた赤松の上に倒れ重なった。

何かの暗示のようで、瀬名は一層、不安を覚え、背筋が寒くなるのを感じた。

二

八月二十八日早朝、蒸し蒸しする秋霖《しゅうりん》の中――。

瀬名を乗せた輿《こし》を先頭に、侍女十人を乗せた輿が続き、二百人ほどの兵馬に護《まも》られ岡崎城を出た。

迎えに来たのは、お梅の報告どおり、野中重政という四十路《よそじ》ほどの男だった。護衛とのことで、兜《かぶと》はないものの具足姿で固めていた。三河武士らしく無口で、不気味なほど不愛想だった。姓名を名乗り、護衛する旨《むね》を伝えただけで列に戻っていった。

道筋は、同行するお梅の話では、東海道を東に下り、途中の国府《こくぶ》で本坂道《ほんさかみち》に入り、嵩山《すせ》辺りで宿を取り一泊。翌日、本坂峠を越え、浜名湖を船で渡り、信康のいる堀江城に入るとのことだ。

瀬名は、亡き今川義元から贈られた朱色の打掛を着て輿に乗った。

打掛は家康との婚儀の時に着たもの。桐《きり》や菊などの模様をあしらった唐織《からおり》は、四十路近い瀬名には煌《きら》びやかすぎるほどだが、雨の中、せめて気分だけでも晴れ晴れとしたい。そんな思いから、この打掛を選び、京物の香《こう》を燻《いぶ》している。

着飾ると気分は変わる。歳《とし》は取ってもやはり女。久しぶりに会う家康に、少しでも若々しい姿を見せたい。また、他の側室との格式の違いを見せつけたかった。

瀬名は仮にも今川家の親戚《しんせき》筋に当たる。武家のしきたりを身に付けた、高貴な由緒《ゆいしょ》正しい生まれだ。三河辺りの、色香だけを武器にする土臭い側室たちとは育ちが違う。

柄鏡《えかがみ》の中の、紅をさした己の顔を見る。やはり幼い頃から身に付けた気品や知性は隠せない。自然に顔に滲《にじ》み出ている。おそらく家康は、今さらながら瀬名の魅力に気づくに違いない。

お梅も、そんな瀬名の弾む胸の内に気づいたのだろう。輿に乗る際、笑みを浮かべ、〈橘《たちばな》の香《か》を懐《なつ》かしみ　ほととぎす　花散る里を訪ねてぞとふ――〉と和歌を口ずさんだ。

紫式部《むらさきしきぶ》が書いた『源氏物語』の第十一帖《じょう》に出てくる、光源氏《ひかるげんじ》の詠んだ和歌だ。

『源氏物語』は瀬名が今川館《やかた》にいた娘時代、夢中になって読んだ。

内容は、三歳で母を亡くした光源氏が、美しい母の面影を求め、生涯、様々な女子と情を交わしていくという物語だ。

瀬名は娘心に、輝くばかりの美貌《びぼう》と才能に恵まれた帝《みかど》の皇子《おうじ》光源氏に夢中になった。それがいつしか、人質の竹千代（家康の幼名）と重なっていく。当時、竹千代は三歳で母親から引き離され、六歳の時から織田の、八歳から今川の人質となっている。竹千代が成人になる頃には、きっと光源氏のような男になると勝手に想像をめぐらせていた。

お梅がこんな時に諳《そら》んじてみせるとは心憎い。しかも、輿の中には隅々に下げられた匂袋《においぶくろ》から白檀《びゃくだん》の雅《みやび》な香りが漂い、たっぷりと綿の入った茵《しとね》（座布団《ざぶとん》）の脇《わき》に『源氏物語』の第十一帖〈花散里〉がこれ見よがしに置いてある。

うっとうしい雨の中、長旅で退屈しないようにとの心遣いと、〈花散里〉の物語のように最後は丸く収まるとの謎掛《なぞか》けに違いない。

〈花散里〉は『源氏物語』の中でも短い物語だ。

父帝の死と初恋の女君《めぎみ》が出家した失意から、右大臣の女君とも情を結んだことで京を追われる光源氏。そんな光源氏に愛想をつかす女君がいる中で、かつて契《ちぎ》りを結んだ花散里だけは温かく迎え入れてくれ、昔話に花を咲かせていく。

白檀の甘い香りの中、輿に揺られながら〈花散里〉を手に取った。

青い表紙を開く。〈人知れぬ、御心づからのもの思はしさは、いつとなきことなめれど――〉で始まる。懐かしい。柔らかな万葉仮名に、娘時代にいた今川館の雅な景色が鮮やかに蘇《よみがえ》ってくる。瀬名が生きてきた中で、最も輝いていた時といっていい。

輿の屋根に叩《たた》きつける雨音を聞きながら文字を追っているうちに、いつしか行間の中に吸い込まれていった。

「――ねぇ……ねぇ」どこからともなく、若い家康の甘えた声が聞こえた。

家康がまだ「元康《もとやす》」と呼ばれていた頃の、若々しい声だ。

元康が瀬名の寝床に潜り込んでくるのは、決まって眠りの浅くなる朝方だった。

「駿河の花の御所」と呼ばれた今川館は、しいんと静まり返っており、外は白みかけていた。

「なあに？」瀬名は無理矢理起こされて不機嫌に言う。これもいつものことだった。

元康が何をしたいか、わかっている。十六にもなるのに、未《いま》だに幼さの残る童顔。

ぎらぎらとした目だけが大人びている。元康の手は、すでに瀬名の胸元に滑り込んで

いた。

弘治《こうじ》三年（一五五七）正月半ばに夫婦になって三ヵ月余り。伯父今川義元から褥《しとね》を

共にするように言われてから、元康は夜に朝に、時には人目を盗んで昼日中《ひるひなか》にも求め

てきた。よほど楽しかったのだろう。よく遊んでいた小姓の平岩親吉《ちかよし》の誘いにも応じ

ず、好きな鷹《たか》狩りにも行かなくなるほどだった。

それは瀬名も同じ。『源氏物語』に出てくる女君が、光源氏の心以外に何を求めて

いたのか、元康と褥を共にして初めて知った。同時に、やがて元康も光源氏と同じく、

多くの女たちを求めていくことも察せられた。

英傑《えいけつ》、色情を好む——。そう父から教わったこともあり、元康の好きにさせていた。

「またでござりまするのか？　岡崎の君は」

「その、またにござる。夫婦円満長久の秘訣《ひけつ》は褥の語らいぞ、葵《あおい》ノ上《うえ》」

「葵ノ上」とは、光源氏の最初の妻で正室の女君の名だ。瀬名を「葵ノ上」と呼ぶのは、おねだりの時以外はない。若かったのだろう。お互い褥の小芝居を楽しんでいた。

「殿（今川義元）が、多くの子を妻に産ますも、夫としての務めと申された」

瀬名は一つ溜《た》め息《いき》を吐《つ》いた。

「わらわの母上は、こうも申されておられる。あまりに情を重ねすぎると、かえって子はできぬもの。若いといえども契りは二日か、三日に一度。それぐらいになされと」

「今頃、言われても困る。何ゆえ、今までそのことを黙っておられた。何事も鍛錬が大事と申されたは葵ノ上ぞ」

「それは……わらわとて心地よい、否、お子を授かりたいゆえにござりまする」

「なれば」元康は素早く瀬名の帯を解き、手を忍ばせてくる。「早う、葵ノ上」

「その前に。瀬名からもお願いがありまする」

瀬名は焦《じ》らすように背を向けた。

「な、何でござる、葵ノ上」

「初陣《ういじん》には必ず一番槍《やり》を上げてくだされ」

「そのようなことを今、言われても困る。殿は戦に出るのはまだ早いと申されておる」

瀬名は向き直った。

「岡崎の君。そなたも男であろう。人質と言われて恥ずかしくはないのか。わらわは人質の奥なぞとは呼ばれとうはない。わらわの産む子も、人質の子とは呼ばせとうはない。三河武士としての威厳を持ちなされ」

元康は二年前に元服し、今川義元から「元」の諱《いみな》を授かり初名を「元信」とし、義元の妹の娘である瀬名を娶《めと》った。にもかかわらず、未だに信用されていないからか、岡崎にも帰れない。そんな理由から、瀬名は今川館では「人質御寮」と陰口されていた。

「わかった。必ず一番槍を上げてみせる。だからねぇ、ねぇ」

瀬名は元康の口に人差し指を押し付けた。

「断じて、若殿（今川氏真《うじざね》）に後れを取ってはなりませぬぞ」

元康を、和歌や蹴鞠《けまり》に現《うつつ》を抜かす今川家の嫡男氏真より低く見られたくはない。

元康は押し付けられた手を摑《つか》むと、自分の小指を瀬名の小指に絡《から》ませた。

「顔に化粧して鞠などを蹴って遊んでおる、公家《くげ》のような若殿には絶対に負けはせぬ。天に誓って約束する。それゆえ、早う。葵ノ上。わしはもう我慢できぬ」

瀬名はわざと焦らすように、きっと睨《にら》んだ。

「岡崎の君。女子の体は優しくと申したはずぞ」

「葵ノ上から教わったままにするゆえ」

「ならば、受けてしんぜよう。掛かって参れ、岡崎の君」

瀬名が悪戯《いたずら》っぽく言うと、それを待っていたように元康は布団の中に潜り込んだ。

瀬名が教えたとおりに、元康は優しく指を這《は》わせ、舌を走らせていく。元康の息が荒々しくなり、瀬名の体を抱き寄せた、その時――。

ゴトンと床が音を立て、障子の向こうから「――御前様！」と呼ぶ声がした。

瀬名は慌《あわ》てた。

「――あっ、あ……開けてはならぬ……いや、今は、な、ならぬ！」

三

「――如何《いかが》なされました！　御前様」

驚いたようなお梅の声で、瀬名は目が覚めた。

夢を見ていたらしい。雨で蒸し暑く、肌が汗でじっとりと濡《ぬ》れている。

「……な、何でもない」瀬名は居住まいを正した。「如何した、お梅」

「本宿《もとじゅく》にござります。蒸し蒸しする中、さぞ、お疲れでござりましょう。雨が止《や》みませぬゆえ、法蔵寺《ほうぞうじ》で半刻《はんとき》（約一時間）ほど休んでから進むとのことにござります。ついでに弁当を使うとのことです。御前様、水などお持ちしましょうか」

「そうじゃな。そういえば……喉《のど》が渇いておる。水を頼む」

白檀の甘い蠱惑《こわく》的な香りに包まれていたからだろう。体が若いあの頃と同じく、熱を帯びたように火照《ほて》っている。

「葵ノ上か……」思わず苦笑い。

――わらわとしたことが、年甲斐《がい》もなく、はしたない様よ。

瀬名は地面に下ろされた輿の中で、お梅から渡された椀《わん》の水を一気に飲んだ。目が覚めるような冷たさだった。巳《み》ノ刻（午前十時頃）を過ぎた頃だろうか、依然として雨が降り続いている。時折、周りの山々からは雷鳴が聞こえていた。

輿を降りると、本堂の入口で住職らしき、法衣をまとった老僧が迎えに出ていた。

法蔵寺のある本宿は、岡崎城から南東へ三里ほど行った山間にある。この寺は松平家代々の菩提《ぼだい》寺であり、家康が幼い頃、住職に読み書きを学んでいたことは瀬名も聞いてはいるが、訪れたのは初めてだ。

老僧は法名を教翁洞恵《きょうおうどうけい》という家康の叔父だった。歳は七十過ぎ。長く伸びた眉毛《まゆげ》と顎鬚《あごひげ》が真っ白いからか、仙人を思わせる。寺では「ご上人《しょうにん》様」と呼ばれていた。

洞恵は瀬名が立ち寄ることを知っていたようで、食事の後、茶室で茶を点《た》ててくれた。瀬名が浜松城に行く途中だと伝えると、洞恵は柔らかな笑みを浮かべた。

「三河様（家康）より御前様の話は伺うておりましたが、かように若々しいとは驚きにござる」

世辞とわかっていても女としては嬉《うれ》しい。朱色の打掛を着てきてよかったと、内心、笑みを漏らした。

洞恵は何か納得したように深く頷いた。

「なるほど。御前様が浜松の本城に入られるということは、いよいよ武田も終わるか」

「さあ？　わらわには、戦のことは何もわかりませぬゆえ」

「あ、いや、ご尤《もっと》も。これはとんだ無作法を。仏に仕える身でありながら、かような場で戦話とは」軽く合掌してから瀬名の顔を凝視した途端、顔が曇った。「んん？　はて、御前様。何か、心配事でもおありかな。何やら、お顔に暗い影のような相が見えるが」

「久しぶりに輿に揺られたゆえ、疲れが出たのでありましょう。女子も三十路を過ぎると、寄る年波には勝てませぬ」

「何を年寄りじみたことを。御前様はお美しい。二十半ばほどにしか見えませぬ。浜松で待っておられる三河様もお仕合わせなことよ」

「まあ、また世辞を申されて」

「何を申される。坊主が世辞を申すようでは世も末。まことにござる。御前様はまだお若い。体の衰えを感じるは拙僧のような歳からでござるよ。あ、ははは……。この衰えだけは、いくら修行を重ねても如何《いかん》ともしがたい。是生滅法《ぜしょうめっぽう》——是《これ》、生滅の法なり」渋い顔を横に振った。「いやはや、このような雨の日に生滅などと何たる無《ぶ》粋《すい》。——お、そうじゃ。三河様が幼少のみぎり過ごされた部屋がござる。それを見れば、少しは疲れも癒《いや》されましょうぞ。浜松への土産話に見ていかれませ。さ」

洞恵はそういうと席を立ち、隣の襖《ふすま》を開けた。

十畳の部屋だった。隅には文机《ふみづくえ》があり、家康が使ったという硯箱《すずりばこ》がのっている。

洞恵は文箱《ふばこ》から一枚の紙を出すと、広げて見せた。

文字が書かれており、〈松　竹千代　八才〉とあり、日付は〈天文十八酉《とり》　正月吉日〉とある。下手ながら力強さがある。朱印の代わりか、家康の小さな手形が押してあった。

天文十八年（一五四九）といえば、その暮れに織田との人質交換で、竹千代が今川館にやってきた年だ。

織田の人質だった竹千代が、どんな経緯《いきさつ》で正月にこの寺に居たのかはわからないが、

まさか再び人質になるとは思ってもいなかっただろう。不憫なだけに、当時の家康が

可愛《かわい》いとさえ思う。おそらく〈松　竹千代〉と書いたのは、〈松平竹千代〉と書きた

かったに違いない。

「〈平〉という字を、八つの竹千代殿はまだ覚えてはおられなんだか」と瀬名が呟《つぶや》く

と、「そうではござらぬ」と洞恵は理由を話してくれた。

洞恵が幼い竹千代に『平家物語』を読み聞かせて以降、源氏に滅ぼされた弱い平家

の〈平〉の字を毛嫌いしたという。

「三河様は事ある毎《ごと》に『わしは弱い平家ではなく、強い源氏の棟梁《とうりょう》になる』と勇まし

いことを申された。それゆえでござろう、松平姓を嫌い、徳川の姓に変えられたは」

弱い平家ではなく、強い源氏の棟梁になる――。

そんな強い意志があって、〈徳川〉に変えたとは思いもしない。今にして思えば、

若かったあの頃、家康が「わしは光源氏ではなく、強い源氏として光って見せる」と言ったことも、こういう覚悟の表れだったのかもしれない。

洞恵の話で今まで知らなかった家康の心のうちを知ることができ、瀬名はますます家康に会うのが楽しみになっていた。加えて、家康の幼少の頃の書や、輿の中で夫婦になった直後の赤裸々な夢を見たこともあり、奇妙にも胸に抱いていた不安がなくなりつつある。というより、今は思い過ごしとさえ思えてくる。

冷静になればわかること。信康は、織田信長にとっても大事な娘婿。信長の「信」の偏諱《へんき》まで賜っているほどだ。家康といえども、詰腹を強《し》いることはできない。

おそらく浜松城に行けば、上座に家康と信康が並び、隣に瀬名が座し、下座に並ぶ側室たちや信康の、異腹の弟妹からの挨拶《あいさつ》を受けるのだろう。

時々、こちらを向いて笑みを浮かべる家康の顔。瀬名をねぎらう声まで聞こえてきそうな気さえしてしまう。ますます家康に会いたくなった。

ややもすると上気する体の熱を冷ますように、瀬名は大きく息を吐いた。

「ご上人様。良きものをお見せ頂き、かたじけのう存じます。これでわらわは心置きなく、浜松城に参れまする」

洞恵は満足げに頷いた。

「それはようござった。心なしか血色もようなったように見えまする。心清《こころきよ》ければ姿《すがた》形《かたち》も美しゅうなると申す。御前様は秋の紅葉の如く色鮮やかに輝いておいでじゃ」

「何と。出立前に、何よりの餞《はなむけ》の言葉にござりまする」

瀬名は深々と腰を折った。

四

本堂に行くと、お梅が待っていた。

「そろそろ出発にござります。この山間《やまあい》を抜け、国府で本坂道に入り、吉田川（現・豊川）を渡り、嵩山までの大よそ五里（約二十キロメートル）を一気に向かうとのこと。難なく進めば、夕刻には宿に入れるとのことにござります」

なぜか、浮かない顔だった。

「如何した、お梅。どこか体の具合でも悪いのか」

「いいえ。ただ……いえ、何でもありませぬ。梅の思い過ごしと思いますゆえ」

「思い過ごし？　そなたまでも。気に掛かることがあれば申してみよ。遠慮はいらぬ」

瀬名が穏やかに言うと、お梅は侍たちの位置を確認してから、声を落とした。

「何か、変でございます」

「何がじゃ」

「警護の、野中様と申すお方にございます。皆が休んでおる間、弁当も使わず、隠れるように、一人、本堂の裏で居合抜《いあいぬき》ばかりしておいででした」

瀬名は苦笑した。

「武士ならば当たり前のことではないか。正室の、わらわを警護しておるのじゃ。もし、道中で何かあれば腹を切らねばならぬ。弁当が喉を通らぬは当然よ」

「されど、ここはわが徳川のご領内。襲ってくるものは誰もおりませぬ」

「そういう油断を突いてくるのが、武田の乱破《らっぱ》じゃそうな。武田の乱破は、いろいろな者に化けて近づいてくると、以前、数正が申しておった」

数正によれば、武田には〈三ツ者《みつもの》〉と呼ばれた忍び集団があるという。商人や僧侶《そうりょ》、百姓、歩き巫女《みこ》となって姿を変え堂々と他国に入っていくらしいと、お梅に教えた。

「そうでございましたか。長らく城から出ぬと、世情に疎《うと》くなって困りまする」

「奥にばかりおれば、そういうものよ。案ずるな、お梅。そなたが、わらわに渡してくれた『源氏物語』の〈花散里〉のように最後はきっと上手《うま》くゆく」

「『源氏物語』の〈花散里〉……？」お梅の顔が止まった。「何のことにございます」

「輿の中に『源氏物語』の〈花散里〉を置いてくれたのは、そなたであろう」

「いいえ」青ざめた顔を振った。「梅は輿の中に、匂袋以外、何も入れてはおりませぬが」

「何……！」――されば、誰がこのようなことを……？

娘の頃の淡い恋心ばかりか、家康との情交の恥部まで盗み見られたようで、恥ずかしいというより、なぜか、瀬名は背筋が寒くなるのを覚えた。


本宿を出て、間もなくだった。

突然、輿が大きく揺れたかと思えば、外から雨音に交じり激しく打ち付ける太刀音《たちおと》や怒声に加え、侍女たちの叫び声が聞こえてきた。

瀬名は左右に激しく揺れる輿の床に手をつき、お梅を呼んだ。

「――お梅。如何した！」

「――山賊にござります！」というが早いか、その後に「御前様は断じて輿を出られませぬように！」と野中の叫ぶ声がして、また激しく叩き合う太刀音が続いた。

瀬名や付き従う侍女たちの乗った朱色の輿に、山賊が引き寄せられたらしい。

その時、外から「きゃーっ――」と女の悲鳴がしたかと思うや、突然、目の前に輿の右側を覆《おお》う簾《すだれ》を突き破り、白刃《はくじん》が出てきた。剣先は僅《わず》か五寸（約十五センチメートル）ほど前で止まった。だが、瀬名の顔に向けられている。

瀬名は恐怖のあまり声も上げられない。勝手に体がわなわなと震え出していた。

「――御前様に何をする！」との声に刀が目の前から消えた刹那《せつな》、明らかに肉を切り裂くような鈍い音とともに「うぐーっ」と断末魔のような声が聞こえた。

瀬名は怖くて堪《たま》らなかった。輿は薄い畳表《たたみおもて》で覆われているだけで、刀槍はおろか、矢も簡単に突き通してしまう。

「――御前様の輿の周りを固めい！　弓隊は後ろの無頼《ぶらい》を討ち取れ！　残りはわしとともに輿を死守せよ。女子衆に怪我《けが》をさせたとあっては三河武士の恥ぞ」

男の叱咤《しった》する声の後、しばらく太刀音が続いた。瀬名は震える両手で耳をふさぐのがやっとだった。

それから、どれほど刻《とき》が経ったかはわからない。が、次に御簾《みす》が上がった時には、お梅と護衛の野中重政の、不安げに覗《のぞ》き込む顔があった。

野中の具足は袖《そで》から草摺《くさずり》まで真っ赤な血で濡れており、血腥《ちなまぐさ》い。

「――御前様！」とお梅。「何ともありませぬか」

「……ぶ、無事じゃ。な、何ともない。皆は如何した」

お梅が野中に顔を向けると、野中は目を下に落とした。

「申し訳ございませぬ。侍女が四人、山賊どもに連れていかれました」

「――何と！　誰と誰じゃ」

お梅が連れ去られた者の名を告げた。いずれも二十前後の、若い侍女ばかりだった。

おそらく山賊たちに次々と手籠《てご》めにされることは想像に難くない。

「兵が二百もおるというに、何たる失態。ここはわが徳川の領内ぞ。武田の乱破ならともかくも、何ゆえ山賊などの輩《やから》がおる」

野中は渋い顔で口を開いた。

「ご領内とは申せ、攻め滅ぼされ、領地を奪われた国衆の残党どもが、そこかしこにおりまする。殿は今、武田との大戦で兵を浜松に集めておられますゆえ、この辺りは手薄に」

「何と、女子が気安く出歩けぬとは。これで武田と大戦とは笑止千万。あれが武田であったら何とする。このことは、わらわから殿へ言上致す。野中殿。このような失態は二度とならぬ。きつく申しおくぞよ」

「……はっ」野中はやや怯《おび》えたように返した。

次に輿が下ろされたのは吉田川の渡しだった。

吉田川は幅が一町（約百九メートル）ほどもあり、舟でしか渡れない、本坂道や東海道の難所の一つだ。下流にある志香須賀《しかすが》の渡しは、清少納言《せいしょうなごん》が『枕草子《まくらのそうし》』で〈渡りはしかすがの渡り　こりずまの渡り　みづはしの渡り――〉と綴《つづ》った名所でもある。

輿から降りると、雨が降り続いていたせいか、川には土色の濁った水が流れていた。雨は上がったが、空はどんよりとして暗い。川縁《かわべり》に薄《すすき》の穂はあるものの、秋の風情《ふぜい》はなかった。

用意された渡し舟は三艘《そう》。二十人ほどが乗れるので、何度か往復して運ぶという。瀬名や侍女たちの乗ってきた輿も、舟で運ぶこととなった。

先ほど山賊たちに襲われたこともあり、前後二艘の舟には兵士たちが乗り込み、瀬名はもう一艘の舟に梅たち侍女と乗った。警護は野中重政が一人だけ、瀬名の真後ろに座っている。

舟が吉田川を渡り始めるや、瀬名は野中に声を掛けた。

「野中殿。殿とはしばらく会《お》うてはおらぬが、息災であらせられるか」

「そ、それがしは……存じませせぬ。殿には目通り叶《かな》わぬ、足軽ゆえ」

「されば、どなたのご指示じゃ」

「ご、ご指示……？」驚いたような声。

「わらわの警護じゃ。殿は信の置けるものにしか身内を警護させせぬ。誰の命じゃ」

「そ、それは……」

瀬名は振り返った。

野中の具足は雨の中を通ってきたこともあり、血がきれいに落とされていた。首筋に汗を滲ませた野中の顔は不気味で、舟底をぎょろりとした目で睨み、小刻みに震えている。

「如何した、野中殿。何をそのように怯えておる」

「い、いえ……怯えてなどおりませぬ。これ、すべてご家老のご指示にて」

「家老……。浜松は確か酒井（忠次）殿であったかの。ところで」瀬名は懐《ふところ》に挟んでおいた〈花散里〉の冊子《そうし》を取り出した。「これは酒井殿の命で、そなたが輿に入れておいたのか」

野中は、何だかよくわからないというふうに凝視した。

「いえ。それがしではありませぬ。それは何の書にござりまする」

嘘偽《うそ》りではなく、まったく知らないという顔だった。

――されば、誰じゃ。まさか殿が……。否、きっと殿に違いない。

またも若い頃の家康の甘えるような声が耳の奥で聞こえた。

夫婦円満長久の秘訣は褥の語らいぞ、葵ノ上――。

悪戯と策謀好きの家康のことだ。この〈花散里〉で、今までの疎遠だった長い時を埋めようとの謎掛けかもしれない。家康にしては粋《いき》な計らいだ。そう思うと、心まで若返っていく。

「……そうであったか。ならばよい。野中殿。浜松城まで、宜《よろ》しく頼みましたぞ」

「――ははっ」

瀬名たち一行が無事に嵩山の庄屋の宿に入ったのは、日が沈んだ酉《とり》ノ刻（午後六時頃）を過ぎた頃だった。

五

翌日は、久しぶりに雲一つない青空を見せた。

一行は昼過ぎ、本坂峠を越え、三ヶ日《みっかび》の河岸《かし》に着いた。

迎えの船がすでに着いていた。野中重政によれば、ここまで送ってきた兵二百のうち十五人だけが浜松城に向かう。残りは岡崎城に引き返すという。さらに、堀江城には向かわず、直接、浜松城に向かうと伝えられた。

すでに信康が浜松城に向かったためだ。そのため順路は浜名湖を南下して舞坂《まいさか》から東に川を上り、佐鳴湖《さなるこ》の東岸で下船して、浜松城までの大よそ二十四町（約二・六キロメートル）を輿で向かう。佐鳴湖は浜松城のお膝元《ひざもと》なので、警護の兵も僅かで済むとのことだった。

瀬名が乗ってきた輿だけが船の中ほどに積まれ、残りの輿は岡崎城の兵が持ち帰っていった。

浜名湖を渡るのは帆掛け船で、吉田川を渡った渡し舟の三倍ほどの長さがあり、帆柱の後ろには小さな屋形まで付いている。三ヶ日の河岸から佐鳴湖の東岸までは大よそ五里（約二十キロメートル）。遅くとも夕刻までには着くとのことだ。

瀬名は侍女たちとともに屋形に入り、野中と警護の兵十五人は屋形の周りを固めた。

屋形の中は畳を横に六枚並べたほどの広さだった。船が大きいからか、侍女たちはほっとしたように周りの景色を眺めている。久しぶりに朝から雨が上がり、波もさほどなく、風も西から吹いているので、そう遅くはならないだろうとのことだ。

日は頭上にあった。湖面は日に照らされ、きらきらと輝いているものの、屋形の中は涼しい。湖の畔には薄の穂がたなびき、秋らしい風情を見せている。そんな長閑《のどか》な風景を眺めていると、瀬名もまたほっとした心持ちになっていく。

遠くから微《かす》かに聞こえる鳥のさえずりで、ふと『源氏物語』の〈花散里〉の一場面を思い出し、懐に挟んだ冊子を取り出し、無造作に開いた。

目に飛び込んできたのは――。

〈ほととぎす言問《こと》ふ声はそれなれど　あなおぼつかな　五月雨《さみだれ》の空――〉の和歌だった。

光源氏が中川を過ぎた折、風に乗って聞こえてくる琴《こと》の音《ね》に誘われ、昔一度だけ契った女君の家に立寄った時の、女君の返歌《へんか》だ。「ほととぎすの声は聞こえますが、どのようなご用かわかりません、五月雨の空のように」と、中川の女君がわざと知らない振りをし、今さら訪ねてきて何の用だと腹立たしさを詠んだもの。その歌を聞かされ、光源氏も尤もなことだと納得する。だからこそ温かく迎えてくれ、心変わりしていない花散里に光源氏はほっとさせられてしまう。

――きっと殿も温かく迎えてくれる、光源氏を迎え入れた花散里のように。

その時、風に交じって、屋形の周りにいる足軽たちの声が微かに聞こえてきた。

「それにしても、大変な騒動じゃったのう。若殿が岡崎城を追い出されるとは」

「これで岡崎方は、もう手も足も出まい」

「可哀想《かわいそう》なのは岡崎城のご家老様よ。駿府まで乗り込んで命懸けで御前様と若殿を救うたばかりか、若殿をここまで育てこられたに、ただの骨折り損じゃ」

――石川数正のことだ。

「殿は若殿を如何なさるおつもりかのう」

「さぁ？　若殿はなかなかの猛者《もさ》じゃで、岡崎城に置いといては厄介なのであろう」

「されば、それで御前様までもか」

「さぁのう。わしら下っ端《したっぱ》にわかろうはずもない。右と言われれば右に行くだけよ」

「そうよな。ところで猛者といえば、野中という男。山賊を斬《き》った時の太刀捌《たちさば》きを見たが、相当、腕が立つのう」

「確か陰流《かげりゅう》の遣い手らしい。わしらと同じ岡崎方じゃが、剣の腕を買われて、こたび付けられたそうな。それがよ、水がまるっきり駄目じゃそうな。吉田川を渡る舟の上でぶるぶる震えておったとのことよ。ほれ、見ろ。今も震えておるわ」

船尾のほうから、カタカタと具足のぶつかるような音が聞こえていた。

「情けないのう。ま、いくら腕があったところで、岡崎方では上には上がれぬわ。御前様の警護ぐらいが、丁度、お似合いじゃろて。それより、よかったのう、わしらも浜松方に入れて」

「まったくよ。わしらは大して腕も立たぬが、こたびは選ばれて本当によかったわ。近々、武田攻めがあるそうな。そこで手柄を立てれば――」

足軽たちの、取り止めのない話は続いていた。

――やはり、「若殿、謀反――」という噂を消すための、城替えであったか。岡崎方と切り離すためもあったに違いない。信康も、それを承知してのことだろう。

その時だった。屋形にいる侍女たちが、くすくすと笑い出した。傍らにいるお梅も、袖で口元を押さえ笑っている。それに釣られたのだろう。屋形の周りにいる兵からも、押し殺すような失笑が所々で聞こえていた。

「如何した、お梅。何が可笑《おか》しい」

お梅は笑みを浮かべながら側ににじり寄ると、声を落として船尾に目を向けた。

「あの、野中と申すお方にござります。水が大の苦手らしく、体を震わせておいでに」

野中は船尾で舵《かじ》取りをしている水主《かこ》の前にある船梁《ふなはり》に腰を降ろし、一点を睨み、両手で刀を杖《つえ》のようにして握っていた。顔や首筋に玉のような汗を浮かべ震えている。先ほどよりも震えが大きいからか、具足の擦れあう音も激しさを増していた。

「笑うでない、皆の者。人には誰にも得手《えて》不得手《ふえて》はある」

瀬名はすっくと立ち野中の所まで行くと、刀を摑んでいる両手の上に自分の手を重ねた。

「野中殿。どのような昔があったかは知らぬが、きょうの浜名湖は凪《な》いでおるゆえ、水は暴れはせぬ。湖の水も、井戸の水も同じ。そう思えば、さほどに構えることもなかろう」

「……はぁ」野中は、それでも顔を上げようとはしなかった。

「わらわの警護なぞ、武士としては手柄にもならぬであろうが、手柄を立てられる時は必ずくる。その時までに水の恐れをなくされよ。その向こうに大きな手柄が待っていると思えば、できぬことではない。心も水と同じで、動かさねば腐る。怖いという心をうち捨て、心を前に進められよ」

「心を前に進めよ……」野中は驚いたような顔で見返していた。「ご、御前様。有り難きお言葉……かたじけのうござる」

野中の不気味な顔に、瀬名は無理にも笑みを浮かべて頷いて見せた。

夕刻、瀬名を乗せた船は、無事、佐鳴湖の東岸にある、富塚《とみつか》の河岸に着いた。

西の空がほんのり薄紅色に染まり、それが佐鳴湖の湖面に映り込んでいた。夕暮れが近いにもかかわらず、まるで桜が満開になったような錯覚にとらわれ、心まで弾んでいく。

瀬名が船から降ろされた輿に乗り込もうとした時、野中が思いつめた様子でやってきて、片膝をついた。

「ご、御前様……。それがしと……」と言うと、その後、押し黙ってしまった。

夕日で顔が赤く染まり、またもや額や首筋に玉のような汗が浮かんでいる。

瀬名はお梅と顔を見合わせた。お梅は怪訝《けげん》な表情で首を傾《かし》げている。

「野中殿、如何した」

瀬名が問うと、野中は周りの足軽たちには聞かれたくないのか、声を落とした。

「御前様。そ、それがしと……お逃げくだされ」

意味がわからず、優しく訊き返した。

「そなたと逃げる……？　そは、どういう意味じゃ」

野中は全身を震わせた。

「い、今なら、御前様をお救いでき申す」

「わらわを救える？　意味がわからぬ。何を申されたい」

「こたびの行き先は……」

　野中は体を固くしながらも小刻みに頭を振ると、しっかりと目を向けてきた。

「……何処じゃ？　何処に参る」

　顔は涙に濡れていた。それは何かを察してくれというようなまなざしのようであり、雄が雌を求める獣の目のようにも見えてくる。

　身の危険を感じ、瀬名は狼狽《うろた》えた。

「野中殿、落ち着かれよ。もう何も申さずともよい……否、わらわは早う殿の待つ、浜松城に入りたい。野中殿。あと僅かじゃ。頼む、城に連れて行ってくだされ」

「……はっ」野中は我に返ったように下がっていった。

　お梅が心配げに歩み寄ってきた。

「あの男、何か不気味にござります。一緒に逃げてくれなどと、一体、御前様を何と心得ておるのでありましょう。船上でもそうでござりましたが、畏《おそ》れ多くもお殿様のご正室様に対して、足軽風情が面を向けるなど、無礼千万な振る舞い。城に着いたなら、ご家老にきつく申しておきまする」

「これ、お梅。事を荒立てるではない。そなたが事を荒立てれば、野中殿はただでは済まぬ。わらわを山賊から護ったのじゃ。野中殿も、いろいろと考えておるのであろうぞ」

「されど、御前様」

「お梅。これからは楽しいことばかりぞ。些細《ささい》なことは捨ておけ」

「些細なこと……はて？　如何なされました、顔が赤く染まっておりまするが」

「夕日のせいじゃ」顔を隠すように踵《きびす》を返す。「参るぞ。三郎殿が首を長《なご》うして、わらわが来るのを城で待っておる。あまり待たせては心配する」

瀬名は輿に乗り込むや、自省した。

船の上で、水を怖がる野中を諭したからだ。手を優しく包み込んだことが誤解させてしまったらしい。つい昨日の、法蔵寺の洞恵の言葉までが、より瀬名を女として目覚めさせていく。

御前様は秋の紅葉の如く色鮮やかに輝いておいでじゃ——。

瀬名はつい心のうちでほほ笑みながら、また懐から〈花散里〉を取り出した。

六

輿が動き出して五町ほど進んだ時だろうか、前方から騎馬武者が駆けてくる姿が御簾越しに見えるや、馬の蹄《ひずめ》の音が止み、ほどなくして輿が下ろされた。

「如何した、お梅」

御簾の外に、夕日を浴びたお梅の覗き込む、不安げな顔があった。

「わかりませぬ。おそらくは浜松城からのご使者と思いまするが……。聞いて参ります」

お梅が立ち去って間もなくだった。

きゃーっ――と侍女たちの叫び声が周り中で聞こえるや、「――御前様！」とのお梅の声に「――やめろ！」との野中の怒声が重なった。

瀬名は御簾を上げ、外に出た。

目の前には、血にまみれ横たわるお梅の姿があった。

「――なっ、何としたことじゃ！　お、お梅！」瀬名はお梅を抱き上げた。「――誰が！」

「ご、御前様。早う、お逃げ……」お梅の首が力尽きたように、だらりと落ちた。

周りを見回した。

道の両脇が藪《やぶ》で囲まれた中、そこかしこに侍女たちの血塗られた亡骸《なきがら》が横たわっている。その周りには警護役の足軽たちの、血刀を持った姿があった。

「そ、そなたらは、何ゆえ……こ、こ、こ……」あまりのことに歯の根が合わない。

野中は瀬名を護るようにして背を向け、周りの足軽たちに構えていた。まだ誰も斬ってはいないらしく刀は血に濡れていない。

「——野中殿。こ、これはどうしたことじゃ」

その時、黒い陣笠《じんがさ》をかぶった男が二人、馬から降りた。

歳は五十過ぎほどだが、初めて見る。臣下の礼を取ろうともせず、無作法にも、顔を向けてきた。

「御前様。これすべて、殿のご命にござる」

「——何、殿の命じゃと。女子を斬ることがか！　その方は誰の家臣じゃ。名を名乗れ！」

「それがしは、岡本平右衛門時仲《へいえもんときなか》と申す。こちらは石川太郎左衛門《たろうざえもん》（義房《よしふさ》）にござる。われら二人はご家老の命で、見届けに参ったまでに。侍女らは口封じのため、致し方なく」

「く、口封じじゃと！　さ、されば、わらわを殺《あや》めるために岡崎城から連れ出したとでも申すか」

「如何《いか》にも。ここで死んで頂く」

「――な、何ゆえ、殿はわらわを亡き者に。わらわが何をした。否、酒井殿は確かに殿から、わらわを亡き者にせよと命じられたと申すか！」

男はそれには答えず、目の前にいる野中に目を向けた。

「――三五郎！　早う始末をつけい。山賊どもに襲わせたに邪魔立てしたばかりか、ここまで来るとは何を考えておる」

――何と！　山賊を使うてまで、わらわを……。

「わ、わしは……女子衆まで殺すとは聞いてはおらぬ。刀も持たぬ女子を、このように殺すは武士に、否、三河武士に非《あら》ず」

馬でやってきたもう一人、石川が前に進み出た。こちらは野中と同じほどの歳で、岡本と同じく、陣笠に黒い羽織と灰色の半袴《はんばかま》に脚絆《きゃはん》を巻いていた。

「――たわけが！　何を今さら寝言を言うておる。殿から命ぜらるるままに動く。それが真《まこと》の三河武士じゃ。早う始末せぬか。そなたがやらねば他の者が旗本になるぞ」

野中は踵を返し、瀬名に体を向けた。ぶるぶると震えてはいるが、野中の目は殺気を帯びてはいない。それどころか、悲しげですらあった。

「わ、わしは……い、嫌じゃ。できぬ。否、わしは御前様を……もらい受ける」

「な、何じゃと……。――たわけが！　いい歳をして、大年増の色香に惑わされたか。

皆の者、構わぬ。こ奴《やつ》ともども叩き斬れ！　築山殿を始末した者は旗本に取り立てる。遠慮はいらぬ。討ち取った者勝ちじゃ」

旗本――と聞いて、警護してきた十五人の足軽たちは色めき立った。血刀を手にし、前に躍り出てきた。

「――うりゃ！」髭面《ひげづら》の足軽が太刀を振りかざすや、両脇にいた二人の足軽とともに瀬名に襲い掛かった。目を瞑《つぶ》った刹那、「うっー」「ぎゃー」「があー」と声がした。目を開けると、三人が倒れていた。うち一人は首がなく、頭だけ瀬名の目の前に転がり、しっかと開いた目がこちらを見ていた。

「――ひぃーっ！　た、助けてたも、野中殿」

野中はすでに刀を構え直し、残りの足軽たちに向かっていた。

「あくまでも殿のご命に刃向かうか、三五郎」と岡本。

「……殿は間違《まちご》うておる。これほどに美しき心の御前様を葬《ほうむ》るなど、天が許すはずがない」

「――黙れ！　皆の者、まずは三五郎を討ち取ってしまえ」

「うぬら如き雑兵に討たれる、わしではない」と言うが早いか、怖気《おじけ》づいている足軽四人を瞬《また》く間に斬り捨てた。

侍女たちの流した血の上に足軽たちの血が広がり、一面、血の海と化した。地獄絵を見ているようで、生きた心地がしない。

「——何をしておる！」石川が鞭《むち》を振り下ろして鳴らした。「二手に分かれて、掛かれい！　戦の要領じゃ」

足軽八人は左右四人ずつに分かれて、野中を囲んだ。

瀬名は辺りを窺《うかが》いながらも、輿の後ろへと退いた。足軽八人に気づいている様子はない。輿の陰に隠れると、朱色の打掛を脱ぎ捨て、背ほどもある薄に被せると、佐鳴湖に向かって走り出した。

背後では太刀音が聞こえていた。その後に「——待てっ！」と野中の声。振り向くと、足軽二人が瀬名を追い掛けて来た。その後に野中と、それを追い掛ける、三人ほどの足軽の追う影があった。

瀬名は一心不乱に前を向いて走った。生まれて初めて素足で、荒れ果てた道を走っているにもかかわらず、痛いという感覚はない。

目の前に、先ほどと違い、夕日で血のように真っ赤に染まった佐鳴湖が見えた刹那だった。

——あっ！

長い髪を摑まれ、後ろに引き倒された。見上げると、狂気に笑う男の鬼面があった。

「──わしが旗本になる！」と両腕をかざし、刀の先で突き刺そうとした瞬間、振り上げた両腕とともに首が消え、血を吹きあげた。さらに、その隣に足軽が一人倒れてきた。

「──たっ、たす……」歯が震え、声にもならない。

「御前様！　早うお逃げくだされ」と野中の声。それを消すかのように怒声と太刀音が続いていく。起き上がり、二、三歩進み掛けた時、瀬名の体に激痛が走った。

あーっ──。前を向くや、別の足軽の笑う鬼の形相があった。再び刀が振り下ろされ、前にも増して熱い痛みが走り、草の上に倒れた。

「──御前様！」

「わしが討ち取ったりー」と叫ぶ間もなく、男の首が血を吹きながら宙に飛んでいった。

背中から血が流れ出ているのだろう。目の前の夕焼け空が徐々に闇になってゆく。

その中に微かに見える野中の、涙に濡れた顔があった。

「御前様……。しっかりしてくだされ。それがしが護ってみせまするゆえ」

「の、野中殿。わらわはもう……。と、止《とど》めを刺してくだされ」

「な、何を申されまする、御前様。それがしは、御前様をお慕いしておりまするに」

「そ、それゆえ、そなたに頼む。名も無き雑兵の手に掛かって死ぬるよりは、野中殿の腕の中で止めを刺されるほうがよい。わらわを妻と思うて……頼む。これ以上、身も心も……苦しみとうはない」

「妻と思うて……ご、御前様」野中は顔を押し付けてきた。「ご免なされませ」

何かが胸を突き抜けた。もう痛みはなかった。

――〈花散里〉とは、この意であったか……。

瀬名は目を閉じた。

七

「――見事ぞ！　野中三五郎重政」

野中の背後で、岡本の声がした。

振り向くと、岡本と石川の満足げな顔があった。

「これで、そなたも旗本。浜松方じゃのう。護衛の足軽衆も片付けてくれるとは、わしらも手間が省けたわ。そなたが討ち取ってくれて、ご家老様も大喜びじゃ」

野中は築山御前をその場に寝かすと、血刀を構え直した。

「まっ、待て。わしらが戻らねば、そなたの母や妹らは磔《はりつけ》になるぞ」

「――許さん！」

「――な、何……母や妹を！」

「そうじゃ」石川が挑むように言った。「このまま刀を納めれば、そなたは大手柄。八方丸く収まる。事を荒立てれば何もかも失うことになるぞ。それでもよいか」

岡本は老獪《ろうかい》な笑みを浮かべ、二人の間に割って入ってきた。

「三五郎。世の中というは、所詮《しょせん》、裏と表よ。じゃが、こういう汚い役回りをしてこそ、上の覚えもようなるというもの。築山殿は憐《あわ》れじゃが、主命なれば致し方ない。それより、己が一生を大事にしろ。そなたがどう思おうが、死んだ者はもう帰らぬ」

「殺めたは、わしではない。このように美しき」

「――もうよせ！　三五郎。すべては墓場まで持って行け。すまぬが、築山殿の打掛を持ってきてくれぬか」

野中が怪訝な顔を向けると、岡本は横たわる築山御前の遺体に手を合わせた。

「打掛もないでは、築山殿が不憫であろうが。いやしくも徳川の御正室様なるぞ」

築山御前の間着《あいぎ》の白無垢《しろむく》は、血で真っ赤に染まっていた。それとは対照的な青い冊子が、胸元から覗いている。

表紙には〈花散里〉とある。まるで死を予言したような表題だった。

野中は溢《あふ》れる涙を拭《ぬぐ》い、血刀を持ったまま、一町ほど離れたところにある輿へと歩いた。

途中、道端にあった池で血刀を洗った。打掛に血の臭《にお》いを付けたくはない。

築山御前の最期《さいご》の言葉が耳を離れない。

わらわを妻と思うて……頼む。これ以上、身も心も……苦しみとうはない——。

「御前様……。護りきれず、否……」

——もう少し早く、御前様をどこかに連れ去れば……。

その時だった。二頭の馬が駆けてきた。

岡本と石川であることはわかった。見上げると、岡本が「ご家老様には、われらが伝えておく。ご苦労！」と声を掛けていった。

日はとっぷりと暮れていた。

野中は朱色の打掛を取ってくると、築山御前を寝かせたところまでやってきた。

もう一度、築山御前の死に顔を心に焼き付けようと目を向けた。

愕然《がくぜん》となった。

そこにあるのは、首のない、築山御前だった。

しかも、胸に挟んであった〈花散里〉の冊子で血糊《ちのり》の付いた刀を拭《ふ》いたらしく、無残にも赤く染まり紙屑《かみくず》のように捨てられている。

「──なっ、何ということを……！」

打掛を取りに行かせたのは、野中に邪魔だてされず首級を取るためだったのだ。

武将なら首級を取るのは当たり前だが、女子の、しかも主君の正室の首級を取っていくとは外道《げどう》にも程がある。

野中はどこにもぶつけられない怒りと悲しみに、打掛を抱いて泣いた。

＊　＊　＊

三日後、岡本時仲と石川義房は浜松から出奔した。

浜松城内の噂では、二人が持ち帰った築山御前の首級に家康が唇を震わせ、

「だ、誰が瀬名を……殺せと申した！　わしは、ただ隠せと申したはずぞ！　ほとぼりが冷めるまで瀬名を穏やかな里に住まわせてやりたかっただけなのじゃ。それを、瀬名の首級を持ってくるなぞと。──誰じゃ！　首を持って参った者を、ここへ連れ

て参れ！　わしが成敗してくれる」と涙を流し、太刀を抜いて激怒したという。

太刀を突きつけられ、問い詰められた家老の酒井忠次は、岡本と石川の二人が勝手にやったことと関与を否定。そのため、咎《とが》めを恐れた二人は、すぐさま姿をくらましたのだった。

その僅か半月後の九月十五日に、築山御前の産んだ嫡男信康は「父上がそこまで、それがしが謀反を起こすとお疑いならば、あの世で寂しがっておる母上の許《もと》に参るまでよ」と言って、二俣《ふたまた》城で自刃して果てた。享年《きょうねん》二十一——。

一方、野中重政は築山御前の首のない遺体を西来院《せいらいいん》に葬ると、故郷の遠江国堀口村に隠棲《いんせい》し、死ぬまで築山御前の菩提を弔ったという。幸い岡本と石川が二人だけの手柄にして野中の存在を告げなかったため、追手に追われることはなかった。ただ……。

野中が築山御前に止めを刺した刀を洗った池は、その後、涸《か》れてしまった。

八月の夕暮れ時には、近くの佐鳴湖が血のように真っ赤に染まり、築山御前が落命した谷には女の悲しげな泣き声にも似た風の音が今も聞こえてくるという。

その谷間を村人たちは、いつしか「御前谷」と呼んだ。

側室、出奔《しゅっぽん》！　お万ノ方の巻

「――家康殿！」於大《おだい》ノ方は白髪まじりの頭を、畳《たたみ》に擦《す》り付けるように平伏した。

「このとおりじゃ。定勝《さだかつ》を差し出すのだけはやめてくだされ。そなたとは父が違うとはいえ、この母から生まれた子。この年老いた母を悲しませませんでくだされ……」

天正十二年（一五八四）十一月末――。

浜松城の二ノ丸に住む、徳川家康の母、於大ノ方のすすり泣く声が部屋中に広がった。

外から聞こえてくる冬の雨音が、部屋を一層、寒々としていく。

家康は、昨日、家臣たちと決定したことを母に切り出せず、朝から悶々《もんもん》としていた。こうなると、わかっていた。それゆえ夕方になって、母の許《もと》を訪ねたのだった。

「母上。向こうは定勝を差し出せと、名まで告げておるのです」

於大ノ方は顔を上げると、きっと睨《にら》みつけてきた。

「されど、戦《いくさ》は勝ったと申されたではないか。それを何ゆえ、織田家を盗んだ羽柴《はしば》風情《ふぜい》に、わが子を渡さねばならぬ。わが徳川は負けたのかえ」

「そうではござらぬ。勝ちは申したが……」

朝倉など京周辺の戦国大名を悉《ことごと》く平らげ、将軍足利義昭《あしかがよしあき》を京から追い、武田家を甲州征伐で潰《つぶ》した織田信長が三年前の天正十年（一五八二）六月二日、京本能寺で明智《あけち》光秀《みつひで》の謀反《むほん》によって横死《おうし》し、その光秀が羽柴秀吉《ひでよし》に討ち取られるや、天下は一変する。

織田家に攻められ滅亡寸前の越後《えちご》の上杉は息を吹き返し、信長に従順だった関東の北条は牙《きば》をむき、和睦《わぼく》した中国の毛利など西国の大名までもが一転し、挑んできた。

その上、織田家内部で家督をめぐる覇権争いが起きる。

織田家を制したのは秀吉だった。信長が没した翌年、織田家筆頭家老の柴田《しばた》勝家《かついえ》を倒し、信長の三男信孝《のぶたか》を自刃《じじん》させ、滝川一益《たきがわかずます》を屈服させた。さらに信長の次男信雄《のぶかつ》をも亡《な》き者にしようとする。その信雄が家康に助けを求めてきたため、徳川まで織田家の家督争いに巻き込まれてしまった。

本格的な戦となったのは今年三月。戦場《いくさば》は尾張と三河との国境《くにざかい》。家康は兵八千を率い小《こ》牧山《まきやま》城に着陣した。秀吉は大坂から三万余の兵を率いたが、長久手《ながくて》で徳川方に二千五百余人を討ち取られる大敗を喫す。三ヵ月余りにもおよぶ戦は徳川方が圧勝し、家康の戦上手《いくさじょうず》を天下に知らしめた。ところが――。

信雄は家康に無断で秀吉と和睦してしまう。家康は秀吉と戦う大義名分を失った上、秀吉から和睦の条件として家康の異父弟、松平定勝を養子に迎えたいと要求される。再び秀吉との一戦も考えた。だが、国力の差は歴然としていた。石高も兵の数も徳川の倍以上。しかも秀吉が上杉や毛利と手を結んだ今、徳川が北条と同盟したとはいえ、勝ち目はない。それゆえ、何としても定勝を差し出さなければならなかった。

家康は於大ノ方に切々と説いた。しかし、頑として受け入れない。

「聞き分けてくだされ、母上。人質ではなく、養子として欲しいと」

「詭弁《きべん》じゃ。みすみす殺されるものを何ゆえ渡さねばならぬ」於大ノ方は帯に挟んでいた守り刀を目の前に置いた。「定勝を質に出すのならば、この母を殺してからになされい」

「――母上！　いい加減になされ。定勝の命一つで、この徳川は助かるのでござるぞ」

於大ノ方は目を鋭く尖《とが》らせた。

「――そういうて、信康《のぶやす》を自刃に追い込んだは誰じゃ！」

嫡男《ちゃくなん》信康は、天正七年（一五七九）に二俣《ふたまた》城で自刃した。享年《きょうねん》二十一だった。

「母上まで……それを口にされるか」

「――言うわ！　あれほど可愛《かわい》い孫を死なせるとは。それほどまでに家が大事か」

「——もとより大事！」家康は信康への未練を断ち切るように語気を強めた。「徳川家はようやく三《さん》・駿《すん》・遠《えん》に甲斐《かい》・信濃《しなの》を加えた五ヵ国を有したに、今、倒れるわけには参らぬ」
「何と、身内の命より領地が大事とは……情けなや」於大ノ方は何か思い当たったように目を向けた。「——そうじゃ。されば、定勝の代わりに義伊丸《ぎいまる》を質に出せばよい」
「義伊丸を……？」
「義伊丸は双子。一人が消えても、もう一人おる。定勝は、この世にたった一人ぞ」
「……さ、されど、母上。義伊丸は今や、わが徳川家の嫡男」
「あれほど毛嫌いしておったに今さら何を申す。家を継がせるは、やはり家柄の確か
な女子《おなご》に産ませた男子《おのこ》、——否《いな》、義伊丸は嫡男ゆえ、人質としては定勝より上。百姓
あがりの、あの羽柴であれば、徳川が嫡男を差し出したとなれば大喜びぞ」
「……母上」——何という口汚さじゃ。
「後生じゃ。この母の最後の頼み、聞き入れてくりゃれ、家康殿」於大ノ方は、また
泣き崩れるように額を畳に押し付けた。「定勝を……定勝を取り上げんでくれ。この
とおりじゃ……」
家康は年老いた於大ノ方の、嗚咽《おえつ》に震える背中を呆然《ぼうぜん》と眺めた。

一

天正十二年十二月三日、巳《み》ノ刻（午前十時頃）――。

お万は廊下を走り、浜松城の大広間にいる家康の許へと急いだ。今朝は霙《みぞれ》まじりの冷たい雨が降っているせいか、一段と冷えている。

家康の側近の本多作左衛門《さくざえもん》の話では、お万の息子義伊丸を大坂の羽柴秀吉の許へ人質として差し出す。また、徳川を継ぐのは義伊丸の後に生まれた三男の長松丸《ちょうまつまる》（後の徳川秀忠《ひでただ》）に決まったという。先月まで、人質として出されるのは定勝と聞いていただけに、あまりに突然で、怒りと不安で居ても立ってもいられなかった。

大広間には家康のほか家老の酒井忠次《ただつぐ》や作左衛門など、十人ほどの側近衆が詰めていた。何かの軍議らしく、絵地図に見入っている。

「――お、これはお万ノ方様」と、最初に気づいたのは作左衛門だった。五十半ば過ぎで、土色に日焼けした顔に白い髪と眉《まゆ》が目立つ。家臣の間では、家康に対して歯に衣着《きぬき》せず思ったことを言うことから「鬼作左《おにさくざ》」と渾名《あだな》されている。

お万は呼吸を整えると、驚きの目でこちらを見ている家康を睨んだ。

「殿。お人払いを。お万は訊《たず》ねたき儀がおます」

家康は眉間《みけん》に皺《しわ》を寄せ、お万の視線を嫌うように作左衛門に目を向けた。

「さ、作左《さくざ》。確《しか》と伝えよと申したはずぞ」

「確とお伝え申しましたぞ」作左衛門は皮肉な笑みを浮かべると、広げられた絵地図を畳み出した。「今朝の評定《ひょうじょう》はこれまで。わしらは退散いたそう、ご家老」

「おう丁度よい。鉄砲の支払いで茶屋を待たせておる」酒井は側近を見回した。「小《こ》平太《へいた》（榊原康政《さかきばらやすまさ》）、そなたも参れ。今後の支払いなど、覚えておいてもらわねばならぬ。他の者も参れ」

はっ。酒井と作左衛門が下がっていくと、逃げるように側近衆が後に続いた。

お万は家康の前に座した。

「何ゆえ、義伊丸を大坂へ差し出されまする。義伊丸は徳川家の嫡男。やっと十一となり、再来年《さらいねん》は元服でおます。それとも殿は未《いま》だに義伊丸のことをわが子ではないと、このお万をお疑いか。お万は天地神明に誓《ちこ》うて申します、義伊丸は殿のお子どす……」あまりの口惜しさに涙が溢《あふ》れ出た。「いくら双子とはいえ、うちは噂《うわさ》のような身持ちの悪い女やおへん」

お万が城内で低く見られるのも、側室になるまでの経緯による。

お万はかつて家康の正室、築山御前の侍女だった。

ある日、城の湯殿で家康の汗を流している時に、突然、家康に求められてしまった。夏の暑い日でもあり、お万は薄物の着物しか身に着けておらず、湯殿のあまりの蒸し暑さに肌脱《はだぬ》ぎして乳房を露《あら》わにしたことが家康の欲情を掻《か》き立てたらしい。その後、懐妊したことから、築山御前の激しい嫉妬《しっと》に遭い、家康を色仕掛けで誘惑した「狡猾《こうかつ》な女」と陰口を叩《たた》かれた。さらに双子を産んだことで、懐妊中に誰かと情交を重ねたからという尾鰭《おひれ》まで付く。

だからか、家康はお万の産んだ子に会いに来ないばかりか、生まれて二年経《た》っても名を与えてはくれなかった。

初名の「義伊丸」は、家康の嫡男信康が付けた。家康に会えるよう計らってくれたのも信康だ。三歳の義伊が城内で家康を「父様《ととさま》」と呼んだことで、ようやく家康も子と認め、以降、「義伊丸」と呼ばれた。しかし……。

そんな弟思いの信康も、お万に嫉妬した築山御前も今は亡い。天正七年八月に築山御前は家臣によって殺され、翌九月に信康は自刃した。

理由は何も聞かされてはいない。だが、家康はその後、若い側室を何人も迎え入れ、次々と子を産ませている。今、側室が何人いるのかさえ正確にはわからない。

〈お褥《しとね》下がり〉となった三十七のお万に、側室としての出番はもうない。近頃では同じ城内に居ても顔すら合わさない。

家康は目の前で、観念したように大きく溜《た》め息《いき》を吐《つ》いた。

「泣くな、お万。義伊丸は、わしの子じゃ」

「ほな、何ゆえ、大坂なぞに追いやってしまわれるのどす。人質に出されるは殿の弟君と作左衛門殿から聞いておましたのに、それが、いつから義伊丸になったのどす」

家康はそれには答えず、傍らにあった手火鉢《ひばち》に手をかざした。

「残念じゃが、お万。今の徳川は、あの秀吉には勝てぬ。四十三の後厄《あとやく》のわしに、最後にこのような難儀が待っておろうとは夢にも思わなんだ」

話を変えようとする家康にますます腹が立つ。お万は床を叩いた。

「お万は、何ゆえ人質が殿の弟君から、義伊丸になされたかを訊《き》いておるのどす」

「定勝は今、病を患《わずろ》うておる」

「ほな、治ってからに。いえ、その上の弟君がおられましょう」

家康の下には異父の弟が三人いる。

「いずれも三十路《みそじ》を過ぎ。薹《とう》が立ち過ぎておるゆえ、それは適《かな》わぬ」

「そやし、義伊丸は徳川の嫡男。次男の長松丸君もおますし、ほかにもおますやろ」

義伊丸の下にも三人の弟がいる。側室お愛《あい》ノ方（西郷《さいごう》ノ局《つぼね》）が産んだ長松丸と、すでに東条松平家に養子に出された福松丸《ふくまつ》（後の忠吉）。それに昨年、一番若い十九の側室お都摩《つま》ノ方（下山殿）が産んだ、同名の福松丸（後の武田信吉）だ。

「長松丸はまだ六つぞ。福松丸は二つの乳飲み子。いずれも育つかもわからぬ。質に出して亡くなれば、さらに難儀が降り掛かる。それゆえ、断腸の思いで義伊丸を送り出すのじゃ」

詭弁ということはお万にもわかる。かつて作左衛門から聞いた話では、家康が人質に出されたのは長松丸と同じ六歳だ。

「お万、こたびは人質ではない。養子ぞ。秀吉には子がおらぬゆえ、ゆくゆくは羽柴家の嫡男にしたいと言うておるそうな」

「……羽柴家の嫡男に？」

「悔しいが、天下はこの先、秀吉のものとなろう。されば、嫡男となる義伊丸も天下人よ。今しばらくは寂しくなるが、わしを越えていく倅《せがれ》を持つことは誇らしいではないか、お万」

また心にもないことを言って誤魔化す。お万は家康のとぼけ顔を睨んだ。

「どないしても、義伊丸を差し出さねばなりませぬのか」

「堪《こら》えてくれ。今は辛いであろうが、また必ず会える。その時はお万、そなたは御母堂様じゃ。わしとともに義伊丸の行く末を楽しみに生きて行こうではないか」

何を言っても無駄と覚《さと》った。それが顔に出たのだろう。家康は気遣うように壇上から降りてくると、手火鉢で温めた手でお万の手を包み込んだ。

「わしが織田家に人質に出されたのは六つの時ぞ。八つの時には今川へ送られ、十八まで駿河《するが》で人質として過ごした。じゃが、このとおり生きておる。十一ともなれば心配はない。しばしの辛抱。幸い義伊丸はもう一人おるではないか。それほど寂しければ、たまには呼び寄せてもよい。どれほど似ておるのか、わしも会《お》うてみたい」

あまりに小馬鹿《こばか》にした言葉に驚愕《きょうがく》した。

「――なっ、何を仰《おお》せか……。殿は、双子ゆえ、会うてもくれはらしまへんどしたに、それを今になって呼び寄せてもよいと！」

「これぞ、災い転じて福となすよ。じゃが、永見《ながみ》にやったほうは死んだことになっておるゆえ、城には戻せぬ。義伊丸はあくまで一人。もう一人は影でしかない」

――何と！

お万は絶句した。父親の情の欠片《かけら》もなく、わが子を単なる物としか見ていない。それどころか、二人に対するお万の気持ちも察してはいない。これが武家の習いなのだろうか。腹立ちよりも、武家の子として産まれた二人が憐《あわ》れでならない。

家康はお万が納得したと思ったらしく、逆撫《さかな》でするような笑みを浮かべた。

「久しぶりにお万の箏《こと》が聴きたい。今宵は義伊丸の門出を祝い、奏《かな》でてはくれぬか」

お万は箏が得意だった。以前、信長が上洛《じょうらく》して二条城で茶会を開いた折に箏を奏でた時、かつて京の都で、美女で箏の名手であったと伝えられる「小督《こごう》」と並び称せられたこともある。

お万は思いっきり家康の手を払いのけると、立って家康を睨んだ。

「――義伊丸の代わりはおへん！」


三日後の十二月六日、早朝――。

冬の冷たい雨の中、義伊丸は浜松城から輿《こし》に乗り、傅役《もりやく》の小栗大六《おぐりたいろく》（重国《しげくに》）を従え、小姓に選ばれた石川数正《かずまさ》の嫡男勝千代《かっちよ》や本多作左衛門の嫡男仙千代《せんちよ》とともに、榊原康政率いる一千の兵に護《まも》られ、大坂に旅立っていった。

家康からは餞別《せんべつ》として「童子切《どうじきり》」の太刀と采配《さいはい》を贈られただけで、別れの言葉や見送りもない出立だった。そんな中、義伊丸がお万に告げた言葉は、「母上、お体を大事になされてくだされ」だった。

真っすぐ通った鼻筋、切れ長の目……。お万は義伊丸のすべてをまぶたの裏に焼き付け、人目も憚《はばか》らず大声で泣いた。

暮れも押し迫った十二月二十日過ぎ――。

作左衛門から、義伊丸が同月十二日に大坂城で元服し「羽柴」の名字を与えられ、養父の秀吉と実父の家康の名からそれぞれ一字ずつ取り、「羽柴秀康《ひでやす》」と名乗ったと、文《ふみ》で伝えてきた。

お万はほっとしながらも、一層、寂しさが沁《し》みる年の瀬だった。

二

翌閏《うるう》天正十三年（一五八五）――。

羽柴秀吉が関白となり、養子となった秀康が従四位下左近衛権少将《さこんえごんのしょうしょう》の位を与えられたという一報が浜松に届いたのは、まだ夏の暑さが続く七月中旬だった。

秀康の出世を一番喜んだのは、お万の養父永見貞英《ていひで》に養子として出された、双子の一人、永見貞愛《さだちか》だった。家康の命なのか、七月末、浜松城にいるお万の許を訪ねてきた。

貞愛は元服を済ませたものの、今は武士ではなく、池鯉鮒《ちりふ》神社の養父の許で禰宜《ねぎ》になる修行をしている。だからだろう。濡《ぬ》れ縁に腰掛け、入道雲を眺める貞愛は秀康と似ているが、雄々しさは感じない。わずか十二歳の少年。まだまだ子供といっていい。それが今のお万を唯一《ゆいいつ》、ほっとさせてくれてもいる。

貞愛は、どこで拾ってきたのか、二匹の子猫を膝《ひざ》にのせ愛《いとお》しむように撫でていた。

「母上。作左衛門殿が申しておったとおり、兄上はどんどん偉くなりまするぞ。やがては関白となり、殿の上に上がられるやもしれませぬな。ますます雲の上じゃ」

貞愛は双子の秀康のことを「兄上」と呼び、家康のことは父親ながら「殿」と呼ぶ。声変わりして大人になりつつあるからか、近頃は声がやや低い。

「偉くなぞ、ならんかて宜《よろ》し。この母は貞愛も秀康も健《すこ》やかであれば、それでええ。貞愛はまさか、やがて武士になろうとは思うておまへんやろな」

子猫の頭を撫でてから遠くに目を移し、やおら渋い顔で答えた。

「思うてはおりませぬ、が……兄上のようになりたいとは思います。それがしも兄上と同じ……男ゆえ」

何が言いたかったかわかるだけに胸が痛む。おそらく「同じ母のお腹《なか》から生まれた」と言いたかったのだろう。

「母上」貞愛はお万に顔を向けた。「何ゆえ、貞愛は父上に、否、殿に目通りできぬのです。貞愛は何か悪いことでもしたのでござりましょうか」

貞愛のあまりに純真なまなざしに、お万は目を背けずにはいられなかった。

貞愛は未だに家康に会えていない。子供とはいえ、同じ兄弟でありながら天と地ほ
ども違う扱いに疑問を抱くのも無理はない。とはいえ、十二歳の子供に武家の習いな
ど理解できるはずもない。お万ですら、この理不尽さには腹が立っているほどだ。

――この子も辛《つら》い思いをしてたんやな……。

「そなたは悪くはおへん。悪いのは……この母どす」

「母上が？　何かされたのでござりまするか」

「……そなたに今、申してもわからへん。いずれ、刻《とき》が来たら教えてあげます」

「されば一つだけお願いがござります、母上。この城に住まわせてはもらえませぬ
か」

「――何を言い出すのや。そないなこと、でけるはずがおまへんやろ」

思いも掛けないことを言い出され、体が震え出した。

貞愛はすでに亡き者とされている。ここで貞愛が浜松城に入れば、秀康は双子だっ
たことが知れ渡る。秀吉に知られれば騙《だま》されたと、秀康を殺さぬとも限らない。いや、

その前に貞愛が徳川家中の者に消される。極秘裏《ごくひり》に正室築山御前を殺し、嫡男信康を自刃させたほどだ。貞愛など雑作《ぞうさ》もない。それが武家の世ということを側室になって初めて知った。

「——何ゆえです！　母上」貞愛は負けじと声を張り上げた。「貞愛も同じ母上と父上の子。殿は、私の父ではありませぬか」

「——お黙りなはれ！」言下に遮った。「貞愛。もう二度と、そのようなことを言うてはあきまへんえ。養子に入ったからには永見殿が、そなたの父上。わかりましたな。それから、ここへはもう二度と来てはあきまへん。これからは母が会いに行きます」

貞愛は目に涙を浮かべ、見返した。

「……何ゆえです、母上。何ゆえ、そこまでして私の素性を隠さねばなりませぬ」

「そなたの身を護るため、大坂にいる秀康を護るためどす。秀康が双子と知れても、そなたがその双子の片割れと知られても命に係わる一大事。わかっておくれ、貞愛」

十二歳の貞愛に、大人の勝手な都合などわかるはずもない。しかし、貞愛は目に涙を溜めながらも、こくりと頷《うなず》いた。お万は堪らず貞愛を思いっきり抱きしめた。

——こないな母で堪忍《かんにん》や……。

お万にとって微《かす》かに吉報と呼べるのは、官位を下賜《かし》された秀康のことだけ。八月に入り、信濃で真田《さなだ》との戦が始まり、九月末には徳川方の敗走との報《しら》せがお万の耳にまで届いてくる。負け戦だったとはいえ、徳川が秀吉と同盟の真田を攻めたことは、禁裏から関白の称号を下賜された秀吉をも攻めただけではなく、禁裏に弓を引くに等しい。秀吉は真田攻めに怒り、家康が謝罪に来るよう上坂《じょうはん》を求めているという。

浜松城内では、謝罪の代わりに再び人質を出すか、どうかの評定を重ねる一方で、一時凌《しの》ぎとして岡崎城の家老石川数正を家康の名代として大坂に向かわせた。

お万は気が気ではなかった。お万にとっては男たちの駆引きより、養子となった秀康のことが心配でならない。再び戦となれば秀康の命は、どうなるかわからない。

お万は、食も喉《のど》を通らず、ただ仏間に入り祈るしかできない己が歯痒《はがゆ》かった。

そんなお万の心を逆撫でするように、家康は人質を出さないことを決定した上に、北条との同盟を固め、再び秀吉と対立姿勢を取り出す。

不安の募る十一月中旬。さらに凶報とも呼べる報せが浜松城に飛び込んでくる。

どういう経緯《いきさつ》かはわからないが、秀吉との交渉役に立った石川数正が、突如として岡崎城を出、妻子・郎党を引き連れ、出奔した。

数正は西の護りの筆頭とも呼べる岡崎城の家老で、長年、家康を支えてきた宿老でもある。それだけに東の浜松城内は蜂《はち》の巣をついたような大騒ぎだった。数正は古参の重臣とあって領内の城の位置や造り、兵の数や武器の種類ばかりか、兵を率いる侍大将の性格や戦法まで熟知しており、徳川内部のことはすべて筒抜けになったとのことだ。

石川数正――。お万が岡崎城に築山御前の侍女として上がった元亀《げんき》三年（一五七二）には、嫡男信康の傅役《もりやく》だった。朴訥《ぼくとつ》ながら温厚な人柄で、信康をわが子のように愛《いつく》しみ、築山御前からも頼りにされていた。侍女だった頃のお万にも優しかったことを憶《おぼ》えている。

命より忠義を重んじるとまで言われる三河武士――。三河武士にとり、主君を裏切ることほどの恥辱はない。それだけに出奔は、どれほどの覚悟であったろう。それがますますお万を不安にさせていく。

家康は数正の出奔後、主だった重臣たちから人質を取り、結束を固くし秀吉に備えた。

同じ十一月末、秀吉から再び上坂の命が正式に届く。しかし、家康はこれも拒否。浜松城内は前にも増して大きく揺れた。

そんなぴりぴりとした中、お万は浜松城の二ノ丸の居室から、夕暮れに染まる西の空に目をやった。

この浜松から十八里（約七十二キロメートル）ほどのところに貞愛のいる池鯉鮒神社があり、その遥《はる》か彼方《かなた》の大坂城に秀康がいる。

二人の笑顔が茜空《あかねぞら》にぼんやりと浮かび、耳の奥から二人の声が聞こえてきた。

母上。お体を大事になされてくだされ――。

母上。何ゆえ、そこまでして私の素性を隠さねばなりませぬ――。

「われら親子は、引き裂かれる運《さだめ》どしたんやろか……」

お万は己の運を怨《うら》みながらも二人の無事を祈り、手を合わせずにはいられなかった。

三

年が変わった天正十四年（一五八六）――。

家康はますます秀吉との対決姿勢を強めていく。尾張から秀吉の命でやってきた織田信雄の上坂の誘いを退け、三月には家康自らが伊豆の北条家に出掛けている。さらには北条方からも家康の許に使者が来るなど、一層、結束を固くしていた。

お万は浜松城から岡崎城に移った。

昨年、石川数正が出奔した岡崎城の城代に本多作左衛門が据えられた折、近くの池鯉鮒神社に住む貞愛の側《そば》にいたいと家康から許しを得、付いてきたのだ。今は二ノ丸に部屋をもらい、侍女五人ほどと住んでいる。

お万は昨年来、気が休まる日はなかったといっていい。家康が上坂を拒み続け、北条方と戦支度までしているからか、三月の節句には大坂城にいる秀康の命が危うくなっているとの噂が岡崎城内にまで聞こえている。

三月半ば早朝、お万はじっとしては居られず、「戦勝祈願」と称して、岡崎城から西に三里（約十二キロメートル）ほどのところにある池鯉鮒神社に向かった。

池鯉鮒神社は尾張の熱田神宮や駿河の三嶋《みしま》大社と並ぶ東海道大三社の一つで、由緒《ゆいしょ》ある大きな社殿を構えており、徳川家でも昔から武運長久を祈願している。

作左衛門はお万が貞愛に会いに行くと思っているらしく「十日ほど、ゆるりとしてこられい」と快く送り出してくれた。護衛の兵たちや侍女は池鯉鮒神社に着いた後、輿を置いて岡崎城に戻る手筈《てはず》になっている。迎えに来るのは十日後だ。

池鯉鮒神社に向かったのは貞愛だけでなく、父村田意竹《いちく》に会うためだった。

お万には実父の村田意竹と、養父の永見《ながみ》貞英《ていひで》がいる。

実父意竹はお万が幼い頃、京から大坂に出て医者をしていた。お万が側室になる折に貞英が養父になった縁で、十五年ほど前から貞英の屋敷で厄介になっていることは知っていた。

輿に揺られて一刻ほどした時、遠くで鳴く、ほととぎすの声が聞こえてきた。

不思議にも、築山御前からのお召しで岡崎城に出向いた折、箏を奏で唄《うた》った『越天《えてん》楽今様《らくいまよう》』の一節が脳裏に蘇《よみがえ》ってきた。

〽花橘《はなたちばな》も匂《にお》うなり　軒《のき》の菖蒲《あやめ》も薫《かお》るなり

夕暮さまの五月雨《さみだれ》に　山ほととぎす名乗るなり――。

橘の花も匂う。軒先の菖蒲も香る。夕暮れ時の五月雨に山ほととぎすが「ここにいるよ」と鳴いている――という夏の風情を唄ったものだ。

大坂の秀康が「ここにおりまする、母上。早《はよ》う助けに来てくだされ」と言っているようにも思える。だからか、今になって初めて、浜松城を訪ねてきた貞愛の本当の気持ちがわかったような気がした。ただただ寂しかったのだ。だから浜松城に住みたいなどと言ったに違いない。

――ほんまに、うちは阿呆《あほう》な母親や。それすら気づいてやれなかった。

池鯉鮒神社近くに住む、養父貞英の屋敷の前に輿が着いたのは、昼前だった。輿から降りると、貞愛が門前から出てきた。よほどお万に会うのが嬉《うれ》しかったらしく、元服したにもかかわらず、まるで幼子に返ったようにべたべたとくっ付いてきた。屋敷に入っても同じだった。これが貞愛との今生の別れになるかもしれないと思うと無下にもできなかった。ただ、足音が廊下に響いた時には、さすがに苦言を呈した。

「貞愛。もうよしなはれ。そなたは禰宜として、立派に神社を継いでいかねばならぬ。神の道は御仏《みほとけ》の道と同じく茨《いばら》の道と言います。己を厳しく律して歩みなはれ」

貞愛は何か感じたらしくお万に顔を向けると、母の姿をまぶたに焼き付けるように見入っていた。お万も同じように見つめ返した。細面の顔に切れ長の目と真っすぐ通った鼻は、家康の家系ではない。

思わず抱きしめようとした時、父の意竹が部屋に入ってきた。

「おう、お万。いや、お万ノ御方様や。久方ぶりじゃのう。すっかり徳川様の御方様にならはって見違えるようや。きょうはわざわざのお運び、恐縮至極にございます」

深々と頭を下げる意竹には顔を向けず、お万は貞愛を見続けた。

「貞愛。母は父上と大事なお話がありますよって、席を外しなはれ。お昼は母が持ってきた御重があるさかい、後で一緒に食べまひょ」

「はい、母上」貞愛は一礼すると、嬉しそうに部屋を出て行った。

小袖《こそで》に袴《はかま》姿の後ろ姿は、すっかり大人びている。お万にとっては嬉しくもあり、寂しくもある。思わず涙が溢れた。

「どないしたのや、お万。今生の別れでもあるまいし」

涙を拭《ぬぐ》い、意竹を見た。

茶色の作務衣《さむえ》を着ていた。意竹とは、お万が城に上がって以来、会ってはいない。貞愛が十三だから、十四年は経つ。当時、四十三だったから、今は五十半ば過ぎだ。相変わらずの総髪だが、髪は薄くなり、所々、白髪になっている。

「ま、子供はどんどん大きなるさかい。わしもな、大坂の秀康やお万に負けてはあかん思うて、意竹から意斎《いさい》に名を変えよったんや。永見はんの勧めもあってな。ちゅうのも、秘伝の〈忘痛丸《ぼうつうがん》〉が、ここな神はんのお蔭《かげ》で飛ぶように売れとんや。そいで、意斎。どないや、薬師《くすし》として格が上がったように聞こえんか」

お万はそれには答えず、両手をついた。

「お父《と》はん、一生のお願いに参りました」

「何や、藪《やぶ》から棒に一生のお願いなどと。びっくりするがな。まさかとは思うが、貞愛を城に戻せいうのやないやろうな」

「違います。うちと出奔して欲しいのどす」

「――なっ、何やて……出奔！」目を瞬《しばた》かせた。「あ、阿呆なこと言いなんな。侍ならともかく、主君のご側室はんが出奔したなんちゅう話は聞いたこともないで。てんごうも、たいがいにしいや」

「てんごやおへん。本気どす」

「何を言うとんや」意斎は声を落とした。「昨年、石川様が出奔なされて、どない大騒ぎになったか。おまんが知らんはずがないやろ。こないな時に何を言い出すんや。ここな徳川様は本妻様の首を刎《は》ねたちゅう話やで。捕まれば側室かて、ただでは済まんがな」

「それは覚悟の上。それでも、うちは大坂に行きたいんどす」

「――お、お、大坂！」意斎の声が裏返った。「な、何を言うとんや、大坂などと」

「大坂城におる秀康の命が危ないのどす。明日にも殺されるかもしれんのに、じっとしてはおれまへん」

「落ち着け、落ち着きなはれ。羽柴様は天子様から関白の称号を賜った。そない偉いお人が、養子とはいえ、わが子を殺すはずがない」

「けど今、徳川は北条と結んで、羽柴様と戦を始める備えをしておます。戦となれば、人質は真っ先に殺されるが武家の習いどす」

「いくら徳川様かて、二度も羽柴様と戦をするほど阿呆やない」

「ほな、石川様は何ゆえの出奔でおます」

「そ、それは……わしら下々にはわからん」

お万は頭を下げた。「お願いどす、お父うはん。大坂まで連れて行っておくれやす」

「そないなこと言うたかて、おまんが城から姿を消したとなれば大騒ぎやで」

「お城のほうは心配おへん」

お万は岡崎城城代の本多作左衛門から、ゆっくり静養するよう許しを得てきたと伝えた。

「ちゅうても今、尾張との国境《くにざかい》や岡崎の港は、どこも兵が見張ってる。出入りの商人《あきんど》かて大変やいう話やのに出られるわけがない。おまんが出奔したとなれば、すぐ追手がくる。たとえ百姓に化けても、女子の足では途中で捕まるのが落ちや。国境には川幅三十間（約五十四メートル）もある逢妻川《あいづまがわ》もあるし、ここは尾張へ通じる池鯉鮒やさけ、見張りも多いしな」

池鯉鮒は東海道と西尾街道が出会う道でもあるため、人の出入りが多く、徳川にとって西の要《かなめ》だった。尾張との国境となっている逢妻川は、ここから二町（約二百十八メートル）もない。

「わしは娘の首を討たれるようなことに加担しとうはない」意斎はそう言うと、やおら懐《ふところ》から〈忘痛丸〉の包み一つを手のひらに出した。「この〈忘痛丸〉ちゅうのは、薬に使うてる萱草《かんぞう》の別名、〈忘れ草〉の名から取ったもんや。正直、わしは何に効くのか、ようわからん。たぶん、これを飲んだお人が、ここな神さんの御利益《ごりやく》があると思うてるさかいや。そやさけ治ると思えば治る。忘れよう思たら忘れられる」

「お父うはん。こないな時に、何が言いたいのどす」

「お万。大坂に行った義伊丸は名が変わったんや。死んだと思て、早う忘れたほうがええ」

「――死んだやなんて！　縁起でもないこと、言わんとおくれやす」

「そやかて考えてもみい。おまんが大坂へ行ったかて何がでける。ここにいてたら、徳川の御方様やで。何の不自由もない暮らしがでける。好きな箏かて弾いてられるんやで」

お万は意斎を見返した。

「そないな目で見るなや。わしはおまんのためを思て言うとんやで。とにかく、義伊丸は他所様《よそ》の子になったんや。忘れなあかん。さ、薬を飲み。きっと心の痛みも取ってくれるやろ」

あまりの情けなさに涙が溢れた。これが男と、腹を痛めて産んだ女子の違いだろう。

「お父うはんまで何を言いといやす。うちは二人の子を取り上げられて何もおへん。三十九の、城の隅に追いやられた〈忘れ草〉どす。側室いうだけの、居場所すらない、邪魔者扱いされてる女子。この先、この徳川で何を楽しみに生きていくのどす。死んだも同じ。いえ、うちかて築山の御前様のように、いつ殺されるか、わかりしまへんのやで」

「……せやけどな、おまんが出奔したら、ここにおる貞愛に難儀が掛かるかもしれんのやで」

「そこをお父うはんに考えて欲しいのどす。うちが頼れるのは〈忘痛丸〉の秘薬を考えた、お父うはんだけどすねん。後生どす、うちと一緒に大坂まで付いて行っておくれやす」

意斎は大きく溜め息を吐いた。

「おまんには敵《かな》わんな。わしまで大坂へ連れて行く気か。そうかてお万。旨《うま》く国境を越えたところで、大坂城にいてる義伊丸に会えるかどうか、わからんで」

「死は覚悟の上どす。うちは、この命、わが子のために使い切る覚悟どす。うちが母親としてでけるのは、それだけしかおへんのや」

涙の中に秀康と貞愛の顔が浮かんで消えた。

「そこまで覚悟を。おまんは小さい時から一度言い出したら聞かん質《たち》やさけのう……。ま、ここな神社の永見はんの知恵も借りれば何とかなるやもしれん。わしは永見はんの命の恩人やし、貞愛を養子にもろうとんやさかい、嫌とは言わんやろ。わかった。出奔の手筈は、わしらに任しておき。大坂まで無事に送り届けたる」

「――おおきに！」

四

三月十六日、昼過ぎ――。お万は緋《ひ》色《いろ》の袴と白無《しろむ》垢《く》の小袖という巫女《みこ》姿の出《い》で立ちで、池鯉鮒神社から尾張国にある熱田神宮に向かった。

お万は誰とはわからないように顔に白粉《おしろい》を付け、虫《むし》の垂衣《たれぎぬ》を巻いた市女《いちめ》笠《がさ》をかぶった。

もっとも、岡崎辺りの兵たちでお万の顔を知る者はいない。荷物は箏と柄鏡《えかがみ》だけ。

お万の後ろで烏帽子《えぼし》をかぶった男十人ほどが引く荷車に積んである。

男たちも皆、顔に白粉を付け、口には紅までさしている。神々《こうごう》しさを出すためだ。その中に父の意斎や貞愛も交じっているが、化粧をしているため、まったく誰ともわからない。貞愛を連れてきたのは、お万が出奔した後の用心のためだ。熱田神宮でしばらく匿《かくま》ってもらうことになっている。

荷車の上には、米・麦・粟《あわ》・稗《ひえ》・大豆など五穀を麻袋に入れて積み、その中ほどには紙垂《しで》を飾った〈三河国 五穀豊穣《ごこくほうじょう》祈念――〉と書いた立札が立ててある。

禰宜の永見によれば、戦国の世になる前の、伊勢神宮と縁を結ぶ神社神道で、〈祈《き》年祭《ねんさい》〉という一年の五穀豊穣などを祈る祭祀《さいし》があったという。

熱田神宮は三種の神器の八咫《やた》の鏡を祀《まつ》った伊勢神宮と同じく、三種の神器の草薙《くさなぎの》剣《つるぎ》が祀られており、天照大御神《あまてらすおおみかみ》に通じ、多くの邪気《じゃき》・災いを祓《はら》ってくれるとされている。それゆえ、五穀を奉納することは、天照大御神のご加護を受けることになる。

お万が消えた後のことは神隠しに遭ったことにしてある。神社の周りには鬱蒼《うっそう》とした森があり、昔から神隠しに遭うという話が、未だに村人の間で語り継がれている。

すべては池鯉鮒神社の禰宜、永見貞英が考えたものだった。

池鯉鮒神社から一町半（約百六十三メートル）ほど行った逢妻川の袂《たもと》で、国境を護る鎧《よろい》武者に呼び止められた。

「待て待て。その方ら、何の一行じゃ。何処《いずこ》に参る」

意斎がお万を庇《かば》うように前に出た。

「われらは見てのとおり、池鯉鮒神社より参った神官《しんかん》。これより尾張熱田神宮に参るのでおじゃる」

永見の指示どおり、意斎はわざと公家《くげ》言葉を遣い、神官になりきっている。

「熱田神宮じゃと？　荷は何じゃ」

意斎は荷車に立つ〈三河国　五穀豊穣祈念――〉と書いた立札を指差した。

「あれに書いてあるとおり、三河でとれた五穀におじゃる」

意斎は永見から教わったままに、その理由を丁寧に説いた。

「五穀豊穣の祈願じゃと？　それなれば池鯉鮒神社での祈願で十分であろうが。池鯉鮒神社の神が、熱田神宮の神より力が劣るなどとは聞いたことがない。だいたい三河の豊作を、敵国の神宮に頼むなど、以《もっ》ての外《ほか》じゃ」

「確かに池鯉鮒神社の神々で十分でおじゃるが、神々の世にも事情というものがおじゃる。今、徳川様の戦の祈願成就《じょうじゅ》で大忙し。それゆえ、熱田神宮に参れとのお告げがあったのでおじゃる」

「何、お告げじゃと？」

「如何《いか》にも。そもそも熱田神宮は神代の昔から神の御社《おやしろ》。敵国の領内であろうとも、織田家でも羽柴家の物でもない。それとも、三河の田畑《でんぱた》が豊作にならずともよいと申すでおじゃるか」

「そうは申さぬが。されば、荷を改める」

「ならぬ。五穀は熱田神宮の神々にお供えする御饌《みけ》。何人も触れてはならぬ決まり」

鎧武者は苦虫を嚙《か》み潰《つぶ》したような目をお万に向けた。

「されば、その市女笠をかぶった巫女は、どなた様じゃ。顔を改める」

「この巫女は、神々を招き入れる箏の名手でおじゃる。それゆえ、熱田神宮まで口を利《き》いてはならず、顔を晒《さら》してもならぬ。これも神事の厳しい法度《はっと》。もし、それを破れば、そなたばかりか、一族にまで災いが及ぶが、宜しいでおじゃるか」

鎧武者は顔をしかめ、舌打ちした。

「いちいち面倒な奴《やつ》らじゃ。わかった、わかった。さっさと行け」

お万がほっとして歩き出そうとした時、意斎が「されば――」と申し出た。

「お願いしたき儀がおじゃる。ここな逢妻川を舟で渡ろうと思うのでおじゃるが、そちらの舟で向こう岸まで渡してはもらえぬか」

「な、何じゃとう、舟を貸せじゃと」

鎧武者だけでなく、お万も驚いた。図々《ずうずう》しいにもほどがある。

「向こう岸に着くまで手伝《てつど》うてくだされ」意斎は声を落とした。「勿論《もちろん》、只《ただ》とは言わぬ。帰りに必ずここを通るゆえ、その折、これら神々に備えた五穀をお分け申そう」

「ふん。そのような物では腹の足しにもならぬわ。たわけが」

鎧武者が踵《きびす》を返したので、お万は意斎の袖を引いて頭を小刻みに振った。ところが、意斎は余裕の笑みを浮かべ「任せておけ」とばかりに頷き、尚《なお》も鎧武者に声を掛けた。

「ほう。断るとは勿体《もったい》ないことを。神々に供えた供物《くもつ》を食すると、大出世するのでおじゃるのに」

「何……」鎧武者は立ち止まると、振り返った。「大出世じゃと?」

「東の浜松城では粟を食らうただけで、今や組頭になられた方もおじゃる。次は足軽大将になられるという噂でおじゃるぞ」

「誰のことじゃ、それは」

「それは言えぬ。話せば御利益が消えるでのう」

「ふん。空言《そらごと》を」

「空言と申すか。まぁ、よい。そなたは神々とは縁がないのでおじゃろう。されば、他の者に頼むでおじゃるか」

「ちょ、ちょっと待て。本当なのか。否、おぬしら本当に帰りにここを通るのじゃな」

「神に仕える者が嘘偽《うそ》りを申せば、地獄に落ちるが運《さだめ》。神事は武士同様、命懸けでおじゃる」

お万は側で聞いていて噴き出しそうになった。

かつて薬を売りつける時も、よく言ったものだ。「薬師は武士同様、命懸けじゃ。命を削ってつくった〈忘痛丸〉が効かぬはずがない」が口癖だった。ただ、難波《なんば》は石山本願寺の一向宗徒の信仰のほうが強く、父の手管に騙される者は少なかった。

「わしの名は中村弥兵衛じゃ。必ず、このわしに五穀を渡せ。いや、お渡しくだされ」

「約束いたす。中村殿。これで戦になっても死なずに済むでおじゃる」

「まことか」

「神事を手伝えば神々のご加護がおじゃる。これがいわば神と人との約束事。このこと、並びに、われらのことは他言無用。それが神事に関わるということにおじゃるぞ、中村殿」

「相わかった」鎧武者はにたりと笑みを浮かべると、踵を返した。「おい、皆。手伝うてくれ。この方々を向こう岸まで渡すのじゃ」

五

人を騙すには相手の目を別のほうに向けさす。それが極意ちゅうもんや——。

無事に熱田神宮に着いた父意斎は得意げだった。

お万と意斎は熱田神宮で町人姿となり、息子の貞愛や供の者たちに見送られ、伊勢、近江、山城を越え、大坂にたどり着いたのは、三河を出て四日目だった。

大坂は、十三の時に住んでいた頃とはまったく違っていた。昔の面影はどこにもない。石山本願寺のあった場所には見上げるほどの大坂城が建ち、大川（淀川）からは幾つもの幅の広い濠《ほり》が掘られ、俵を乗せた舟が何艘《そう》も行き交っている。

濠と濠の間には大きく立派な屋敷が建ち並び、町ができていた。濠をつくり、水はけをよくしたからだろう。昔のように土が湿っぽくない。通りを行き交う人々も活気があり、浜松や岡崎とは比ぶべくもなく町は広がり、京以上の賑《にぎ》わいを見せている。

お万や意斎が、地味で色褪《あ》せた茶色の小袖を着ていたため、かえって目立ったが、誰もお万のことを訝《いぶか》しげに見る者はいなかった。

ところが、かつて意斎が住んでいた大坂難波で、古い知り合いが市中を見回る役人に訴え出たために、お万は意斎共々捕まってしまった。捕らえられた理由は、意斎が踏み倒した借金だった。

秀吉が老若男女《ろうにゃくなんにょ》問わず、盗人を極刑に処すことは知っていた。そこでお万は仕方なく、素性を明かした。ここで足止めされるわけにはいかない。しかし――。

役人にいくら家康の側室と訴えても信じてくれないばかりか、「この騙《かた》り女《め》が！」とますます罪人扱いされる始末。加えて、意斎が分不相応な箏を背負っていたためにすっかり盗人にされ、大坂城から南に三里ほど行った、堺の政所《まんどころ》に引き立てられた。

翌朝、お万は意斎とともに庭に敷かれた筵《むしろ》の上に座らされた。

お万はあまりに邪険な扱いに腹が立った。代官らしき男が廊下の奥の座敷に着座するや、お万は立ち上がった。

「うちは徳川三河守《みかわのかみ》の側室お万。羽柴秀康殿の生母どす。いくら関白殿の領内とはいえ、こないな無礼は許しまへんで」

「――控えい！」傍らの役人が一喝して歩み寄ると、有無も言わさずお万を座らせた。

代官は笑みを浮かべ二人を眺めた。歳《とし》は父よりかなり上の六十半ば過ぎだろうか。

肩衣《かたぎぬ》と半袴に扇子を持ってはいるが、武士というより商人に近い。

「こら、意竹。久しぶりやのう。相変わらず、怪しげな薬を売っとんか」

「お、お代官様。何で、わしの昔の名を……?」と意斎。

「おまんも歳を取ったな。ええ歳して、親子ほども違う女子を連れて大坂に戻ってくるとは呆《あき》れたもんやで。わしや。二代目小西弥左衛門《やざえもん》（小西行長の父隆佐《りゅうさ》）や」

「……あ、あの薬種商《くすりだねしょう》の、小西はん。けど、どないして、ご隠居はんがお代官を?」

「ま、わしもいろいろと商いの手を広げておってな。先の徳川との戦で鉄砲に使う火薬の硫黄《いおう》をぎょうさん明国《みんこく》から仕入れて、関白様に運び入れたのが気に入られての、堺の港や和泉・河内を見張る代官の役を任されたちゅうわけや」

「そらー、えらいご出世で。ほな、よかった。地獄で仏ちゅんは、このことや。小西はん。こら、わしの娘だす。わしら親子を放免しとくれやす」

「それは、でけん」

「何でだす。十年以上も前の借金なぞ濡れ衣だす。だいたい証文もおまへんし、うちらは何も悪いことはしてまへんで」

　小西はにたりと笑みを浮かべた。

「これから、すんのやろ? おまんが担《かつ》いできた筝を奏で、また訳のわからん妙な薬をこさえて高値で売るんやろが。そないな者を大坂の町に解き放つわけにはいかん」

「訳のわからん妙な薬やて?」声が気色ばんだ。意斎は、こと薬のこととなると黙ってはいない。「ちょと、待てや、ご隠居はん」

「わしは代官や」

「代官でも何でもええ。それよか、わしが長い間、工夫を重ねてこさえたもんを、訳のわからんとは、あんまりやないか。わしが編み出した〈忘痛丸〉は三河の池鯉鮒神社の禰宜はんの命を救った名薬やで。しかも一粒二十文。儲《もう》けなんか、あるかいな。わしはこれでも薬師として、病にかかった民を命懸けで救おうと戦《たたこ》うとんや。それを」

「お父うはん」途中で遮った。「そないな話は今は宜し。小西様。うちはほんまに徳川三河守の側室。関白様の養子となった秀康の母どす。どうか、信じておくれやす」

小西は満足げに頷いた。

「なるほどな、それで箏を持ち歩いとんか。今度は薬やのうて、騙《かた》りで人を騙《だま》す気やな。さすが意竹の娘や。血は争えんで」

「何を言わはります。うちは秀康に会いたい一心で、三河の国を出奔して来たんどす」

「女子が出奔……！」小西は驚いたように目を開けると、突然、破顔した。「あ、ははは……。徳川の側室が出奔やて。それがほんまなら、あの徳川も先はない。そげんしても、いくら騙りかて徳川の側室が出奔したなんぞ信じる阿呆が、どこにおんねん。くくく……。てんごうもたいがいにしいや」

小西が腹を抱えて笑い出すや、周りの役人たちばかりか、小者まで笑い転げた。

「――ほんまどす！　嘘や言うんなら、秀康をここに連れて来ておくれやす。会えば」

「――こら！　女」言下に遮った。「いい加減にせんかい。いくら騙りかて、関白様の若君の御名《おな》を呼び捨てするちゅうのは無礼の極み。口を慎め」

「ほな、昨年、出奔した石川殿を呼んでおくれやす。石川殿なら、うちをようご存じどす」

小西は大きく溜め息を吐いた。

「ようそこまで調べたもんやで。親が親なら娘も娘や。呆れて物も言われへん。意竹。昔のよしみや。三日やるさけ、牢屋《ろうや》の中で、大坂から出て行くか。それとも、牢屋で死ぬまで暮らすか、決め」

「牢屋の中で……小西様！　ほんまに、うちは秀康の母どす」お万は必死だった。

「信じておくれやす。お万がこの大坂に来てるとだけでもお伝えください」

「――やかましい！」配下に目を向けた。「ちゃっちゃと引き立てい。詮議《せんぎ》は終《しま》いや」

小西は席を立つと、見向きもせず退室していった。


二日後、暗い牢屋の前に、役人たちが灯りを持ってぞろぞろとやってきた。

代官の小西の横には、肩衣姿の男が立っていた。顔を見られたくないのか、頭巾《ずきん》で覆《おお》っている。その目がお万を捉《とら》えた途端、驚きの色に変わった。

「――こ、これは……お、お万ノ御方様！」と男が叫んだ。

「その声は石川殿！」お万は思わず身を乗り出した。数正は前に出てきた。

「な、何ゆえ、御方様が、このようなところに」というが早いか、側にいた小西が
「ほな、この御方はほんまに徳川の側室はんだすか」と訊ねた。

「如何にも。この御方は関白様の養子になられた若君の御生母様じゃ」

「――なっ、な、何やて……」小西は唇を震わせながら周りの役人に声を発した。

「はっ……早う、お出しせんか」

はっ。役人たちは慌《あわ》てて錠前を開けた。

お万が牢から出ると、数正は頭巾を取り、膝を折って待っていた。その後ろでは小

西ほか、役人たちが平伏して顔を合わせないようにしている。

「御方様。お懐《なつ》かしゅうござる。されど何ゆえ、このような危なき真似《まね》までして出奔なされたのでござります」

「徳川は北条と結び、戦の備えをしておいやす」

「――何と。やはりそうでござったか」

「上方からの噂《うわさ》で、わが子秀康の命が危ういと聞き、居ても立ってもおられず、そなたのように出てきたんどす。それゆえ、すぐにも秀康に会いとうおす。秀康は無事どすか」

「勿論にござりますとも。関白様の覚えもめでたく、ご健勝にあらせられます」

「それを聞いて安堵《あんど》した。石川殿、秀康に会えるよう算段しておくれやす」

「承知しました。されば、まずは御正室、北政所《きたのまんどころ》様にお伺いを立てておきまする」

「おおきに。やはり築山の御前様が頼りにされたことはおますな」お万がほっとしたように言うと、数正は顔を曇らせ、視線を床に落とした。「如何《いかが》した」

「御台《みだい》様と若殿をお護りできなんだは一生の不覚……。今も忸怩《じくじ》たる思いにござる」

数正は膝にのせた手を強く握りしめていた。

「うちはお武家の習いはようわかりまへんけど、秀康まで人質に出してしまう徳川が怖《こお》うて。うちかて、どうなるかと思うたら、あの子の身代わりとなって死んでやろう。その覚悟で出てきたんどす」

「それほどのご覚悟で……。それがしには、その覚悟がなかったやもしれませぬ」

「石川殿は、何ゆえ出奔なされたのどす、ご家老にまでなられたお方が」

「すべては徳川家と関白様とに戦をさせぬためにござる。関白様は殿（家康）さえ上坂してくれれば、それでよいと申され、今、その算段をしておるところ。ことを構える気など毛頭ありませぬ。されど今、御方様の話を聞いてますます不安になり申した。一日も早う手を打たねば大変なことに。されば御方様。まずはお父上ともどもわが城に参られ、そこで身なりなどを整えられてから大坂城に参られませ」

「そなたの城？」

「ここより南に四里ほど行った、岸和田城にござる。輿を用意させますゆえ、ご安堵くだされ」

「南に四里も……いや、うちは一刻も早う秀康に会いとうおます」

「されど、そのお姿では……。わが城で身支度を整えられてからにされたほうが」

はたと身に付けている着物に目を落とした。大坂まで歩いてきた上に、牢屋に二日も入れられたからだろう。色褪せた茶色の小袖は泥で汚れ、やや臭《にお》う。髪も油がぬけて乾き切っていた。

「こうまで言うてくださるんや、そうしぃ」後ろにいた意斎が口を挟んだ。「そげな恰好《かっこう》で行ったら、大きな城にいてる秀康殿に恥を掻《か》かすことになる。秀康殿には、いつまでも美しい母親でおらんとあかんで」

お万は数正に目を向けた。

「石川殿、お心遣い痛み入りまする。ほな、宜しゅうお頼み申します」

六

十日後、お万は父意斎を連れ、石川数正の案内で大坂城に入った。

大坂城は途轍《とてつ》もなく大きく広い城だった。川のように幅広い濠と、人の何倍もある石で組まれた石垣に囲まれた城内には、いくつもの大きな屋敷が立ち並び、北には五重の立派な高い城が見えている。

初めに入ったのは表御殿と呼ばれる館《やかた》だった。秀吉に会う前にお万だけが、秀吉の正室北政所の部屋に連れて行かれた。数正によれば、それが大坂城のしきたりという。

館の中も広い。縦横に廊下が走り、部屋がいくつあるかもわからない。

数正が「身支度を整えられてから」と言ったのもよくわかる。数正の女房から借りた、金糸や銀糸などで御所車模様をあしらった藤色の打掛ですら霞《かす》んでしまうほどだ。柱や濡れ縁の手すりは朱色に塗られ、金の飾り金具や彫り物で飾られている。軒には寺院で目にする、金の宝鐸《ほうたく》がいくつも吊《つ》り下げてある。襖《ふすま》は金箔《きんぱく》を貼《は》った上に獅子《しし》や虎《とら》などの勇壮な絵が描かれ、城の所々に松や池、庭石などを配した雅《みやび》な庭がつくられていた。まるで絵巻物にある御殿を思わせる。京の公家屋敷でも、これほど煌《きら》びやかなものはない。

通された表御殿の広間で待っていると、北政所が五人ほどの侍女を連れ入ってきた。歳はお万と同じほどだろう。やや丸顔に、鈴を張ったような目。背筋を伸ばした凛《りん》とした姿は、生前の築山御前を思い出させる。落ち着いた紺地に松竹梅と鶴《つる》の模様の打掛が似合っており、より品よく見せていた。

北政所が上座に座すと、お万は平伏して型どおりの挨拶《あいさつ》を済ませ、面《おもて》を上げた。

北政所は楽しげに、口元に笑みを浮かべていた。

「なるほどのう、そなたが秀康のご生母様か。美しい母様じゃ。切れ長の目と口元は、そなた似じゃな。よう似ておる。おそらく気が強いのも母親譲りやもしれぬ。出雲守《いずものかみ》（石川数正）から聞いたが、秀康が殺されるのではないかと、三河を出奔なされたとか」

「はい。秀康に会いたい一心で国を捨てて参った次第どす。秀康は息災でおますか」

「勿論、息災じゃ。声変わりもして、近頃は男らしゅうなられたぞ」

「そうでございますか。なれど北政所様。関白様と徳川家がまた戦となれば、人質の秀康は真っ先に殺されるとの噂どす」

北政所はやや顔をしかめた。

「そうやもしれぬ。両家が戦《たたこ》うて喜ぶは周りにおる大名ぐらいなものよ。それを徳川殿にわかって欲しいのじゃが、北条とともに戦支度をしておるとは呆れる」

昨年、秀吉は紀州を討伐し、四国の長宗我部《ちょうそかべ》を屈服させ、越中の佐々成政《さっさなりまさ》も滅ぼした。越後の上杉や中国の毛利は従順の意を示すべく人質を送ってきており、今、大坂城内では「徳川、潰《つぶ》すべし――」という主戦派がほとんどという。

「近頃の男どもは血の気が多くて困る。二言目《ふたこと》には戦じゃ、戦じゃと、口を開くたんびに申しておる。徳川殿は、質に出したわが子が可愛《かわい》くないのであろうか」

「と、言わはりますと、やはり北政所様も戦になると……?」

「そうならぬために、わが夫関白も、出雲守も知恵を絞っておる。とはいえ、徳川殿が戦を仕掛けてくるとなれば、武家の習いに従うよりない。今のわが家は徳川殿と戦うた二年前とは違う。天子様から、天下の無事を任された関白家ぞ。関白に弓引くは天子様に弓引くに同じ。逆賊として罰せねばならぬことになる」

「逆賊……！」

「それゆえ、関白は徳川殿に再三、上坂するよう申しておるに、悉《ことごと》く退けておるそうな。気の短い関白の、堪忍袋の緒がいつ切れるかと、わらわもなるべく秀康を関白の目に触れさせぬようにしておるのじゃが……」

　お万は膝を進め平伏した。

「――北政所様。万が一、両家の間で戦となった折には秀康の代わりに、うちの命を取っておくれやす。うちはそのために出奔してきたのどす。どうか、秀康をお助けください」

　北政所はやや顔を曇らせると、侍女たちに下がるよう命じた。

　侍女が出て行くのを見送ってから、北政所はやおら口を開いた。

「お万殿。母としての覚悟、この寧々《ねね》、深く感じ入った。なればこそ一つ頼みがある」

「何なりと申し付けくださいい。秀康が助かるのなら、命なぞいりまへん」

「ならば言う。秀康に会《お》うてくれるな」

「はぁ……？　会うてはならぬ？　それは、どういうことにござります」

北政所は大きな黒目を向けてきた。

「そなたが出奔して来たことは、この城内では内密にしておる。城内で知っておるのは、わらわと侍女五人だけ。堺政所の小西殿にもきつく口止めしてある。何ゆえか、わかるか」

「……わかりまへん」

「秀康は今、関白羽柴家の嫡男《ちゃくなん》じゃ。ここに来て二年。ようやく関白を『父上様』、この寧々を『母様《かか》』と呼ぶようになり、わらわも本当のわが子と思えるまでになった。秀康を護る母の気持ちはお万殿には断じて負けぬつもりぞ。されど、ここでそなたに会うたなら、羽柴になろうとしている秀康の心はいとも簡単に壊れ、心が徳川に戻ってしまう。そうなれば、秀康をわが子と思うておった関白の心も変わってしまうのは必定」

北政所のあまりに真剣なまなざしと、何を言おうとしているのかがわかるだけに、お万は視線を落とした。

養子に入ったからには、永見殿が、そなたの父上じゃ——。

そう貞愛に言ったのではなかったか。にもかかわらず、己はどうだ。秀康の気持ちはおろか、迎え入れてくれた秀吉や北政所のこれまでの思いも考えず、心の赴くままに大坂にやってきた。それがかえって秀康の命を危険に晒していることに気づきもしない。それればかりか、母親として北政所に嫉妬《しっと》している己が情けなかった。

北政所の言うとおり、今は会ってはならない。この二年間、どんな思いで秀康に接してくれていたことか、多くを語らなくても北政所の慈愛に満ちた目を見ればわかる。

ただ……。

頭ではわかっている。それだけに、一層、秀康に会いたいという思いが募り、自然に涙が溢《あふ》れた。

北政所はそれを察したように膝を進めると、お万の手を取り、両手で優しく包み込んだ。

「お万殿……。秀康のことは、この寧々に任せてくりゃれ。命を賭《と》して護ってみせる。否、関白家の跡取りとして立派に育ててみせる」

「……北政所様」

お万は秀康を託すように北政所の手を握り返すと、場所もわきまえず声を上げて泣いた。

七

天正十四年四月末、関白秀吉は上坂を拒み続ける家康の許に、秀吉の妹朝日《あさひ》姫を正室として差し出した。

四十路《よそじ》を越えている朝日姫を押し付けられたことで家康は嫌がらせと思ったのか、頑として大坂には出てこなかった。九月、禁裏から「豊臣《とよとみ》」姓を賜った秀吉は、翌十月、母大政所を岡崎に送ってまで上坂を促したため、家康はついに折れた。

十月二十七日、家康は大坂城の大広間で、諸侯を前に関白秀吉に臣下の礼を取り、従順することを誓った。関白秀吉は上機嫌だったという。

お万は、二ノ丸に新しく建てられたばかりの東曲輪《くるわ》の屋敷の一角に当座の部屋と数人の侍女ほか、下男・下女を付けてもらい、父意斎とともに入った。

すべて北政所の計らいだった。名は「小督《こごう》ノ局」とされ北政所の縁者となっており、素性は隠されている。

二ノ丸東曲輪にお万がいることは、秀吉はもとより家臣の誰にも知られていない。勿論、本丸に住む秀康も知らない。石川数正も事情を聞いているらしく、屋敷を訪ねてくることはなかった。

十一月末、春を思わせる日差しの中、お万は屋敷の廊下から、西に建つ大坂城の天守を眺めていた。

雲一つない青空を二羽の鳶《とんび》がゆったりと円を描いていく。その下に広がる本丸の、どこかに秀康が生きていると思うだけでも仕合わせな気分だった。

とはいえ、こんな近くにいても名乗ることもできなければ、顔すら見に行けない。

「二年もすれば、関白と徳川殿との仲も今より近《ちこ》うなろう。今しばらくの辛抱じゃ」

と、北政所に諭されては従うよりない。

今は秀康も、秀吉や北政所も、本当の親子になろうと努力している。辛《つら》いのはお万だけではない——と己に言い聞かせている。

庭の隅では、意斎が暖かな日差しの中、楽しげに土いじりをしていた。少し掘っては埋め戻している。お万は声を掛けた。

「お父うはん。何をしてますの」

「忘れ草（萱草《かんぞう》）や。四月にここへ来た時に種を蒔《ま》いておいたんや。ほれ、夏に百合《ゆり》に似た橙色《だいだいいろ》の花を咲かせたやろ。あれや。ここな土とは相性がええらしく、よう育ちよる。これなら、あと二年もすれば、ええ根っこになるさかい、また〈忘痛丸〉がつくれるやろ」

〈忘痛丸〉は、萱草の根とよもぎの葉をすり潰して大豆ほどの大きさにし、小さく切った竹の皮に巻いたものだ。意斎によれば最近になって、風邪や胃の腑《ふ》などの痛みに効くことがわかったという。

「そないなことしてはったんどすか。一息入れたら、どないどす」

意斎は手拭いで首筋の汗を拭うと、お万の座っている廊下に腰を降ろした。

「お万。何もせんと毎日毎日、天守を眺めててもしゃあないで。あの子かて気張っとんや。おまんも何かしいや。まだ四十前の女盛りやで。〈忘れ草〉は夏に花を咲かせては根っ子を肥やしていく。おまんももう一遍、大輪の花を咲かせて、しっかりここに根を張り」

「うちはここで、秀康が大輪の花を咲かせるのをじっと待ちます」

そう。関白家の跡取りとして立派に育ててみせる——という、北政所の言葉を信じて。

「そうか。そんなら……。——そや、箏を奏でるちゅうのはどないや」

「そないなことして、本丸のあの子に聞こえたら、北政所様の邪魔になりますやろ」

「そないことで北政所様の情愛が負けるようでは、母親としては本物やない。第一、おまんかて産みの親や。そう簡単に忘れられたら悲しいんと違うか。おまんの奏でる箏の音で、あの子の心の中に少しぐらい、おまんを思い出す場があってもええやないか。いや、箏の音を聞いたら、おまんのためにも気張ろうと思うやろ」

「……そうどすやろか」

「そう信じて弾けば思いも届く。あの子の小さい時、子守唄《こもりうた》代わりに弾いてた……ほら、あの」

「『越天楽今様』どすか」

「そう、それや。久しぶりに、わしにも聴かせてくれ」

――今度は、うちが山ほととぎすになる番か。否……。

この世の誰もが山ほととぎすなのだろう。秀康や貞愛がそうだったように、殺された築山御前は女として、自刃《じじん》した信康は一人前の男として家康に認めてもらいたかったに違いない。その家康や秀吉でさえも、世の中に認められたくて戦をしているように思えてくる。

「……皆、寂しい山ほととぎすどしたんやな」

意斎が首を傾《かし》げた。

「何のことや？」

「何でもおまへん。ほな、久しぶりに奏でまひょ」

お万は、その日から三日にあげず、二ノ丸の屋敷で箏を弾いた。ところが――。

三年後の天正十七年（一五八九）五月、十六歳となった秀康は、思わぬ事態に見舞われる。秀吉と側室淀殿の間に実子鶴松が生まれ、秀吉が実子に豊臣家の跡を継がせると決めたため、秀康は他家に養子として出ることになってしまう。

秀康が関白家の跡取りなる――という、お万の仄《ほの》かな夢は一瞬にして消え去った。

侍の世界は何もかも嘘偽りと覚《さと》った。

だが、お万にとっては悪いことばかりではない。秀康と再会できたばかりか、天正十八年（一五九〇）に家康が関東へ国替えになるや、秀康もまた下総《しもふさ》国結城《ゆうき》家に下るよう命じられ、お万も共に下り、一緒に住むことになった。

お万にとっては、ようやく秀康を取り戻した思いだった。

＊　＊　＊

その後、お万ノ方は息子結城秀康とともに、関ヶ原の合戦の後に封じられた、越前《えちぜん》北ノ庄に移り住んだ。

秀康が慶長十二年（一六〇七）に病没すると、お万ノ方は悲しみのあまり、家康の許しも得ず、勝手に髪を下ろして出家。「長勝院《ちょうしょういん》」と号した。

秀康の後、結城家を継いだ孫の忠直に二代将軍秀忠の三女勝姫をもらい受け、将軍家との関係は存続させたものの、家康が七十五歳で天寿を全うした時ですら、お万ノ方は葬儀にも出ていない。

あくまで自由奔放に生きたお万ノ方は、家康の死から三年後、元和《げんな》五年（一六一九）十二月六日に七十二歳の生涯を閉じた。

越前北ノ庄の城下では、その死を惜しむように、お万ノ方が家臣の妻や娘に教えた『越天楽今様』の雅な箏の音が、女たちの悲しげな歌声とともに、家々に積もった雪の上に響き渡っていたという。

〽冬の夜寒《よさむ》の朝ぼらけ　ちぎりし山路は雪ふかし
心のあとはつかねども　思いやるこそあわれなれ——。

三十日月《みそかづき》　西郡ノ局の巻

「——榊原《さかきばら》殿。殿は一体、如何《いかが》なされたのじゃ」

天正十九年（一五九一）四月半ばの夕暮れ時。阿茶《あちゃ》ノ局《つぼね》は新しく建てられたばかりの江戸城の一室で榊原康政《やすまさ》に詰め寄った。

昼は初夏を思わせるほどの暑さだが、日が沈むと中庭から西風が吹き込んでくるので部屋は涼しい。それでも小太りの康政には暑いらしく、丸顔に滲《にじ》んだ汗が蠟燭《ろうそく》の揺れる灯で光っている。

康政はまったく動じる様子もなく、侍女が出した茶を静かに飲むと視線を向けた。

「如何とは、殿が何かなされたか」

康政は阿茶より七歳上の四十半ば。昨年、主君徳川家康が関白豊臣秀吉の命で関東に転封になるや、「関東総奉行」として築城や町割りを任されている。

「三月末に城にお戻りになられてより、朝と言わず夜と言わず、耳障《みみざわ》りな淫《みだ》らな声が、この江戸城内に響いておる。聞けば、殿は毎日のように湯殿《ゆどの》に入り、女子《おなご》に背中を流させておられるとか」

康政は顎《あご》を撫《な》でながら苦笑した。阿茶が側室に嫉妬《しっと》していると思ったらしい。

「榊原殿。わらわは悋気《りんき》（嫉妬）で申しておるのではない。あれでは殿の身が持たぬばかりか、家中の風紀の乱れの元。殿もすでに五十路《いそじ》。若い頃ならまだしも、そろそろ分別を持たれてもよいお歳《とし》ぞ。榊原殿から、それとなくお諫《いさ》めしては頂けぬか。〈お褥下《しとね》がり〉の、わらわでは角《かど》が立つ」

側室は三十歳を過ぎると、閨《ねや》を供にすることを遠慮する〈お褥下がり〉がある。阿茶はすでに三十七。三十路の折、子を流して以降、阿茶の許《もと》に家康が足を運ぶのは数えるほどしかない。

康政は渋い顔で深く頷《うなず》いた。

「お阿茶殿。殿は五十になられた。思いのままにならぬ己の運《さだめ》に苛立《いらだ》っておられるのよ」

「殿が苛立っておられる？　はて、そは如何《いか》なることに？」

康政は「女子には、殿の苛立ちは得心《とくしん》できぬやもしれぬが」と、前置きして続けた。

七年前の天正十二年（一五八四）、家康は小牧《こまき》・長久手《ながくて》の戦いで羽柴《はしば》秀吉に勝ったものの、家康の次男義伊丸《ぎいまる》（後の結城秀康《ゆうきひでやす》）を人質に出して和睦《わぼく》を結び、結果として敗北となった。

さらに秀吉が関白となってからは、秀吉の妹朝日姫を正室として押し付けられ、無理矢理、義弟にさせられたばかりか、大坂城の大広間に詰める諸国の大名の前で臣下の礼まで取らされた。その上、昨年一月に嫡男秀忠《ちゃくなんひでただ》を人質として差し出している。以降、三河・遠江《とおとうみ》・駿河・甲斐・信濃の太守であった家康は一大名に成り下がり、小田原の北条攻めや奥州《おうしゅう》征伐では秀吉の先鋒《せんぽう》となり、一つの駒《こま》として扱われた。しかも昨年七月、今までの領地をすべて召上げられ、関東に転封を命じられた。

領地は増えたものの、国づくりは一から始めなければならず、未《いま》だ奥州で秀吉に不満を持つ豪族衆の押さえとして、体《てい》よく扱われている。まさに秀吉の術中《じゅっちゅう》にはまり、してやられたといっていい。まさかこうなるとは家康自身、思ってもみなかっただけに、家康の歯痒《はがゆ》さや無念さが、小姓から側《そば》近くで仕えてきた康政にはよくわかる、としみじみと説いた。

「故郷を追われた殿の気持ちは如何ばかりか。殿は先日、四十九で、京本能寺で横死なされた右府《うふ》様（織田信長）の無念さが、ようわかったと仰《おお》せられた」

「あの織田様のことを？」

康政は開け放たれた庭を白扇で指し、遥《はる》か遠い昔でも見るようなまなざしを向けた。

「人間《じんかん》五十年――。武士にとり、五十路は節目。おそらく殿は五十路までには天下の半分ぐらいは手中に収めておると思うておられた。したが、現実はどうじゃ。殿は京から遠い東の野に追いやられ、西には関白秀吉という、今はどうあがいても太刀打ちできぬ男が立ちはだかっておる。まさに天下を取り逃がした右府様と同じよ」

「それを紛らわすために……」との言葉に合わせるように、またもや女の淫靡《いんび》な声が洩《も》れ聞こえてきた。ここは本丸館《やかた》の湯殿から近いこともあり、とりわけよく響く。阿茶は恥ずかしさで顔が赤くなるのを覚えた。

「殿は大の風呂《ふろ》好きだからのう」康政は渋い顔を横に振った。「昨年、朝日殿が亡《な》くなられたゆえ、殿も抑えが取れたのであろう」

　昨年の一月、継室朝日姫は亡くなり、家康以下家臣は皆、喪に服した。

「それにしても、ここはよう聞こえる。あれは、どの御方様であろう……」

　城内ではいつからか〈お褥下がり〉の側室を「――ノ局」、若い側室を「――ノ方」と使い分けられているものの、はっきりした決まりはない。歳を重ねても「――ノ方」と呼ばれる者もおり、「――ノ局」は敬意を表わす意味で使われる場合が多い。

「あ、いや、これはご無礼を。殿も人の子。己の鬱憤《うっぷん》と戦っておられるのよ。奥州ではまたいつ何時《なんどき》、一揆《いっき》が起こるやもしれぬ。それほど関白殿下の行った〈奥州仕置き〉に、奥州の豪族衆は不満を持っておる。殿は反旗を翻《ひるがえ》す豪族衆を羨《うらや》ましいと思う反面、関白殿下の命に刃向かうこともできぬ己に腹を立てておられるのであろう。殿の苦しい胸のうちを察して、今しばらく辛抱してくだされや」

「何事も分別のある殿が、あそこまで女子に狂われるとは、よほど無念であられたか。否《いな》、こういう時こそ女房衆じゃ。わらわは歳ゆえ、もう役には立てぬが」

「ご懸念《けねん》なく。女房衆も、殿お気に入りの茶阿《ちゃあ》ノ方ほか、若いご側室様が増えましたゆえ何とかなりましょう。お阿茶殿。嵐《あらし》の後には必ず安息が訪れるもの。また子でもできれば、殿も元に戻られよう」

阿茶は、そうあって欲しいと願いながら相槌《あいづち》を打った。

一

天正二十年（一五九二）正月、深夜――。

「御局様《おつぼねさま》――」と呼ばれたような気がして、西郡《にしごおり》ノ局ことお藤《ふじ》は目を覚ました。目は開けたものの、まだ辺りは暗い。その時、再び「御局様」とお藤を呼ぶ声が襖《ふすま》の向こうからした。

二年前に侍女となった、お久《ひさ》の声だ。外は吹雪《ふぶ》いているのか、風の音が聞こえる。

「如何した？」お藤は数年前から足先が冷えるようになったため、褥《しとね》に入ったまま訊《たず》ねた。

「お阿茶ノ御局様が、至急、お目に掛かりたいと、足を運ばれてござります」

「何、お阿茶殿が……？」

阿茶ノ局は家康の四人目の側室だった。お藤より八歳ほど下で、側室の順位も下。さほど仲がいいわけではない。挨拶《あいさつ》を交わす程度で話したことなどほとんどない。というのも、今は亡き西郷《さいごう》ノ局が側室となり、続いて阿茶ノ局が現れて以降、最初に側室になったお藤や二番目のお万ノ方ほか多くの側室が見向きもされなくなったからだ。

家康が西郷ノ局と阿茶ノ局の二人を特別扱いしたのは、いずれも甲乙つけがたいほどの美貌《びぼう》の持ち主で、才知もあったからに他ならない。

二人が側室となったのは、ほぼ同時期。忘れもしない、正室築山御前《つきやまごぜん》と家康の嫡男信康《のぶやす》が亡くなった天正七年（一五七九）だ。以降、ほぼ十年間は二人が家康の寵愛《ちょうあい》を二分していたといっていい。

ことに西郷ノ局は「お愛《あい》ノ方」と呼ばれるほど家康に愛され、男子《おのこ》二人を上げている。西郷ノ局の産んだ三男秀忠は未だ十三歳ながら、すでに家康の後継者と目されている。それが三年前の天正十七年（一五八九）に家康が駿府《すんぷ》城に入って間もなく、西郷ノ局が二十八歳の若さで亡くなるや、阿茶ノ局も若い側室たちを束ねる女房衆頭《がしら》として遠ざけられた。

すでに四十半ばを過ぎていたお藤は、それどころではない。茶阿《ちゃあ》ノ方やお梶《かじ》ノ方（後のお勝ノ方）など若い側室が入ってからは忘れ去られた存在となり、近年、江戸城では居場所すらなくなりつつある。悲しいかな、奥では単に「殿の最初の側室」と認知されているに過ぎない。

「今、何刻《なんどき》じゃ」

「丑《うし》ノ刻《こく》（午前二時頃）辺りかと存じまする。火急の御用で、ご無礼を承知で参られたとの仰せにござりまする」

「火急……正月三《さん》が日《にち》の終わった夜更《よふ》けにか。どのような御用向きじゃ」

「わかりませぬが、珍しく焦《あせ》ったご様子で、お一人で参られてござります」

「一人……？　相わかった。されば〈囲炉裏《いろり》ノ間〉にお通しせよ。わらわはすぐ参ると、他の者に伝えさせい。今宵は冷えるゆえ、炭も忘れずにの。お久は着替えを手伝《てつど》うてくれ」

お藤は布団《ふとん》をどけると、起き上がった。

お藤は〈化粧の間〉で、行燈《あんどん》の薄明かりの許、長い髪をお久に櫛《くし》でとかせながら、柄鏡《えかがみ》に映る自分の顔をしみじみと見た。

　知らぬ間に所々に小じわが増えている。後ろでお藤の髪の毛をといている、近頃、妙に色気を増した二十歳のお久の肌とは明らかに張りが違う。四十六歳ともなれば無理もない。皺《しわ》の一本一本が、これまでの歴史なのだから。

　思えば家康と出会った三河から、ここ江戸に来るまで様々な出来事があった。

　お藤が岡崎城に連れてこられたのは永禄六年（一五六三）、十七歳の時だ。その三年前の永禄三年（一五六〇）に今川義元が桶狭間で織田信長に討たれると、今川家の家臣だった西郡城城主鵜殿長照《うどのながてる》は、今川家から独立した家康に攻められ降伏。人質として、お藤を家康の許に差し出した。

　当時の徳川家は三河の一向一揆が収束に向かい、二十二歳の家康がようやく三河を平定しつつある頃で、正室築山御前は家康の母於大《おだい》ノ方に嫌われていたため家康の居城岡崎城にはおらず、奥勤めの一人として上がったお藤はすべてを任された。翌年、娘お督《とく》を産み、家康の側室と認められて以降、城内では「西郡ノ方」と呼ばれた。

　二十代の頃は岡崎城から家康を姉川《あねがわ》の戦いに送り出し、浜松城に移ってからは甲斐武田との攻防に明け暮れる日々だった。武田に攻め込まれた三方ヶ原の戦いでは多くの家臣を失い、父親や夫、倅《せがれ》を亡くした家臣の女房たちを慰めて回ったものだ。宿敵武田に勝った、長篠の戦いがあったのは三十路前。その後にあった甲州征伐は、三十半ばだった。当時、家康と同盟していた織田信長の凱旋《がいせん》で饗応《きょうおう》に追われ、怯《おび》えながら料理や酒などを用意したことを思い出す。

というのも、当時、正室築山御前が殺され、嫡男信康が詰腹を切らされたのは信長の命だったとの噂《うわさ》があったからだ。

その信長が京本能寺で家臣明智《あけち》光秀《みつひで》に討たれた折は、堺に行っていた家康たち一行の安否に、眠れない夜を過ごしたこともある。その後、織田家を束ねた秀吉との小牧・長久手などの戦《いくさ》に明け暮れた。長いようで短い、あっという間の三十代だった。

四十路になるや、家康の継室となった秀吉の妹朝日姫とお藤だけが浜松城に置き去りにされ、ほかの側室たちは家康とともに駿府城に移ってゆく。

かつての築山御前のように、糟糠《そうこう》の老いた側室を捨てたと噂されたものだが、事実はそうではない。それだけに、あの時の家康と話したことは未だに忘れられない。

家康と秀吉が戦った小牧・長久手の戦いから二年が過ぎた、天正十四年（一五八六）の五月――。家康は次男秀康を人質に出すことで、一応、秀吉と和議を結んだものの、秀吉からの度々の上坂《じょうはん》の誘いは悉《ことごと》く退けていた。それゆえ、朝日姫は家康の上坂を促すための、いわば人質だった。

大坂から輿《こし》にのせられてやってきた朝日姫との祝言《しゅうげん》が、浜松城の大広間で行われた翌日の夕方、家康はお藤の許にやって来た。

いつになく神妙な顔だった。こういう時は必ず頼みごとを持ってくる。

当時、四十路のお藤より年上の、四十四歳の朝日姫では伽《とぎ》の相手はできない。それゆえ、お藤に含みを持たせて、姥《うば》捨て山の如《ごと》く、四十過ぎの二人を体よく浜松城に置いていくのだろうと思った。ところが、家康が切り出した話は、お藤の思いとはまったく違っていた。

「お藤。朝日殿の夫殿が秀吉殿の命で切腹させられたそうな」

「――朝日ノ御前様の夫殿が切腹……！　何ゆえにござりまする」

「仔細《しさい》はわからぬが、あの秀吉殿のこと。朝日殿がわしの許に嫁いだ後、前の夫殿が生きておっては何かと不都合と思ったのであろう」

「それで夫殿を亡き者に？」

「それが関白となった、秀吉という男よ。わしが秀吉殿の命に従い大坂城に素直に出向いておれば、朝日殿がこちらに来ることもなく、夫殿も死なずに済んだであろう。それゆえ朝日殿は少なからず、わしに怨《うら》みを抱いておるはず。とはいえ、わしも今や、三河・遠江・駿河・甲斐・信濃の五国の太守じゃ。いくら秀吉殿が関白となり、妹御を差し出したからと、そう容易《たやす》く信じるわけにもいかぬ」

「されば、殿は大坂へは参らぬ所存にござりまするか」

「秀吉殿は数正《かずまさ》まで逐電させたほどの策士。安易に出て行けば命取りよ」

小牧・長久手の戦いの後、家康の使者として秀吉と交渉していたのは、徳川家でも筆頭格の重臣、石川数正だった。その数正は昨年十一月、突如、妻子を連れ出奔した。

数正を信頼していた家康の驚きは尋常ではなかった。

怒りだけではない。数正は徳川の城の位置や軍備などあらゆることを知っており、すべて秀吉に筒抜けとなるため、大打撃だった。

「というて、朝日殿をわしの側に置いて、もしものことがあれば取り返しがつかぬ」

「もしものこととは、如何なることにござりまする」

「側におれば、わしへの怨みが強くなろう。さすれば、思いあまって短刀で斬《き》りつけてくるやもしれぬ。わしも武士。短刀を取り上げ、間違うて刺さぬとも限らぬ。そうなればまた戦。向こうにすべてを知られた今、ことを構えても、まず勝ち目はない。

そこで、お藤に頼みがある。朝日殿と、この浜松城に留まってくれ。朝日殿の心を少しでも癒《いや》して欲しいのよ。それには歳の近いお藤しかおらぬ」

確かにそうかもしれない。家康お気に入りの阿茶ノ局は三十余。他の側室は二十歳ほどなのだ。四十半ばで前夫と無理やり別れさせられ、人質同然に連れてこられた朝日姫の心に寄り添うことなどできるはずもない。

「……相わかりました。朝日ノ御前様は、わらわにお任せを。傷を負った御心を少しでも癒して差し上げましょう」

「頼む」家康はお藤の手をしっかりと握った。

その後、秀吉は生母まで人質に出して家康の上坂を催促。家康はとうとう抗《あらが》うのを止《や》め、大坂城で秀吉に臣下の礼を取った。

一方、朝日姫は病に倒れ、二年前に、この世を去ってしまう。前夫と別れさせられ、夫を死に追いやった悲しみで朝日姫はお藤にさえも心を開いてはくれなかった。

その同じ年の天正十八年（一五九〇）に秀吉は、家康とお藤の娘督姫の嫁ぎ先であった北条家を倒し、ついに天下を平定。その折、家康は秀吉より関東に転封を命じられたのだった。

以降、家康はお藤の前に現れることはなかった。

先祖代々の領地を取り上げられ転封を命じられた家康にとっては不運だが、お藤にとっては悪いことばかりではない。関東への転封がなければ、今も浜松城で一人。誰からも忘れ去られた存在になっていたに違いない。

とはいえ、扱われ方は以前と変わらない。江戸城の片隅に追いやられている。十七で家康の側室となったお藤も、今は四十半ば過ぎ。近頃は新年を迎えるのも嫌になる。

お藤は一つ溜《た》め息《いき》を吐《つ》いて、老いた自分から逃れるように柄鏡に蓋《ふた》をした。

二

寒々とした廊下を渡り、お久が〈囲炉裏ノ間〉の襖《ふすま》を開けると、中ほどに阿茶ノ局が座っていた。四隅に明かりが灯《とも》され、指示したとおり火鉢には赤々と炭が燃えてはいるが、やはり関東の冬は浜松とは違い底冷えがする。

お藤が顔を見せると、阿茶ノ局は人払いを求めた。お藤は一緒に付いてきたお久ほか、侍女たちを下がらせると、上座に座した。

「西郡ノ御局様」阿茶ノ局は平伏した。「この夜更けに相すみませぬ」

「如何なされた？　何にも動じぬと噂の高い、お阿茶殿にしては珍しいではないか」

「殿より、留守中、もしものことがあれば、御局様とよく相談して、事に当たれとの仰せで罷《まか》りこしました」

「ほう、あの殿が三十日月《みそかづき》のようなわらわを未だ憶《おぼ》えておられたか。正月早々、嬉《うれ》しいことを耳にするものよ」

「三十日月のような……？　如何なる意にござりましょうや」

「いや、何でもない。して、わらわに相談とは何じゃ」

阿茶ノ局は、半歩、膝《ひざ》を進めて声を落とした。

「実は今宵、お茶阿殿が殿のお子、男子を上げられてござります」

茶阿ノ方は、仔細は知らないが、家康が鷹《たか》狩りに出た折に一目惚《ぼ》れした、子持ちの後家だった。同じく後家で家康の側室となった阿茶ノ局の若い頃によく似ており、阿茶ノ局が若返ったとの意で「阿茶」の名を上下逆にした「茶阿」と名付けられた美女との噂だが、未だ面識はない。

「ほう、男子をあげるとは、こちらも正月早々、目出度きことではないか」

「そうとばかりは言えぬ仕儀に……」

「何か、不都合でもあったか」

「実は、お茶阿殿が産んだは……双子にござります」

「――何、双子を……！」――なるほど。これは奥向きにとっては一大事。

武家では子を一度に何人も生むことを忌《い》み嫌う。かつて家康の子を宿した側室の中にも一人いた。二番目に側室となったお万ノ方だ。当時、家康が三十過ぎとまだ若かったこともあり、産まれた双子を異常なまでに毛嫌いしたことを憶えている。

「して、どうしようというのじゃ。まさか、そのことを隠せと申すのではあるまいの」

阿茶ノ局はしっかと目を開き、真剣なまなざしを押し付けてきた。

凜《りん》とした阿茶ノ局の顔は美しく、白い牡丹《ぼたん》を思わせる華やかさがある。細面の色白の顔に、すっと通った鼻筋。切れ長の目は大きく、澄み切っている。小さく引き締まった唇は知性と何とも言えぬ色香があり、目尻《めじり》や口元には皺もなく、嫉妬さえ覚える。美人に歳はないというが、〈お褥下がり〉の後も家康に寵愛を受けたのも頷ける。

「その、まさかにござります。双子の一人を何処《いずこ》かに隠しとう存じまする」

「何処かに隠す……！　気持ちはわからないでもないが、殿の周りには柳生《やぎゅう》や伊賀の忍《しのび》もおる。そのような嘘《うそ》はいずれ知れよう。その時、どのような咎《とが》めを受けるか」

「それは覚悟の上にござりまする」

「何、覚悟の上じゃと？」

阿茶ノ局の気迫に、お藤は気圧《けお》されそうだった。

「されど、何ゆえ、そこまでして茶阿とやらを庇《かば》う」

「二度とお万ノ方様のような目に遭わせたくないからにございます。当時のお万ノ方様を見ておりますし、秀康《ひでやす》様も、その弟君もどんなにお辛《つら》かったことか。それを思うと、茶阿殿ばかりか、生まれた二人の若君の行く末が不憫《ふびん》でなりませぬ」

お藤も間近で見ていたからよく知っている。

確か長篠の戦いの前だ。家康との間にどんな仔細があったかは知らないが、お万ノ方は懐妊して間もなく浜松城から出され、家臣の家に預けられ、そこで出産した。

しかも、生まれたのが双子とわかるや、家康は会おうともしないばかりか、双子の一人は家康の次男としたものの、もう一人は早世したことにして養子に出してしまう。さらに城に残された次男も、豊臣家に人質として出され、徳川家を去っている。

その後、お万ノ方は家康に、親子の情愛すらないことに空《むな》しさを覚えたのか、側室の身で徳川家を出奔。次男秀康のいる、大坂城に行ってしまった。

「話はわかるが、殿も五十一ぞ。若い時のような、無分別な真似《まね》はなさるまい」

「そうとは限りませぬ。殿は、この江戸に移ってより、少し変わられてございます」

と前置きして続けた。

家康は秀吉から命ぜられるままに奥州を監視し、一揆や乱を鎮《しず》める一方で、領内の町づくりをしているが、転封や奥州遠征に出費がかさみ思うようにはかどらない。その家康の苛々《いらいら》を少しでも鎮めようと、阿茶ノ局は若い側室の許に足を運ばせたという。

こたび出産した茶阿ノ方や、昨年十月、奥州征伐に従軍し、帰路の途中、二十半ばで亡くなったお都摩《つま》ノ方（下山殿）も、家康の寵愛を受けた結果とのことだった。

「……何と痛ましや。されど、あの殿がそれほどまでに荒れておられたとは信じ難い」

「榊原殿によれば、男にとり、五十路は節目。天下を取れなかった殿には、人知れず忸怩《じくじ》たる思いがあるとのこと」

「天下を取れなかった……忸怩たる思い」

それだけではないだろう。転封によって築き上げてきたすべてを失った喪失感や、秀吉に歯向かえなかった後悔もあるに違いない。嫡男秀忠まで人質に取り上げられている今、跡を継ぐ子を一人でも増やしたくて狂ったように側室を求めたのだろう——と、お藤は付け加えた。

「おそらくはそうでござりましょう。今は殿も〈忍〉の一文字。耐え忍ぶ時。というて双子を産んだお茶阿殿に辛い思いをさせるは酷。否、殿の血を引く男子を一人でも亡き者にしとうはありませぬ。だからこそ西郡ノ御局様に、是非にも、合力《ごうりき》願いたいのです。すべては、この徳川家を護《まも》るためにございます」

才知に長《た》けた阿茶ノ局だ。隠居同然のお藤を巻き込み、奥を一つにすることで事実が洩れるおそれのあるところに先手を打ち、すべてを封じようとしているに違いない。

「すべての責めを奥勤めの女房衆、皆で背負うということか」

「はい。二度あることは三度あると申しまする。今後、もしまた双子が生まれるようなことがあれば、不幸が続くことになりまする。今いる若い側室たちが安堵《あんど》して殿の子を産むためにも、西郡ノ御局様のお力をお借りしたいのでございます」

「……相わかった」

三

茶阿ノ方の産んだ男子は辰年の正月に生まれたことから、「辰千代《たつちよ》」（後の忠輝《ただてる》）と命名された。双子の片方は密《ひそ》かに城から出されたため名はない。

双子と知る者は奥勤めの女房衆の中でも、出産した茶阿ノ方と阿茶ノ局、お藤以外では、双子を取り上げた産婆《さんば》と阿茶ノ局の侍女四人だけだ。うち一人は、城から出された子に付き添っているため城にはいない。そのため双子の事実は一切、知られてはいなかった。ところが――。

家康は後日、家臣で下野国《しもつけ》皆川城主皆川広照《みながわひろてる》に、辰千代を預けることを決定する。一月末には皆川広照が江戸城に呼び出され、辰千代とともに皆川城に帰っていった。

茶阿ノ方の落胆は、かつて双子を産んだお万ノ方と同じ。産んだ二人の子をひと月も経《た》たないうちに取り上げられたことで寝込んでしまった。

一方、家康は正月早々、大坂の秀吉から出兵命令が届き、二月二日、大軍勢を引き連れ西に向かった。

こたびの戦う相手は、海を渡った朝鮮国とのことだ。

家康が出兵した日の夜、お藤は阿茶ノ局を部屋に呼び寄せた。侍女をすべて下がらせると、声をひそめて詰め寄った。

「お阿茶殿。これはどうしたことじゃ。もしや殿は、辰千代君が双子と存じておられるのではあるまいか」

阿茶ノ局は、いつものように動ぜず落ち着いた様子で答えた。

「そのようなことは、万が一にもありませぬ」

「ならば、何ゆえ、遠い下野国の、しかも名も無き家臣に下された。聞くところによれば、あの日の朝、殿は辰千代君を抱きもせず、わが徳川では前例のない〈捨て子の儀〉をなされたと聞く」

上方では捨て子のほうが丈夫に育つとされ、安産祈願として、一度、生まれた赤子を城外に捨て、通りがかった家臣に拾わせ、届けさせるという風習がある。秀吉の側室淀殿《よどどの》が産んだ鶴松丸も〈捨て子の儀〉をしたが、昨年、三歳で亡くなっている。

辰千代は側近の本多正信《まさのぶ》に拾わせたが、それでも家康は抱かなかったとのことだ。

「それほど辰千代君のことを大切に思うてのことにございます。お抱きにならぬは、奥州征伐による穢《けが》れを恐れてのことと、殿より聞いておりまする」

阿茶ノ局が家康から聞いた話では、奥州征伐では騙《だま》し討ちにも似た戦があり、武士ばかりではなく、多くの女子供が殺されたという。

「何と恐ろしきことよ。殺された者たちの怨み、如何ばかりであろう」

「それゆえ、殿の荒れ方も酷《ひど》かったのでございます。それより次にございます」

「次とは、何のことじゃ」

「双子のもう一人が城に戻り、殿のお子と認められてこそ、成就《じょうじゅ》にございまする」

「とは申せ、今となっては無理な話であろう。まさか別の側室に宿《やど》り、殿の留守中に生まれたということにすることもできまい」

阿茶ノ局は眉間《みけん》に皺を寄せ、深く頷いた。

「そうしたいのは山々にござりまするが、お牟須《むす》殿や、若いお仙《せん》殿もお梶殿も、こたびは殿とともに行ってしまわれ、残っておるのはお竹《たけ》殿のみ。おそらく昨年、お都摩殿お一人しか連れていかず、そのため、亡くされたからでござりましょう」

お牟須ノ方は、昨年、二十五で亡くなったお都摩ノ方と同じく甲州征伐の折、降《くだ》った武田家の家臣から差し出された娘だった。お仙ノ方とお梶ノ方はまだ十五の小娘。お竹ノ方も武田家の家臣の娘で、姫を一人産んでおり、すでに十年も家康に仕えている。

「されば、お竹殿でよいではないか。まだ三十路前のはずじゃが」

「それが、お竹殿の許には昨年、殿は一度も足を運ばれておりませぬ」

「では、子を産む女子がおらぬではないか」

「殿がお戻りになった折に、戦に伴った三人のうち誰かが身籠《みご》ったことにすれば」

「机上な考えじゃ」お藤は言下に遮った。「子は宿してから十月十日《とつきとおか》掛かる。今、生まれたのであれば誤魔化しもきくが、殿が江戸に戻られるのがいつかわからぬのでは手の打ちようがない。その間に双子の一人は、どんどん育っていく。おそらく殿は、その辺りを勘ぐられて、昨年、契《ちぎ》りを結んだ三人を連れていかれたとも考えられる」

「ということは、どこぞから漏れたとのことにござりまするか」

「今は、それを案じたところで詮無《せんな》きこと。殿が疑念を抱いておられるということは、殿も確かなことを知らぬという証《あかし》。さればこそ殿の疑念を消すよう、策を考えねばならぬ」

「というて、何か手立てはありましょうか」

　さすがの阿茶ノ局も策はないらしい。

「そういう時は頭を働かせるのではなく、体を動かせば見えてくることもある。昨年、殿が江戸城内におられたのは、いつじゃ」

「確か三月末に上方から戻られ、六月末に癪《しゃく》を患《わずら》い、奥州に出陣なされたは七月半ば」

「さすがお阿茶殿。よう憶えておられる。つまり三月《みつき》ほどの間ということか。そういえば、あの頃、毎日のように湯殿から淫らな声が聞こえておったよのう」

「はい」阿茶ノ局は苦笑した。「榊原殿から殿へ進言して頂こうと、一度、苦言を言うたことがござります。それが何か」

「お竹殿の許には足をお運びにならなかったとすれば、殿のお相手をしたのは、子を産んだお茶阿殿とお牟須殿の二人。お仙殿とお梶殿は十五の未だ小娘。年増好きの殿のお相手は務まらぬ。となれば、たった二人で殿をお相手したことになる。されど、二人だけで三月《みつき》もの間、殿のお相手をしたなどとは、到底、思えぬ」

阿茶ノ局は身に覚えがあるからか、深く頷いた。

「……そういえば、そうでございますな。殿がよう言うておられた。ほかにも御手つきがあったと？」

「そう見るのが自然ではないか。殿がよう言うておられた。策がないのは調べが足りぬ証。それを逆手にとり、奥勤めで殿好みの女子を探し出し、訊《き》いてみるのも一考ぞ」

「なるほど。されば、早速、調べてみまする」

「お阿茶殿。これは奥を護る我らと殿との戦じゃ。負けてはならぬ」

「はい」

四

家康の留守中、江戸城の拡張と修復の普請《ふしん》が行われた。

お手付きの女探しはお藤と阿茶ノ局ほか、付き添いの侍女たち数人で極秘裏《ごくひり》に行われたが、三月に入っても依然として見つからなかった。

ところが、三月が終わり、四月に入った途端にわかってしまう。

何とお藤の侍女のお久だった。四月一日の、〈衣替《ころもが》えの儀〉でのことである。

〈衣替えの儀〉は関白秀吉が宮中に倣《なら》い、家臣や諸大名にも行わせた儀式。四月から九月までの夏と秋は袷《あわせ》の着物で過ごし、十月から三月までの冬と春は綿入れの着物で過ごす。昨年から江戸城内でも、その風習を取り入れていた。

わかった理由は、亡き西郷ノ局が着ていた桃花色の〈辻《つじ》が花染《はなぞめ》〉の小袖《こそで》を、お久が着ていたからだ。西郷ノ局が身に付けていた衣装などの遺品の形見分けは、葬儀の後に行われたが、桃花色の〈辻が花染〉だけは西郷ノ局の面影が強いとの理由で、家康が側室の誰にも下賜《かし》しなかった一品である。それに袖を通せることが何よりの証《あかし》といっていい。

西郷ノ局とお久とは、まったくといっていいほど似ていない。似ているところといえば、長く艶《つや》やかな黒髪くらいなもの。顔はさほど美人ではないが、侍女の間で「やがては乳母になれる」とからかわれるほど細みの体には不釣り合いの大きな胸だった。それは小袖の上からでもわかるほど。家康が気に入ったとすれば、おそらくそのふくよかな乳房しかない。

お久に問い質《ただ》すと、意外にもあっさりと認めた。

昨年の五月、江戸城の廊下を歩いていた時に背後から家康に呼び止められ、湯殿で背中を流すように命じられたのが始まりだった。

以降、三日にあげず夕方になると、御湯殿番として呼び出された。さらには今年に入り、上方へ出発する二日前の正月晦日《みそか》の昼日中《ひるひなか》にも湯殿に呼ばれ、その時に小袖を賜ったとのことだった。

そんなことがあったとは、まったく気づきもしない。吐露しなかったのは、お藤に咎められると思っていたからという。

お藤と阿茶ノ局はお久を呼び寄せ、今、他家に移されている赤子を産んだことにして欲しいと頼むと、あっさりと快諾した。

もっとも断る理由はお久にはない。家康の子を産んだとなれば、すぐに側室となり部屋が与えられ、その上、侍女まで付けられる。今の境遇とは天と地ほども違う。しかも、赤子は乳母が育ててくれるので、手を煩《わずら》わされることもない。ただ――。

茶阿ノ方が拒絶した。

四月半ばの昼過ぎ、お藤と阿茶ノ局は茶阿ノ方の部屋を訪れた。

噂どおりの美女だった。歳は二十四。阿茶ノ局の若い頃によく似ている。切れ長の目の黒く長い睫毛《まつげ》が、きめの細かい白い肌に映えていた。すっとした鼻筋に、ふっくらとした唇は家康好み。とても子を産んだとは思えないほど、胸元から覗《のぞ》く肌は若々しく瑞々《みずみず》しい。

阿茶ノ局が侍女たちを下がらせると、お藤は茶阿ノ方に詰め寄った。

「お茶阿殿。何が気に入らぬ！」つい声を荒げていた。「お久は昨年、殿のご寵愛も受けておる。今であれば子が生まれたとて誰も怪しむ者はない。幸い殿は九州名護屋《なごや》においでで、今年は、この江戸には戻れぬとのこと」

茶阿ノ方は、お藤の怒りをものともせず、きっと視線を押し付けてきた。

「双子はいずれも、わが子にございまする！」

やはり家康好みだけのことはある。茶阿ノ方も、他の側室同様、負けん気が強い。

「それはわかっておる。そなたは市井《しせい》の生まれゆえ、わからぬやもしれぬが、武家では双子を忌み嫌う。わらわが浜松にいた頃、かつて側室のお万殿が双子を産んだ折、殿は子に会わぬばかりか、いずれも外に出された」

阿茶ノ局がお万ノ方の産んだ双子の今を、言い聞かせた。

その一人、結城《ゆうき》秀康は、当時、未だ羽柴《はしば》と名乗っていた秀吉との小牧・長久手の戦いで、講和の条件として人質に出され大坂に送られた。その後、関白となり「豊臣」姓を禁裏より賜った秀吉の後継ぎとして育てられたものの、側室淀殿に実子ができるや、結城家に養子として出されてしまった。双子のもう一人は早世したことにされ、三河国池鯉鮒《ちりふ》神社の禰宜《ねぎ》、永見貞英に養子として出された。今は武士ではなく養父の許で禰宜となり、徳川家との縁は完全に断たれている、と。

阿茶ノ局は、茶阿ノ方の尖《とが》った視線を撥《は》ね返すように詰め寄った。

「そのような辛い思いを、そなたの子らにさせたいのかえ、お茶阿殿」

「させたくはありませぬが、あのお久だけは嫌にござりまする」

「あのお久だけは？」お藤が訊ねた。「なぜじゃ。否、お久とお茶阿殿との間に何か、諍《いさか》いでもあったのか」

「直《じか》にはありませぬが……」と茶阿ノ方は前置きしながらも、胸のうちを語った。

単に嫉妬だった。といってもお久の顔や体ではない。お久が家康から下賜された、西郷ノ局の遺品、桃花色の〈辻が花染〉にだった。

西郷ノ局は茶阿ノ方が入る前に亡くなっているが、若い側室や侍女の間では幻の一品として語り継がれていたという。それをよりによって、お藤の侍女であるお久が身に着けたことが気に入らないらしい。

高が小袖一枚——とは思うが、若い側室たちにとっては武士が名刀を殿から下賜されたに等しいのだろう。他の側室でも腹立たしいのに、それがさほど器量よしでもない侍女のお久がもらったということが、茶阿ノ方には許せなかったらしい。

「されば、お茶阿殿。あの小袖と引き換えならば、よいと申すか」

「そのようなことを言うてはおりませぬ。あのような醜女《しこめ》は、所詮、湯殿の湯女《ゆな》に過ぎませぬ。さればこそ殿は側室にもなされず、供にもせず西に向かわれたのでございます。西郷ノ御局様の小袖を羽織るなど分不相応。以《もっ》ての外《ほか》にございまする。そのような者を、わらわの子の親にしたくありませぬ。ましてや、殿の室にもなって欲しくはありませぬ」

おそらくお久が側室として肩を並べること自体、気に入らないらしい。それにしても「醜女」とは、何という見下した物言いか。美人なだけに、余計、冷たさを感じる。

お藤が茶阿ノ方の態度に呆《あき》れたように溜め息を吐くと、阿茶ノ局が引き取った。

「されど、お久は北条家の家臣、間宮《まみや》（康俊《やすとし》）殿が娘御。小田原攻めの折、間宮殿は白髪首を敵に差し出すは無作法と申され、墨で染められてから大軍の中に打って出たほどの剛の者と聞く。気骨な家柄の出ぞ。申し分ないではないか」

「——お阿茶殿！」お藤は思わず言下に制した。

町家の出の茶阿ノ方にとり、お久が武家の出であることは位負けでしかない。

案の定。茶阿ノ方は畳の縁を睨《にら》んでいた。阿茶ノ局は取り繕うように続けた。

「ともかくじゃ。外に預けておる殿のお種のお子を、このままにしておけぬ。さりとて、今さら双子だったとも言えぬ。否、辰千代君のためにも、それは断じてできぬ。お茶阿殿。ここは、可愛《かわい》い二人の母親として聞き分けてくれぬか」

茶阿ノ方は頑として首を横に振った。

「あの女子だけは嫌にござります。誰か、他を探してくださりませ」

阿茶ノ局はお藤に顔を向けると、すまなそうな顔で頭を振った。


天正二十年の十二月、年号は「文禄《ぶんろく》」に変わったが、家康は江戸に戻らなかった。

年が明けた文禄二年（一五九三）。お藤と阿茶ノ局は、九州名護屋城にいる家康の許に書状で新年の挨拶とともに、家康の七男が昨文禄元年暮れに生まれたことだけを伝え、幼名を付けてくれるよう書き送った。書状の送り主をお藤にしたことで、あえて母親の名は伏せた。家康に心当たりがあれば誰かはわかるはず。お藤がわざと母親を明かさなかったことで、家康には不気味に映る。そこがお藤の狙《ねら》いでもあった。

返信は二月に入って間もなく、江戸城にいるお藤の許に届けられた。

内容は訃報だった。家康とともに九州に向かった側室お牟須ノ方が、昨年三月、難産のため母子ともに没したと伝えてきた。それゆえか、生まれた七男のことや母親のことばかりでなく、お藤をも気遣い、子の名は、松の内に報《しら》せを聞いたことから〈松千代〉と定め、母子ともに良しなに取り計らってくれとの命だった。

今後の労をねぎらってか、それとも、お久に手を出したことへの謝罪なのかはわからない。だが、紅や白、青などの、両端に房《ふさ》のある縄状の珍しい名護屋帯が多く送られてきた。

同じ文面は阿茶ノ局にも届いており、お藤が怒っていないか報せて欲しい旨《むね》が記してあったと、阿茶ノ局が楽しげにお藤の許に伝えにやって来た。

「後は殿が帰られた時、どう信じ込ませるか」とお藤が呟《つぶや》くと、阿茶ノ局は「女子の賢さを存分に見せてあげましょうぞ、御局様」と自信ありげに笑った。

五

文禄二年十月末、長く留守にしていた家康が江戸城に戻ってきた。

家康は帰る早々、茶会や宴《うたげ》などを開き、九州に出張った家臣たちの長旅の労をねぎらっていたため、お藤たち居残りの側室たちが目通りしたのは十一月に入ってからだった。

お藤は阿茶ノ局とともに、松千代を抱いたお久を伴い、〈小書院《こしょいん》ノ間〉に入った。

茶阿ノ方は、お久が松千代を抱いた姿は見たくないと引き籠っている。

今年は閏《うるう》年で九月が二度あったこともあり、家康を目にするのは実に一年十ヵ月ぶりになる。家康はやや太ったせいか、以前より落ち着きのある表情を見せていた。

お藤がねぎらいと無事の帰城を寿《ことほ》いでから、お久の手から松千代を家康に渡させた。

やはり自分の子だからだろう。終始笑顔で、すでに親の顔になっている。

「これがお久の産んだ、わしの子か」

「はい」とお藤が答えた。「胡坐《あぐら》を掻《か》いた鼻は、殿によう似ておりまする」

「そうじゃのう。この大きな目もわしに似ておる。されど、昨年の暮れに生まれたにしては体が大きいのう」

やはり家康は疑っている。

「それはお久が若いからでござりましょう」

お藤は間を置かず答えた。間を置いたり、言葉に詰まったりすれば家康はすぐに疑ってかかる。その猶予《ゆうよ》すらも与えず、怒って見せた。

「――それより殿。何ゆえ、わらわに黙ってお久を御湯殿番に命じられた」

家康は顔をやや赤らめた。

「そ、それは……そう。廊下で呼び止めた折、胸元から柔肌が覗いての。つい誘うてしもうたのよ。それがまた湯殿で体を洗わせておる時にも、浴衣《ゆかた》の間からふくよかな胸が覗いての……あ、いや。いずれは報せようと思っておった矢先に……お、そうよ。こたびの朝鮮への出陣じゃ。それで、つい……」

「言いそびれたのでござりましょう」と阿茶ノ局が助け舟を出す。「殿には、よくあることにござります」

「そうなのじゃ」家康はほっとしたように継いだ。「わしには、ようあることよ。ことに忙しい時にはのう。さすがお阿茶。わしのことをよう存じておる」

「それはそうでござりましょうとも」言下にお藤は怒った。「殿はわらわなぞ、この城のどこにおるかも存ぜぬほどにござりますゆえ。こうして口を利《き》いたのも浜松城で朝日ノ御前様を託されて以来でござりまする。もしお久に子が生まれなんだら、今頃、城の隅にいることすら忘れ去られておったでござりましょう。女子は歳を取れば……」

家康が渋い顔で視線を松千代に落とした途端、突然、松千代が泣き出した。

「おうおう。如何した、松千代。お漏らしか。それとも、お乳が欲しいか」

おそらくお藤の小言を封じるために松千代をつねり、わざと泣かせたに違いない。

「――殿！　松千代君の尻をつねられましたな」

図星だったらしい。家康は嘘を吐《つ》く時には必ず、鼻の穴が開く。

「な、何を言う。そのようなことを、わしがするはずがないではないか。とにかく」

「――とにかく。お久を側室としてお部屋をお与えくだされ」

「勿論じゃ。それを告げようと思うて、皆を呼んだのじゃ。やはり泣く子とお藤には勝てぬわ」と逃げるように家康が目も合わさず、松千代を側《そば》にいたお久に返した時だった。

「その子は、わらわが産んだ子にござりまする！」と、背後で声がした。

振り返ると、隣の〈次ノ間〉に目を吊《つ》り上げた茶阿ノ方が立っていた。

悔しさのあまり泣いているのか、目を潤《うる》ませている。

「殿。松千代君は、この茶阿が産んだ子にござります」

「何……？　お茶阿の産んだ子じゃと？」家康は藤と阿茶ノ局を交互に見た。「どういうことじゃ、これは」

阿茶ノ局はまったく動じることもなく、笑みを浮かべた。

「すべて殿のせいにございますぞ」

「な、何ゆえ、このわしが悪い」

「お茶阿殿が産んだ辰千代君を、抱きもしないばかりか、顔も見ないで他家に養子に出されてしまわれた。片やお久は側室にも非《あら》ず、殿のお子を産み」

「――それは茶阿の子にございます！」と茶阿ノ方が叫ぶや、阿茶ノ局は微動だにせず、「――控えよ！」と一喝した。

「お茶阿殿、分をわきまえられい。そなたもわが家に入って三年余り。そろそろ武家のしきたりを覚えられよ。今、わらわが殿に話をしておる。口出し無用。言いたきことがあれば、後で申せ！」

茶阿ノ方がしおれるようにその場に座り込むと、阿茶ノ局は何事もなかったように続けた。

「後に生まれた七男松千代君は殿に目通りが叶《かな》い、抱いてもらっておりまする。したが、六男辰千代君は目通りも叶わず、城を出されておりまする。兄弟で、これほどの差があっては如何なものかと存じまする。それゆえ、お茶阿殿は悲しみのあまり、こうして分もわきまえず、乱心したのでございます」

「乱心……？」

「如何にも。お茶阿殿は辰千代君を産んだばかり。どうして、すぐに次が産めましょう」

「産めまする」と茶阿ノ方だった。

「──黙れ！　お茶阿」と阿茶ノ局が遮ると、家康が「まあ、よいではないか。お茶阿の話も聞こうぞ。何ゆえ、松千代がお茶阿の子か、申してみよ」と口を挟んだ。

茶阿ノ方は恨めしそうな目を家康に向けた。

「殿は上方に出立する五日前、何と申されたかお忘れか。契りの最後は、この茶阿の白い肌でなければならぬと申されたではありませぬか」

お藤と阿茶ノ局が家康を同時に睨むと、家康は渋い顔で爪《つめ》を嚙《か》み、冷静さを保とうとしていた。閨事《ねやごと》を面前で言われたこともあって、顔を赤らめている。

「あ、いや……されば、この松千代は……？」

「はい。わらわの産んだ子にござります。なのに殿は、そこな侍女と湯殿で睦《むつ》まれた。しかも殿は、出陣に多くの側室まで連れていかれた。わらわは悔しくてなりませぬ。褥《しとね》で、わらわに申されたは」

家康は両手を広げ、茶阿ノ方を制した。

「わ、わかった。それ以上、申すでないぞ、茶阿。されば、この松千代は」

「久の子にございます」とお久が言下に言った。「殿は、このわたくしめに、九州から戻ったら部屋を与え、側室にするゆえ、それまで〈辻が花染〉の小袖で我慢してくれと申されたではありませぬか。あれは嘘にございますか」

「おっ……お久。その方まで皆の前で何を言うておる。わしが、そのようなことを」

「――申されました！」お久は松千代を抱きながらも、右の胸を摑《つか》んだ。「この体が憶えておりまする。殿はわたくしめの乳房に頰ずりされながら、そなたの乳房は天下一。この乳房に当分会えぬと思うと」

「――よさぬか！　お久」家康は顔を真っ赤にし、また両手を広げて制した。額には汗まで浮かんでいる。「わかった。わかった。ふたりとも、もう何も申すな。お阿茶。笑うてないで、何とか致せ」

阿茶ノ局は笑みを浮かべながらも、二人に席を外すように伝えた。しかし、二人は頑として動かない。阿茶ノ局は「後は頼みましたぞ」というような視線をお藤に送ると、有無も言わさず二人を引き連れて出ていった。

松千代とともに阿茶ノ局たち三人が部屋から出て行くと、家康は大きく溜め息を吐いた。

「外では男どもが朝鮮で戦。帰って見れば、内では女子どもの戦ぞ。いささか辟易《へきえき》するわい」

「外の戦は、いざ知らず、内での女の戦の種、否、災いの種を蒔《ま》いたのは、どなたにございます。お茶阿殿の許で、最後の契りと言うてはお種を蒔き、お久を湯殿に引き入れ、乳房に頬ずりしてはお種を蒔く」

「お藤、もうよさぬか。久しぶりに帰ってきたに、このような話はうんざりじゃ。して、まことは何じゃ」

お藤は、わざととぼけ顔で問い返した。

「何のまことにございます？　お茶阿殿の白き肌とお久のふくよかな乳房と、いずれが殿の好みということに」

「――お藤！」舌打ちした。「そなたも、しつこいのう。このわしを怨んでおるのか」

「いいえ。怨んでなどおりませぬ。三十路、四十路を過ぎれば、女子は殿のお役には立てませぬ。それゆえ、日々、何の不自由もなく安穏に暮らさせてもろうて申し訳ないとさえ思うております」

「嫌味を申すな。それより、まことは何じゃ。お阿茶は、何か都合の悪いことがあると、いつも話をすり替える」

「それは殿とて、同じではありませぬか。若い頃は、わしの嘘は兵法の鍛錬と言い訳ばかり。見苦しゅうございました」

「ならば訊ねる。松千代は生まれて一年にしては、大き過ぎる。まさか、辰千代と一緒に生まれたのではあるまいの」

お藤はわざと溜め息を吐いて見せた。

「何を馬鹿《ばか》げたことを。それではお茶阿殿が、お万殿のように双子を産んだとでも仰《おお》せか。否、あの折の愚かな真似を、もう一度、なさりたいのか、殿は」

「したくはないから、訊ねておる」

「双子など断じてありませぬ。それもこれも殿がお久にお手を付けられたことを隠しておられたからではありませぬか。赤子が大きくなり過ぎて難産でございました。それより殿」お藤はきっと睨んだ。「女子は子を産ませる道具でもなければ、殿の色欲を満たす玩具《おもちゃ》でもありませぬぞ。もう少し女子たちの体のことを思うて、お情けをお願いいたしまする」

家康は小さく溜め息を吐いた。

「また煙に巻かれたか……。いやはや、わが徳川家も豊臣家と同じようじゃ」

家康によると、かつて秀吉の側室淀殿が最初の男子を産んだ折、京聚楽第《じゅらくだい》の表門に秀吉の子ではないとする落首《らくしゅ》が貼られ、秀吉は激怒して門番ら十七人を斬首し、落首を書いた男二人を含む町衆百十三人を悉《ことごと》く処刑したという。

「——何と。今度は、わが子ではないとお疑いか。松千代君は間違いなく殿のお子」

「わかっておる。そのように目くじらばかり立てておると、また皺が増えるぞ」

「——殿！」

六

年が明けた文禄三年（一五九四）。松千代は辰千代と同じく、長沢松平家に養子に出された。家康はまだ疑っているのか、それとも、暗に松千代だけを特別扱いはしていないとでも言いたかったのかはわからないが、双子の件は、一応、決着を見た。

家康は腰を落ち着ける間もなく、関白秀吉から伏見城普請の要請で、二月半ばには江戸を発《た》ち、お久こと相模《さがみ》ノ方など、再び若い側室を引き連れ上方に向かっていった。

留守を任されたのは、お藤と阿茶ノ局。茶阿ノ方も、相模ノ方との諍いを気にしてか、江戸城に残された。やはり家康は肌の白さより、大きな胸を好んだのだろうと、お藤の許に伝えにやって来た阿茶ノ局は楽しげだった。

きょうは昼過ぎにもかかわらず、阿茶ノ局は侍女に酒の支度までさせている。

阿茶ノ局はいつものように侍女たちを下がらせると、一尺ほどの朱塗りの大盃《たいはい》をお藤に渡し、なみなみと酒を注いだ。

「さあ、西郡ノ御局様。まずは一献」

「昼間から、このようには飲めぬ。それより如何した。何か祝い事でもあったのか」

「何を仰せられまする。双子の件は八方丸く収まってござります。このように嬉しいことはござりませぬ。このような目出度きことに、昼間からなどと誰に遠慮がござりましょうや。ましてや殿は留守。阿茶も、きょうはとことんお付き合い仕《つかまつ》りまするぞ」

お藤は笑みを浮かべながらも、大盃を差し出した。

「ならば一番盃は、まずお阿茶殿から飲んでもらわねばならぬ」

「何ゆえにござります」

「夜空にあっても見えぬ三十日月のようなわらわ。それを、そなたが担《かつ》ぎ出してくれたことが嬉しいのじゃ」

阿茶ノ局が悲しげになった。

「お局様。己のことを三十日月などと、申されてはなりませぬ。この阿茶は御局様がこれまで、どれほどご苦労なさったか知っておりまする。殿はよう申されておられます。人には死ぬまで役目がある。それに気づかず勝手にお役を投げ出すは身勝手と。奥は、われら二人が束ねねば立ち行きませぬ」

「人には死ぬまで役目があるか……そうよのう。殿の申されるとおりやもしれぬ。したが、その殿を騙すとは何とも畏《おそ》れ多いことよ」

お、ほほほ……。阿茶ノ局は楽しげに笑った。

「女子四人が集《つど》うて、皆で嘘を吐けば、さすがの殿も勝てぬは道理」

「何、女子四人が集うて皆で嘘を……？　されば、あの折、お茶阿殿も嘘を、否、わざと口汚く憎まれ口を言いに来たと？」

「勿論にござりますとも。お茶阿殿がごねれば、お万ノ方同様、二人のお子はおろか、産んだ己も不幸になる。いくらお久を嫌うておるとはいえ、その道理がわからぬほど愚かではありませぬ。それゆえ、ひと芝居打ったまでに。お茶阿殿に途中で入ってくるよう言うたは、わらわにござりまする。それはお久も存じておりました」

「何と……。知らぬは、わらわと殿だけか」

「御局様は嘘が顔に出ますゆえ、申さなかったまでにござります。これも皆、側室たちとわが家の子らを護るためにござりますゆえ、どうか、お許しを」

「許すなどと。されば、この酒は二人で飲もうではないか。夫婦ならぬ、姉妹の固めの盃《さかずき》として」

「西郡ノ御局様と姉妹の固めの盃などとは畏れ多い」

「そうして欲しいのじゃ、頼む、お阿茶殿」

阿茶ノ局はお藤の気持ちがわかったらしく、笑みを浮かべて頷《うなず》いた。

大盃の酒を二人で交互に飲んだ。格別だった。今まで生きてきて、これほど美味《おい》しい酒はなかったかもしれない。

阿茶ノ局は飲み干した大盃を置くと、外に目を向けた。

「それにしても九州の異郷の地で亡くなられたお牟須殿は不憫。それも親子ともども命を落とされるとは……」

「五年前に西郷殿が亡くなられてより、お都摩殿、お牟須殿と続いておる。何とか、今いる側室たちを護ってやらねばのう」

お都摩ノ方とお牟須ノ方が側室となったのは、お藤が三十半ばの頃。お都摩ノ方が十七で家康の五男信吉《のぶよし》を産んだ翌日、当時、十九だったお牟須ノ方がお藤の許に来て、どうすれば子を宿せるか、訊ねたことを思い出す。その二人が十年も経たないうちに亡くなっている。

「陣中での殿のお悲しみは如何《いか》ばかりでござりましょう。否、若い側室たちを護ってやるのも殿のため。われらの役目やもしれませぬな、西郡ノ御局様」

「そうじゃのう」

お藤は銚子《ちょうし》を向けた。


家康たちが伏見に行って、三月後。家康に伴われていったお久から文《ふみ》が届いた。

文には、途中の小田原で新たに側室一人が加わったと書かれていた。お仙ノ方やお梶ノ方より二つ下の十五の娘。出自は不明だが、名は「お萬《まん》（後の蔭山《かげやま》殿）」。伏見城下の徳川屋敷でも側室が一人。歳は二十二。後家で名は「お亀《かめ》ノ方」と名付けられ、側近たちの間では故西郷ノ局と顔が似ており、お久にも負けないほどの豊満な乳房の持ち主とのことで、今、家康の一番のお気に入りという。お久は何のために伏見まで来たのかとぼやきつつも、初めての京・伏見見物を楽しんでいる様子が文に綴《つづ》られていた。

家康が上方に行って以降、江戸城内では辰千代と松千代のことは話題にも上らなかった。

世の中は、それどころではなかった。家中の噂《うわさ》では、関白秀吉が指揮している朝鮮出兵が旨《うま》く進んでおらず、そのため家康は江戸には戻れないという。

加えて、上方では秀吉の老醜《ろうしゅう》とも言える出来事があったらしい。秀吉の側室淀殿が産んだ拾丸《ひろいまる》（後の秀頼）を護るため、秀吉は甥《おい》豊臣秀次を謀反《むほん》の疑いで自害させ、秀次の側室や侍女、幼子など四十余人を京三条河原で斬首。京の人々を震え上がらせたという。

その天罰か、翌文禄五年（一五九六）七月に京・伏見の街を壊滅するほどの大地震が起きた。それでも秀吉はものともせず、「文禄」から「慶長」と年号を変えるや、翌慶長二年（一五九七）に再び朝鮮に多くの将兵を向かわせた。

秀吉の無謀とも思える暴走は家康ですら止められない。だが、老醜もそこまで。家康ほか多くの諸大名を苦しめた秀吉は、慶長三年（一五九八）八月、ついに伏見で亡くなった――。

気が付けば、お藤は五十路を超えていた。

その頃から再び戦国の世に戻ったような血腥《ちなまぐさ》い風が吹き出してくる。それは上方から遠く離れた江戸城でも感じられるほどだった。

慶長五年（一六〇〇）七月――。久しぶりに家康が江戸に帰ってきたかと思ったら、今まで目にしたこともないほどの大軍勢を引き連れてきた。

上方にいた多くの側室たちと戻ったお久の話では、今、天下は家康率いる東軍と、豊臣家の家臣石田三成《みつなり》率いる西軍とに分かれており、家康はその戦の備えに忙しいという。だからだろう。城外ばかりでなく、城内も鎧武者で埋め尽くされており、男の発する獣《けもの》のような臭《にお》いが、お藤のいる奥まで漂ってくる。

その大軍勢が八月末に上方に向かい、「——東軍、大勝利！」の吉報が、江戸城で待つお藤や阿茶ノ局にもたらされたのは九月末。以降、家康はお梶ノ方やお夏ノ方など若い側室を連れて行ったからか、ほとんど江戸には戻らなくなった。

上方から聞こえてくるのは、家康の九男や十男、十一男など、子が産まれたことばかり。その間に家康は、征夷《せいい》大将軍になったとのことだった。

世情に詳しい阿茶ノ局によれば、天下は家康のものになった証と涙を流して喜んでいた。

七

慶長十一年（一六〇六）。お藤は六十一歳になった。

相変わらず、江戸城の一室にいる。

家康は昨年、征夷大将軍を三男秀忠に譲った。隠居したとはいえ、今も「大御所《おおごしょ》様」と呼ばれ、政《まつりごと》を差配し、全国の諸大名を牛耳っている。

慌《あわ》ただしく世の中が動いていく中で、お藤だけが時の流れから取り残され、忘れさられたようだった。実際、家康は昨年十月末に上方から江戸城に戻ってはいるものの、二月末になっても未だ顔すら見ていない。

亥《い》ノ刻（午後十時頃）――。

お藤は一人、江戸城本丸の濡《ぬ》れ縁で夜桜を眺めていた。

今年の江戸は夜になっても温かい。すでに庭の桜は満開だった。時折、風が吹くからか、あちらこちらで花びらが雪のように舞っている。

夜空を見上げる。星までもが舞い降りてきそうな夜空だ。いつもより星の煌《きらめ》きが見えるのは三十日月《みそかづき》だからだ。三十日月は夜空に浮かんでいても見えない。まるで今のお藤のよう。

月によっては三十日ある〈大の月〉と、二十九日しかない〈小の月〉がある。〈小の月〉の月末を「月隠《つきごも》り」と呼ぶ。五十を過ぎた辺りから、何となくだが、三十日のない〈小の月〉に死ぬような気がしてならない。

還暦――。まさか六十一まで生き長らえるとは思ってもいなかった。これまで生きてきて何を残したというわけでもないし、ことさら自慢できることもない。

「ただ生きてきた……。それだけだ」

思わず口を衝《つ》いて出た言葉が、はらはらと散る花びらとともに落ちていく。

心の残りといえば、一度、京見物をしてみたかったことだけ。

いつも身に付けている匂袋《におい　ぶくろ》を手にのせた。金糸と朱色の糸の西陣織。昨年、伏見にいるお久から文とともに送られてきたものだ。漂う甘い香りの中にも気品がある。匂いを嗅《か》ぐ度に、一度も行ったこともない京の雅《みやび》な街並みが目に浮かんでくる。

浜松城で心を開かなかった朝日姫が、唯一《ゆいいつ》話してくれたのが京のことだった。秀吉が長い乱世で衰退していた京の宮中の館《やかた》や神社仏閣を、莫大《ばくだい》な金銀を注ぎ込んで建て直し、見違えるような街にしたと自慢げに話し、あの頃が一番楽しかったと笑みを浮かべていたことを思い出す。

「……一番楽しかったこと」

果たして何であったろうと思うが、何も浮かんではこない。

その時、お藤の感慨を蹴散《け　ち》らすように、「──御局様！　大御所様のお成りにございます！」と、慌てた甲高い声が背後で聞こえた。

振り返ると、白髪まじりの家康が何人かの小姓を従え、庭に面した廊下をこちらに向かい歩いているところだった。質素を旨とする家康には珍しく煌《きら》びやかな羽織を着て、手に桐《きり》の箱を持っている。

「おう、お藤。ここにおったか」

家康は濡れ縁に座るお藤の側で、どっかりと腰を降ろした。

「こんな夜遅くに何事にござります、大御所様」

家康はにんまりと笑みを浮かべた。

「今宵はお藤の還暦を祝うために参ったのよ」

「まあ。よくぞ、わらわのことなど」

「――お藤。今宵は嫌味も皮肉も法度《はっと》じゃ」と家康は途中で遮ると、手に持っていた箱を差し出した。「毛利の〈萩焼《はぎやき》〉の茶碗《ちゃわん》じゃ。そなたは茶の湯が好きであったろう」

側室の誰かと間違えていることは確かだ。それでもお藤が礼を述べると、家康は満足げに辺りを見回した。

「ほう、夜桜とは風流。丁度よい。茶でも点《た》てて愛《め》でるか」

「殿。歳を取って夜に茶などを飲むと眠れなくなりまする。夜桜を愛でるなら、酒にござりましょう。この茶碗で酒を飲むのも一興かと」

「なるほど。それはよい。誰か、酒を持て。今宵はお藤の還暦の祝いの酒。料理番に言うて、何か見繕って参れ」

はっ。一人の小姓が下がっていくと、家康は穏やかな目を向けてきた。

「時にお藤。来月三月の半ばに京に向かうが、そなたも一緒に参らぬか」

お藤は思わず苦笑した。家康はこちらが断ることを見越して誘うことがある。

「ご冗談を仰せられて」

「冗談ではない。お藤は京見物をしたかったのであろう?」

阿茶ノ局から聞いたのだろう。還暦になったことを報せたのも阿茶ノ局に違いない。

さすが気遣いに長けた阿茶ノ局だけのことはある。

「もう歳ゆえ、京などには参れませぬ」

「何を申す。わしはそなたより五つも上じゃが、まだまだやらねばならぬことがある。命があるは、まだ役目が残っておると言うことぞ。もう歳などと、心まで老《ふ》けさせてはならぬ」

天下統一を果たし、大御所となった家康ならまだしも、還暦となったお藤にさほどの役目があるとも思えない。

お藤は頭を振った。

「やはりやめておきまする。せめて四十路《よそじ》ならまだしも、六十一の、わらわのような醜《みにく》き老婆が殿の側室と京の町衆に知れたら、殿に大恥を掻かせることになりまする」

「何を言うか。お藤は今も美しく輝いておる。そなたには奥のことで苦労ばかり掛けてきた。その罪滅ぼしではないが、雅な京の街を愛で、美味《うま》い物でも食べようではないか」

「ありがとうございます。今のお言葉だけで藤は十分にございます」

そこへ、酒と料理をのせた膳《ぜん》、行燈《あんどん》などがぞろぞろと運ばれてきた。

家康は銚子を取ると、お藤に先ほど渡した〈萩焼〉の茶碗を出すように促した。

お藤は桐の箱から茶碗を出した。轆轤《ろくろ》でつくった土の風合いを生かした、やや赤みがかった茶碗だった。なぜか、細かいひびのようなものが見える。

「毛利輝元《てるもと》が、わしに送ってきた茶碗よ。ひびが入っておるゆえ、わが徳川家を怨んで、かようなものを送りつけてきたかと思うたものよ」

慶長五年にあった天下分け目の戦いで、毛利輝元は石田三成に担ぎ上げられ、西軍の総大将となった。実際に東西両軍がぶつかった関ヶ原の合戦には参陣せず、秀吉の遺児秀頼を擁護するとの名目で大坂城に留まった。しかし、家康は西軍の総大将となり、騒乱を起こした罪は大きいとし、毛利家の所領を三分の一にまで減らした。

「面白い茶碗であろう。これが〈萩焼〉の味わいじゃそうな。この茶碗は使えば使い込むほど、この皺にも似たひび割れが何とも言えぬ侘《わ》びた味わいを醸《かも》し出すそうな。お藤の皺も同じぞ。わしとともに岡崎から浜松、駿府といくつもの山を越え、江戸まで来た証。恥じることなぞ何もない。そなたこそが、わが徳川家の家宝よ」

思ってても見ない家康の言葉に、つい涙が溢《あふ》れた。

「殿はずるいお人じゃ。ずっと城の奥に仕舞い込んでおいて、たまに出して眺められる。わらわは〈萩焼〉の茶碗ではありませぬぞ」

「許せ、お藤。それより、お藤は己のことを『三十日月』と言うておるそうじゃのう」

「……はい」

「誰にも見えない月との意であろう。したが、『鳴かぬ猫が鼠《ねずみ》を捕る』と申すが如く、本当の忠義者は陰でこそ頑張っておるものよ。三十日月の翌日は新月。京では三十日月にひと月のことを片付けて、新しい月を迎える風習があるそうな。まずは熱海の温泉に浸かって、これまでの疲れをすべて落とし、新たな気持ちで京に上ろうではないか」

やはり碩学《せきがく》の家康だ。これまで散々苦労してきただけに、お藤の悲しみや辛《つら》さを察してくれている。

「殿。有難き仕合わせなれど、わらわにはもう御湯殿番はできませぬ」

「ならば、わしが御湯殿番になってお藤の背中を流してやろう。そして駿府、浜松、岡崎と戻っていけば、あの頃を思い出し、どんどん心が若返っていくというものよ。思いめぐらしただけでも、京への旅は楽しいであろうが」

家康が背中を流してくれている様を思い浮かべただけで、年甲斐《としがい》もなく顔が赤らむのを覚えた。心が若い頃のように弾んでいる。

「……楽しゅうござります。ならば、殿とともに京に参ります」

「それでよい。お藤」

家康はお藤の手を優しく握り、肩を抱いた。

温かな春の風が涙に濡れたお藤の頰を優しく撫《な》でていく。その刹那《せつな》、二人を包み込むように桜吹雪が舞った。

お藤は桜吹雪の中で、若いあの頃に戻っていくような錯覚に囚《とら》われた。

＊ ＊ ＊

慶長十一年（一六〇六）三月十五日——。

お藤こと、西郡ノ局は徳川家康に伴われ、江戸城を発った。途中の熱海で温泉に入り、駿府城、浜松城、岡崎城と進み、伏見城に入ったのは四月六日だった。

翌日からひと月ほど、若い側室たちや阿茶ノ局などの案内で、伏見城下や京の神社仏閣などをめぐり、茶屋四郎次郎の屋敷で今まで手を通したこともないような打ち掛けを着て、京の料理に舌鼓をうったという。そして――。

五月十四日早朝、西郡ノ局は布団《ふとん》の中で息を引き取った。

苦しみもなかったらしく、死に顔は穏やかだったという。

その晩は、夜空に満月が浮かび、辺りを照らしていた。

いみじくも西郡ノ局が亡くなった五月は、西郡ノ局が死ぬと信じていた、三十日のない〈小の月〉だった。

夏の算盤《そろばん》　お夏ノ方の巻

「淀屋《よどや》はん。話は旨《うま》くまとまりましたんどすか」

慶長十九年（一六一四）五月末の、雲一つない青空の下――。

二代目茶屋四郎次郎清次《きよつぐ》は、京二条城の二ノ丸御殿から出て、背中を丸めてとぼとぼと北大手門に向かって歩く、淀屋常安《じょうあん》に声を掛けた。

淀屋常安――。豊臣秀吉がまだ生きていた頃、京伏見城の大手門内にあった巨石の撤去を、他の商人たちが見積もる額の十分の一の労賃で引き受け、庭に大きな穴を掘り埋めるという奇策で一気に豪商に上り詰めた男だ。きょうは近々始まるのではないかと噂《うわさ》のある大坂城攻めで、常安は大坂から遥々《はるばる》きていた。

慶長五年（一六〇〇）に全国を東西に二分した、天下分け目の関ヶ原の合戦を制した徳川家康は、三年後の慶長八年（一六〇三）に禁裏から征夷《せいい》大将軍の宣下を受けた。あれから十年以上も経《た》ち、家康は今、将軍の座を三男秀忠に譲り、大御所《おおごしょ》として天下に睨《にら》みを利《き》かせている。

一方、それまで天下を治めていた太閤《たいこう》秀吉の豊臣家は一大名に転落した。にもかかわらず、秀吉の遺児秀頼とその母で秀吉の側室淀殿《よどどの》は、それを未《いま》だに受け入れようとしないばかりか、ここに来て、何万もの浪人を入城させて戦支度《いくさじたく》をしている。

家康は、こうなろうことはかなり前から予測していたようで、今年二月、長崎のイギリス商館からイギリス製の大砲を購入し、戦に備えていた。だが、日本に宣教師を送り込み全土を奪おうとするイスパニア（スペイン）が豊臣方に加担し、予測を遥かに上回る備えをしているとの噂が立つと、幕府も放ってはおけなくなった。ただ――。相手は、亡《な》き太閤秀吉が生前「難攻不落の城」と自慢した大坂城の中にいる。それに加え、大坂城には秀吉が蓄えたという金三万貫がある。長期戦になることは想像に難くない。

そこで大坂方を迎え撃つべく徳川家本陣の陣屋造営を、清次は常安に勧めておいた。紋付き羽織袴《はかま》のやや太り気味の五十半ばの常安は、供を四人ほど引き連れ、沈鬱《ちんうつ》な表情で歩いてきた。商談は上手《うま》くいかなかったらしく、顔は渋い。

「いやー、参りましたわ、あの女子《おなご》はんには。ひと月もかけて、陣屋の図面はもとより、瓦《かわら》一枚、柱一本、襖《ふすま》に畳一枚から布団《ふとん》、蠟燭《ろうそく》一本に至るまですべて詳細に台帳に書いてきたちゅうに、何もかもわやだすわ」

「あの女子はん……？　相手は本多上野介《こうずけのすけ》様では、おまへんのどすか」

たいがい陣屋周りのことは、「家康の懐刀《ふところがたな》」と呼ばれた本多正純《まさずみ》が取り仕切る。

「違います。背の高い、えらい別嬪《べっぴん》はんの、お夏ノ方様いう女子はんどすがな」

お夏ノ方のことはよく知っている。というのも、お夏ノ方の兄長谷川藤広《ふじひろ》は、四郎次郎の幼い頃の養父だったからだ。藤広の妹のお夏ノ方は幼い頃、津の大門町で街道筋を行き来する運搬業を営む叔父千《ち》切屋《きりや》新四郎に預けられていた。そのため算盤《そろばん》に長《た》け、商いのやり取りや談合も旨くこなしている。

その千切屋と茶屋家とは商売上、付き合いは古い。二代目四郎次郎の兄清忠《きよただ》は大門町の千切屋を訪れた際に、利発なお夏を見て駆け引きの才を見抜いたのだろう。お夏が十七歳の時、家康に推挙。お夏は伏見の徳川屋敷に上がるや、家康もお夏の美貌《びぼう》と稀有《けう》な才に魅入られたらしく、すぐに側室にしてしまった。

その後、お夏ノ方は兄三人を徳川家に引き入れた。お夏ノ方に劣らず財務管理や交渉事に長けた切れ者揃《ぞろ》いで、長崎や堺、摂津などの奉行を任されている。

四郎次郎はにやりとして訊《たず》ねた。

「つまり、かなり値切られたちゅうことどすか。八掛《が》け、いや、七掛け……まさか半値やないどすやろ？」

常安は空を見上げ、ゆっくりと頭を振った。

「ご破算《わさん》だすがな」

ご破算――とは、算盤を一度起こして珠玉を揃えて初めに戻すことから、話が白紙になるとか、無駄働きを意味する。

「ほな、淀屋はんの申し出を蹴《け》られたちゅうことどすか」

常安の申し出を断わったとなると、四郎次郎が推挙した手前、責任が出てくる。

「そのほうがまだ気が楽だすわ」

「といいますと……ほな、まさか、只《ただ》でちゅうことやないどすやろな」

常安は溜《た》め息《いき》とともに深く頷《うなず》いた。

「そのまさかや」

お夏ノ方曰《いわ》く、大坂城の豊臣家と将軍徳川との戦となれば、全国の諸将は徳川方に付く。勝敗は明らかだが、戦の火蓋《ひぶた》が切られれば、今の大坂の街は焦土と化す。その前に、大坂城下に住まう常安の屋敷や城下の寺を解体し、大坂城の遥か南にある茶臼《ちゃうす》山《やま》に移して本陣にする。豊臣方からは戦を避けるための移築と思われ、怪しまれることはないとのことだ。

――さすが算盤に長けたお夏ノ方だ。

「……なるほど。それなら、陣屋を初めからつくるより早いし、敵の目も欺《あざむ》ける。まさに一石二鳥の策どすな」

「何を言うてますのや。大御所様だけやなしに将軍様の陣屋もこさえて、すべて只でっせ」

将軍秀忠の陣屋は茶臼山の東、半里（約二キロメートル）の岡山とのことだ。

「あのお夏ノ方様は、このわしの目をじっと見て、『商いは損して得取れ、言います。淀屋はん、商いの基本を忘れてはあきまへんえ』と言ってにっこり笑いよる。あないな別嬪はんに、わしは蛇に睨まれた蛙《かえる》のようになってもうて、『へぇ。ほな、それで』とつい言うてしもうた。わしは伏見城の巨石を穴に落としたが、今度はわしが大坂の穴に落とされた気分やで」

「淀屋はん。ようどしたやないか。お夏ノ方様が言わはるように、戦になれば大坂の街は火の海。淀屋はんのあの立派な屋敷も城下のお寺さんも皆、灰になります。それをお夏ノ方様は助けてくれはる上に、大御所様や将軍様に使《つこ》うてもらうんどっせ。こんなんで恩が売れるなんちゅうことは、棚から牡丹餅《ぼたもち》やおへんか」

「棚から牡丹餅……？　けどな、茶屋はん。移築は軽う見積もっても一千両は越えますやろ」

「何を言いといやす、目先のことに囚《とら》われて、気づいておまへんのかいな。戦の後は大坂に建てる家のすべてを町ごとつくらせてもらえるんどっせ。一千両なんか屁《へ》でもおまへん。何倍何十倍になって返ってきます。文句を言うたら、それこそ罰が当たりまっせ」

「――あ、そうか。そうやな……なるほど。お夏ノ方様の言わはるとおりや。商いは損して得取れや。商いの基本を忘れてたわ。何や嬉《うれ》しなってきた。おおきに茶屋はん。ほなな」

常安は先ほどとは違い軽い足取りで、供を引き連れ、北大手門に向かっていった。

一

薄暗い湯殿に夕日が差し込んでくる。その途端、檜《ひのき》でつくった湯船から立ち上る湯気の中にいる、大御所家康の白髪とともに丸く太った背中を浮かび上がらせていく。外からは寂しげに鳴く烏《からす》の声が聞こえている。

お夏は裸となって一緒の湯に浸かり、背後で家康の肩を揉《も》んでいた。

ここ京では蒸し風呂《ぶろ》が普通だが、熱海の温泉などの岩風呂が好きな家康はそれを好まず、畳一畳ほどの湯船に、釜《かま》で温めた湯をたっぷり入れた風呂を二条城の一角につくらせた。

家康は考え事をする時は決まって湯に浸かる。血の巡りが良くなり、己でも驚くほどの発想が生まれるという。秀忠に将軍の座を譲って以降、さして窮することはなかったこともあり、駿府城にいる時はお夏より、十八歳のお六ノ方など若い側室と一緒に湯殿に入ることが多かった。が、ここにきて、大坂城にいる豊臣秀頼と淀殿親子の動きに頭を痛めている。おそらく、どう旨く世間が納得するように片づけるか、頭がいっぱいに違いない。肩が酷《ひど》く凝っている。

お夏が凝りを肩から絞り出すように摑《つか》むと、家康は大きく息を吐いた。

「おお……気持ちいい。心の凝りまでほぐれていく。やはりお夏じゃ。力がある上に、肩凝りのツボを心得ておる」

兵を率いた家康が二条城に入ったのは二日前の、十月二十三日——。

お夏は三月に駿府から一足先に京に入り、大坂や堺の商人を呼びつけ兵糧《ひょうろう》ほか戦に必要なものを揃えていた。

「久しぶりにお夏と湯に入るのう。こうしておると、初めてそなたと入った風呂のことを思い出す。それゆえか、気まで若くなるようじゃ。あれは何年前であったかの」

「十七年も前の話にございます」

あの時——とは、忘れもしない。慶長二年（一五九七）の、家康が豊臣家の放った刺客に襲われた時だ。お夏はその三月《みつき》ほど前に徳川屋敷に上がり、家康の側で仕え、その日はたまたま湯殿に行くように命じられた。

「十七年前……朝鮮出兵で太閤と揉めておった時か。わしはまだ五十六であったのう。あの時のことは、今でもよう覚えておる。若いお夏が突然、目の前で裸になったかと思うたら、わしに着物をかぶせ、わしの尻《しり》を蹴って湯船の蔭《かげ》に追いやった。わしは長い間、生きて参ったが、後にも先にも女子に尻を蹴られたはあの時だけぞ。それゆえ、何が起きたかと思うたものよ。あ、ははは……」

「大御所様。もうお忘れくださいい。あの折、夏はまだ小娘で戦う術《すべ》も知りませんでしたゆえ、必死にお護《まも》りしたまでにございます」

お夏は、湯殿に入ってきた黒装束の男に裸体を晒《さら》し、胸と股間《こかん》を手で隠してわざと体をくねらせてから、艶《つや》っぽい格好で「——助平《すけべ》！　女子に何をする！」と大声で叫びながら湯をバシャバシャと浴びせた。忍びは慌《あわ》てた様子で刀を鞘《さや》に納めるや、逃げ出していった。

「あの折のお夏の機転は実に見事であった。まさに身を挺《てい》してとは、あのことよ。くくく……。忍びもまさかの成り行きに頭の中が真っ白になったのであろう。ま、あの時のお夏の肢体《したい》は美しく、何とも言えぬ色香を放ち眩《まぶ》しかったでのう。あ……いや、お夏は今も相変わらず瑞々《みずみず》しい色香を放っておる」

世辞とはいえ嬉しい。子を産んでいないので、体形は三十四歳の今もあまり変わらない。こんな冗談めいたことを話すのは、抱える難問に答えが出た証《あかし》でもある。

「あの時も、この二条城であったかの？　お夏」

「いいえ、伏見のお屋敷でございます。あの頃はまだ太閤殿下が伏見城におわし、この二条城は豊臣方でござりましたので」

「その太閤も今は亡く、後は大坂城を残すのみ。それももうすぐ……。それにしても、お夏は人の心をよう存じておる。茶屋四郎次郎から聞いたが、あの淀屋常安を手玉に取ったそうじゃのう。陣屋を只でつくれと申したと聞いたが」

「常安殿は初めから一万両ありきで、台帳をこさえてこられたのです。はったりが得意な大坂商人《あきんど》さんらしい、男の算術にござります」

常安の本当の見積もりは半値の五千両。こちらが値切ることを見越して、倍にしてきた。そして半値にした折、恩を売ろうとも考えていたと説いた。

「半値にして恩を売るか。なかなかしたたかよ。それが男の算術か」

「はい。見栄《みえ》っ張りの亡き太閤殿下なら五千両を一万両と言われても出しましょうが、商売に見栄は禁物です。常安殿の話に乗れば損するのは確実。たとえ値引きして四千両になったとて、あの常安殿のお屋敷ほどもできませぬ」

「待て。わしには四千両の陣屋ですら似合わぬとでも申すか」

「物には相場というものがあります。遥か海の向こうのイギリス国から一年掛けて運んでくる大砲ですら三百両ほど。戦の時しか使わぬ陣屋に四千両も払うのは愚か者にございます」

「なるほど。それで常安の屋敷や城下の寺を移築して陣屋にしろと言うた上に、只か。側《そば》で聞いておった者の話では、お夏に睨まれた常安はたじたじであったと聞いたぞ」

「いいえ。夏はただ『商いは損して得取れ。商いの基本を忘れてはあきまへんえ』と、にっこり笑っただけです」

「あ、ははは……。さすがお夏。肩凝りのツボばかりか、商いのツボも心得ておる。おそらく常安はお夏に心の底まで見透かされ、つい頷いたのよ。相手の顔を潰《つぶ》さず、淡々とこなす。それがお夏の算盤よ。こたびの大坂城攻めでもお夏の助言は大いに役に立ったわ」

「はて、何のことにござりましょう」

「そなたが申したではないか、人は思い掛けないことを突き付けられると、頭に血が上り正しい判断ができなくなると。あの折の忍びもそうであったし、常安もしかり。方広寺の件は、大坂の女狐《めぎつね》親子を怒らせるに十分であったわ」

南禅寺《なんぜんじ》の僧文英清韓《ぶんえいせいかん》が創案した、方広寺の梵鐘《ぼんしょう》の銘文〈国家安康《あんこう》　君臣豊楽《くんしんほうらく》　子孫殷昌《いんしょう》〉のことだ。銘文の〈国家安康〉は日本が平和で安らかであるようにという願いであり、〈君臣豊楽〉は君子も臣下も豊かで楽しく、〈子孫殷昌〉は子孫が繁栄していくとの意だ。それを——。

儒学者の林道春《どうしゅん》（後の林羅山）は〈国家安康〉は家康の名を二つに分け、〈君臣豊楽〉と〈子孫殷昌〉は豊臣を君として楽しみ、子孫の繁栄を望むと解釈。これこそ謀《む》反《ほん》の証とした。家康はそれを口実に、方広寺での秀吉十七回忌の法要と大仏開眼供養《かいげんくよう》の即時中止を申しつけた。それに対する淀殿の怒りは凄《すさ》まじかった。

無理もない。文禄五年（一五九六）に畿内《きない》一円を襲った大地震で倒壊したままになっていた方広寺と大仏を豊臣家の威信にかけ、大金を投じて再建し、秀吉の法要と大仏開眼供養を予定していた矢先の中止なのだ。理不尽な幕府の言い掛かりに豊臣家は面子《めんつ》を失い、ついに淀殿を戦に走らせてしまった。

「大御所様。夏は大御所様のことを申したのです」

「わかっておる。歳《とし》のせいで短気になったゆえ、怒りっぽくなったと言いたいのであろう。じゃが、わしにはもう時がない」

その言葉にお夏ははっとした。

——そうか。大御所様は今、七十三だ。

元気に見えるとはいえ、いつ亡くなってもおかしくない歳になっている。

「お夏。囲碁に『敵の急所は、わが急所』というのがある。方広寺の件は、まさに豊臣の急所であり、わが徳川の急所であった」

家康曰く、秀吉十七回忌の法要と大仏開眼供養がなされれば「豊臣家健在」と喧伝《けんでん》でき、勢いづくばかりか、将軍徳川家の存在は危うくなる。だが、中止させることで将軍家は豊臣家の上にあることを世間に報《しら》しめられ、戦となれば滅亡に追い込むこともできる、と。

「では、わざと淀殿を怒らせ、豊臣家を戦に走らせたのでござりまするか」

「わしはこの日ノ本を護らなくてはならぬ役目がある。天下は今、徳川の世となった。それを奪い返そうと女狐は大坂城に十万もの浪人を入れておるようじゃが、そのようなことをしておる時ではない。三浦按針《あんじん》（ウィリアム・アダムス）が申すには、この日ノ本をイスパニアという大国が狙《ねら》っておるそうな。それゆえ、二年前、耶蘇《やそ》教（キリスト教）を禁じたのよ」

三浦按針とは、慶長五年にオランダ船リーフデ号で日本に漂着したイギリス人で、今は家康の臣下となっている。按針の話では、イスパニアは海の向こうの国々に宣教師を送り込み、民を洗脳して次々と征服し、「太陽の沈まぬ国」とまで言われている。家康によると、そのイスパニアの先兵ともいうべき宣教師が今、大坂城に入っているとのことだ。

「豊臣家を残しては、この日ノ本の行く末が案じられる」家康はやおら湯殿の鴨居《かもい》に目をやった。そこには十文字槍《やり》が掛けてある。「お夏。まだ槍の鍛錬をしておるのか」

「はい。今度は忍びが来ても女子の色香ではなく、あの槍で討ち取ってみせまする」

十七の時、忍びに襲われた折、立ち向かうことができなかった反省だった。

あの後まもなく、お夏は槍術《そうじゅつ》を学んだ。中でも十文字槍は、戦場で使う三間（約五・四メートル）の長槍より短い一間（約一・八メートル）しかないものの、狭い湯殿では受けや打ち込みがし易《やす》い利点があり、軽いので女には扱い易い。

家康は振り向くと、半身を湯に沈めたお夏の体を眺め、右の二の腕を摑んで薄く笑った。

「この引き締まった肌。他の女子にはない、何とも言えぬ色香よ。されど、そなたら美しき女子たちが武器を構えねば安心して暮らせぬ世ではならぬ。こたびの戦は、百年以上も続いた戦国の世を終わらせる、泰平の世づくりの最後の戦。わしにとっても生涯最後の戦とする」

「大御所様のご覚悟の程、よくわかりました。ならば大御所様。是非にも、この夏を戦にお連れくださりませ。先日、常安殿からお礼として届いた、オランダ渡りの南蛮《なんばん》具足《ぐそく》を着て参りますゆえ、弾よけの盾となっても、決して足手まといにはなりませぬ」

「ほう。鉄砲の弾も通さぬ南蛮具足を着て、わしの盾になるか。お夏が側におれば鬼に金棒。必ず連れてゆく」にたりと笑う。「されど、今はわしがそなたの南蛮具足よ」

家康はお夏を包み込むように抱きしめた。

二

関ヶ原の合戦の折、敵方の西軍に付き、その後、九度山に配流《はいる》・蟄居《ちっきょ》を命じられた真田信繁《のぶしげ》（幸村）が一族郎党を率いて大坂城に入り、大坂城の南側に大きな砦《とりで》を築いているとの一報が二条城にいる家康の許に届いたのは、十月末だった。
十一月十五日――。お夏は常安から「茶臼山と岡山の両陣屋が完成した――」との報《しら》せに、家康が率いる軍勢とともに二条城を出て大坂に向かった。

女とはいえ、やはり「出陣」となると、身も心も引き締まる。

家康の話では、将軍秀忠も江戸より六万の軍勢を率いており、大坂城を囲む徳川方の兵力は合わせて二十万にもなる。先鋒《せんぽう》の、藤堂高虎《とうどうたかとら》と片桐且元《かたぎりかつもと》はすでに大坂で陣を敷いているという。

片桐且元は秀吉が生きていた頃は直参衆の一人で、最近まで豊臣方だった。天下を望む淀殿と、天下を治めた大御所家康との間に立ち、何とか戦をせずに収めようと奔走したものの、それがかえって豊臣方から内通を疑われ殺害されかけたため、やむなく出奔。徳川に付いたのだった。その且元から、大坂方は大坂城下の徳川家をはじめ諸大名の蔵屋敷から蔵米を盗んでいったと報せてきた。

十八日に茶臼山の陣屋に入った家康は、一足先に岡山の陣屋に着いていた秀忠を呼び寄せると、諸国から集まった大名の布陣などの軍議を行った。

各大名は家康の指示に従い、大坂城をぐるりと取り囲むように布陣した。その後まもなく大坂城の北を流れる寝屋《ねや》川の両岸で、双方の激しい小競り合いが幾度かあったものの、徳川方がすべて打ち負かして城へと追いやって以降、さしたる戦いはなく、両軍睨み合っている。

十二月に入ってまもなく、家康は膠着状態《こうちゃく》を打破すべく、南蛮具足を着たお夏ほか鎧武者《よろい》三十人ほどを引き連れ、茶臼山に登った。

大坂の土地柄を詳細に調べた本多正純によれば、茶臼山は古《いにしえ》の天皇の陵墓《りょうぼ》で、山とはいえ、高さは大坂城の三分の二ほどしかない。ただ、見晴らしはよく、大坂城周辺を一望できるという。

家康が大坂城を遠くに眺める位置に立つと、遠巻きに鎧武者が囲み、周りに目を光らせた。

「真田の小倅《こせがれ》め。大坂城の急所の南に、でかい出城を築きおって」

お夏は大坂城の南、崖《がけ》の上に建つ出城に目を向けた。

ここからは大よそ二十町（約二・一八キロメートル）ほどはあろうか。よく見えないが、大坂城の南東に大きく築かれた出城はわかる。

「お夏。そなたは何を着ても様になるのう。南蛮鎧がよう似合うておるわ。まさに女武者」家康は満足げに頷くと、二尺（約六十センチメートル）ほどの黒い筒を差し出した。「遠眼鏡《とおめがね》じゃ。これで覗《のぞ》いて見よ。遠くのものが間近に見えるぞ」

お夏は受け取ると、言われるままに遠眼鏡を出城に向け、筒の中を覗いた。

驚きだった。出城だけでなく、中にいる兵の動きまでよく見える。出城の幅は二町

（約一百十八メートル）ほど。丸太を横にして積み上げた塀には上下に鉄砲狭間《はざま》があり、その上に何本もの赤い旗が立っている。旗印は〈六文銭《ろくもんせん》〉――間違いなく真田だ。砦の下の崖の周りには水濠《すいごう》らしき池まである。

「大御所様。この筒は南蛮渡りの物にござりまするか」

「驚いたであろう。イギリスからの土産よ」

昨慶長十八年（一六一三）、駿府城に朱印船の許しを得に来た、クローブ号の船長ジョン・セーリスが献上したものという。

「お夏。そなたに預けおく。何か変わった動きがあれば、すぐに報せよ」

「お任せください」

「大殿」と本多正純。「まさに『敵の急所は、わが急所』。なかなか厄介なものを敵につくられましたな」

「できうれば、早いうちに片を付けたいが、ここは焦《あせ》らぬほうが身のためじゃ。正純、真田の前で布陣しておる前田や松平の南部勢らに、決して挑発に乗るなと申し伝えよ。ことに井伊の直孝《なおたか》はまだ若いゆえ勇み足になり易い。きつく釘《くぎ》を刺しておけ」

はっ――。正純は踵《きびす》を返すと、茶臼山を下って行った。

「お夏。あの出城をどう見る」

「夏には戦のことはわかりませぬが、わが徳川勢を引き付けるために築いたように思えます」

「お夏もそう見たか。おそらくそうであろう。お夏なら、この大坂城をどう攻める」

「先ほど正純殿が『敵の急所は、わが急所』と申されました。ならば、ここは捨て置き、北から攻めては如何《いかが》にござりましょう」

家康はにやりとした。

「相手の話に乗るな。これがお夏の算盤か」

「はい。囲碁はよくわかりませぬが、あれは敵の罠《わな》。罠にはまって大事な将兵をここで悪戯《いたずら》に失《うしの》うても埒《らち》が明きませぬ。ここは北から攻めて、王手を掛けたほうが得策かと存じます。大坂方の大将はあくまで淀殿。真田のような飛車・角行を相手にしてもはじまりませぬ」

「確かにお夏の申すとおりじゃが、この大坂城は北を寝屋川、東は猫間《ねこま》川、西は横堀川が囲む天然の要害。鉄砲の弾がやっと届くほどじゃ。先月末から淀川を堰《せ》き止め、三方の川の水位を下げてはおるが、なかなか下がらぬで苦労しておる。さすが太閤自慢の城よ。攻めるには骨が折れるわ」

「されば、あえて攻めないというのは如何でしょう」

「言うておくが、兵糧攻めはこの大坂城には通用せぬぞ。城内には井戸がいくつもあるし、米蔵はおそらく満杯であろう」

「そうではなく、中国の故事『四面楚歌《しめんそか》』を真似《まね》ては如何でしょう」

「四面楚歌を真似る……？　そは、どういうことぞ。兵に歌でも歌わせよと申すか」

四面楚歌——とは、敵に囲まれ、助けのない様をいう。家康の好きな中国の歴史書『史記』の中に出てくる話で、その昔、中国の楚《そ》と漢《かん》の戦いで、楚の武将項羽《こうう》が垓下《がいか》という地で漢の武将劉邦《りゅうほう》の大軍に取り囲まれた折、夜に四面を囲む漢軍が楚歌を合唱するのを聞き、楚の兵たちが漢に降伏したと思い絶望したというものだ。

「夜中、鬨《とき》の声を上げさせて、まずは淀殿女子たちを不安にさせるのです。〈将を射んと欲すれば先《ま》ず馬を射よ〉にござります」

「——なるほど。それなれば、戦わずして勝てるやもしれぬのう。敵であれ味方であれ、なるべくなら血を流さないに越したことはない。されば、ここはお夏の策で参ろうか」

家康は、しばらく辺りを眺めて深く頷き、茶臼山を下りていった。ところが——。

翌々日の十二月四日、家康があれほど念を押したにもかかわらず、真田の挑発にまんまとはまってしまう。

朝方、ババババーン——という筒音《つつおと》で目が覚めたお夏は遠眼鏡を手に取ると、南蛮具足も着けず、裸足《はだし》で茶臼山に駆け上がった。

お夏はすぐに遠眼鏡を真田の出城に向けた。

出城の前では前田勢が攻めていた。というより、攻めあぐんでいる。空堀は沼地のように泥濘《ぬか》っているらしく、前田勢は足を取られ、前にはなかなか進めない。それを待っていたように、出城からの一斉射撃で一瞬にして潰滅《かいめつ》していく。しかし、前田勢はそれにも怯《ひる》まず、尚《なお》も軍勢を前に押し出していた。

——力攻めなど、無謀にもほどがある！

大声で叫んだところで二十町も離れた前田勢に届くはずもないが、叫ばずにはいられなかった。

「——兵を引け！　それは罠じゃ。行ってはならぬ！　兵を戻せ！」

そんなお夏の声すらも、出城からの一斉射撃の筒音で掻《か》き消されてしまう。

その直後だった。大坂城内から爆発音とともに煙が上がった。

お夏には何があったかわからない。ところが、それを前田勢の近くで布陣していた井伊、松平勢は好機と見たのか、真田の出城目掛け突進を始めた。さらに南部勢など周りで布陣していた軍勢までもが、後れを取るまいと進軍していく。まるで赤や黒の反物が真田の出城に吸い込まれるように動き出した。こうなっては誰にも止められない。

お夏は再び遠眼鏡を真田の出城に向けた。

真田の出城の前は、お夏の考えを遥かに超えた罠が敷かれていた。出城の前の三日月形の水濠を避けようと両端の空堀を進むと泥濘っており、足を取られた兵たちは出城からの一斉射撃の餌食《えじき》となっている。何とか空堀を抜けても、そこをまた出城からの一斉射撃が襲う。皮肉にも、それがわかって兵を引こうにも、後ろから味方の兵がどんどん押し寄せて身動きもできず、あっという間に死体の山が築かれていった。

――このままでは殲滅《せんめつ》されてしまう。

お夏が踵《きびす》を返した時、具足姿の家康が側近の正純ほか大勢の鎧武者を引き連れ、登ってくるところだった。

「――お夏！　何があった？　何の騒ぎじゃ」

「あれを！」

お夏が真田の出城を指さすと、家康は苦虫を嚙《か》み潰したような顔になった。

「――大馬鹿《ばか》者めが！　まんまと真田の罠にはまりおって」手に持っていた軍扇を地

面に叩《たた》きつけた。「——正純！　早う、全軍に引き上げるよう伝令を出せ！」
はっ——。正純はあまりの怒声に驚き体を波打たせると、踵を返して走っていった。

三

徳川方の被害は甚大《じんだい》なものだった。死傷者は井伊勢の死者五百余人を含み、一万五千を優に超えている。

家康の怒り方は尋常ではなかった。命令を無視して先鋒を切った前田勢はもとより、指揮に当たった各武将を陣屋に呼びつけ大声で叱責《しっせき》した。

その直後、間の悪いことに将軍秀忠が陣屋を訪れ、総攻撃の許しを請《こ》う。

家康は顔を真っ赤に硬直させ、平伏する秀忠の顔を殴り、「——馬鹿か！　お前は。これ以上、兵を無駄死にさせて何とする。それでも諸将の上に立つ将軍か」と一喝。

尚も殴ろうとする家康を、側で控えていたお夏は身を挺して止めに入った。

お夏は正純に秀忠を連れ出すように指示すると、家康の小太りの体を抱きかかえた。

「大御所様。お気を鎮《しず》められて。戦場《いくさば》では怒りと焦りは禁物と、よく申されておられたではありませぬか。お怒りはご尤《もっと》もなれど、怒れば怒るほど敵の思う壺《つぼ》。ここは是が非でも辛抱なされてくださりませ」

「何、敵の思う壺じゃと……？」

「怒りは正しき判断を誤らせる元。大御所様。大きく息をお吸いくだされ」

ようやく気づいたらしく、家康は力を緩めると、大きく深呼吸をした。

「そうであった。それにしても口惜しい。あれほど、敵の挑発に乗るなと言うておいたに、どいつもこいつも敵の罠にはまり、豊臣方を勢いづかせおって。これではどんどん和議が遠のくではないか」

「和議……？　大御所様。和議ということは、ひょっとして淀殿と秀頼殿をお助けしたいとの意にござりますか」

家康は渋い顔になった。

「わしも人の子ぞ。秀頼の妻は、わしの孫娘のお千。秀忠の妻は、淀殿の妹お江《ごう》ぞ。安易に攻めれば、淀殿も秀頼も自害しよう。そうなればお千も生きてはいまい。武家の習いとは申せ、親が娘を殺すなどということを秀忠にはさせとうはない」

「それで秀忠殿の顔を思いっきり張られたのでござりますか」

「あの馬鹿は目の前のことしか頭にない。きょうの負け戦をした諸将と同じよ。わしは、でき得《う》れば和議に持ち込み、あの秀頼親子に徳川に歯向こうても無駄だということを覚《さと》らせた上で、大和辺りで一族郎党、静かに余生を過ごしてもらいたいのじゃ。それがこたびの戦のわしの算術。狙いでもある」

——さすが大御所様。何という遠謀深慮。

「わかりました。それならば、戦法を変えねばなりませぬ。大坂城の主《あるじ》は淀殿にございます。それには、やはり不安にさせるのが一番にございます、大御所様」

「じゃが、豊臣方を勢いづかせた今となっては、『四面楚歌』を真似て鬨の声を上げても詮無《せんな》きことぞ」

「そうではなく、誰の目にも見える豊臣方の旗印そのものを失えば、淀殿ばかりか、大坂城を護る将兵は心の支えを失い、戦意を削《そ》ぐことができまする」

「誰の目にも見える、豊臣方の旗印そのもの……？　何じゃ、それは？」

「大坂城の大天守にござります」

「大天守……？　つまり、内応者に火を放たせろと申すか」

「違います。大御所様。イギリス商館から購入した大砲をお忘れですか」

「——おう、そうじゃ。それがあったわ」家康は手を打った。「大砲で太閤自慢の大天守を吹き飛ばせば誰の目にも見える。妙手ぞ、お夏。豊臣方は肝を冷やし、味方は勢いづく。となれば、明日にでも耶揚子《やようす》（ヤン・ヨーステン）を駿府より呼び寄せよ。

あれならきっとやれる」

「お言葉ですが、大御所様。耶揚子殿はもうすぐ還暦。戦場は無理かと存じます」

家康の目が吊《つ》り上がった。

「——お夏！　わしは還暦など、とうに過ぎておるわ」

「あ……！」お夏は二の句が継げず、睨む家康の視線から逃れるように平伏した。

十二月四日に徳川方が真田の出城との戦いで大敗を喫して以降、大坂城から鉄砲による放射や罵声《ばせい》などの挑発はあったものの、徳川方は撃ち返しに応じただけで、さしたる戦いも見られなかった。

家康は城を取り囲む諸将に命じて毎晩三回、鬨の声を上げさせ、鉄砲を撃たせた。しかし、まったく効果はなく、和議の矢文を送っても逆に〈大坂城は十年でも持ち堪《こた》えられる。存分に攻めて来るがよい——〉と高飛車な矢文を返してくる始末で、豊臣方は一層、勢いづいていた。

駿府のオランダ人、ヤン・ヨーステンら砲手組が駆けつけた、十二月十六日——。

家康は満を持して、大砲による一斉射撃を命じた。

真田の出城や大坂城を護る将兵はまったく相手にしていない。本丸奥御殿を大坂城の北の備前島《びぜんじま》から、表御殿を南に位置する茶臼山から同時に砲撃させた。他にも大坂城を取り囲む東西から絶え間なく大筒や鉄砲を撃ち込み、鬨の声を上げさせている。

昼過ぎ、お夏は家康の命を受け、自分の策を果たすべく、ヨーステンら砲手組とともに、寝屋川の中洲《なかす》にある備前島に来ていた。

備前島には大砲百門のほか、遥々イギリス国から運ばれてきた大砲〈カルバリン砲〉と〈セーカー砲〉が備えられている。

ヨーステンによると、〈カルバリン砲〉は〈セーカー砲〉に比べ弾は大きく破壊力はあるものの、射程距離は〈セーカー砲〉には敵《かな》わないという。

方々から大砲や鉄砲の凄まじい筒音が聞こえる喧騒の中――。

大男のヨーステンはお夏同様、南蛮具足に身を固め、腰には長い洋式の直刀を提げていた。

ヨーステンは日本の女が大好きで自ら進んで家康の臣下になった男でもある。

日本に来た当時、赤かった毛はすっかり白く薄くなり、反面、口の周りや顎《あご》は髭《ひげ》で覆《おお》われており、目の周りには皺《しわ》も多く、六十前にしては老《ふ》けて見える。

ヨーステンは〈カルバリン砲〉と〈セーカー砲〉との間に立ち、にやりとした。

「お夏殿。あなたの鎧姿はとてもセクトア（セクシー）で美しい。この戦が終わったら、一度、お手合わせを願いたい」

この男は女にしか興味がなく、相手が家康の側室だろうが、構わず口説いてくる。おそらく内心、女だてらに具足を付けてと、小馬鹿にしているのだろう。

お夏は十文字槍を向けた。

「槍でのお相手ならいつでも応じます。されど、きょうの相手は」指差した。「あの大坂城の大天守。大御所様の代わりに、この夏が耶揚子《やようす》殿のお手並みを拝見いたす」

「その怒ったような顔が堪《たま》らない。それがし、日本に住んでから、首？　いや、肩が凝るようになった。お夏殿は揉みが上手いと大御所様から聞いた。駿府に帰ったら、一緒に湯に入って揉んでくれないか、お夏殿」

日本に来て十四年。ようやく言葉を覚えたと思ったら、妙なことにばかり興味を示す。

「耶揚子殿。夏は大御所様のパーツナー——側室ですぞ」

お夏はいつものように目に力を入れ、にっこりと笑みを浮かべた。

「わかっている。それがしも大御所様のバゼル——臣下だ」

まるでわかっていない。お夏が怪訝《けげん》な顔をすると、ヨーステンは視線をかわすように大坂城に目を向けた。

「ああ、お夏殿のお望みは、あのお城を撃てとのことだったな。オケィ。お夏殿のために一発で仕留めよう。破壊するなら〈カルバリン砲〉。穴を空けるだけなら〈セーカー砲〉。お夏殿は、どちらをお望みか」

さらに一発で当たったら、自分の望みを叶《かな》えてくれるかと訊ねてきた。紅毛人の習慣なのか、こんな戦時に駆け引きをする男の気が知れない。

お夏は溜め息を吐いた。

「耶揚子殿。この戦を早く終わらせるには、あの大天守を潰すしかない。どちらでもいいから、吹き飛ばしなさい」

ヨーステンは大仰に大きく目を開いた。

「オケィ。では、まず〈セーカー砲〉でいこう。次に〈カルバリン砲〉でとどめだ」

〈セーカー砲〉には兵が五人。まず一人が布をガマの穂《ほ》のように巻いた棒を砲先から突っ込んで砲身内を掃除し、兵二人が砲先から薬包《やくほう》や砲弾など手慣れた様子で入れ、棒で大砲の根元へと押し込んだ。四人目が筒元に火縄を差し込み、五人目が松明《たいまつ》を持ち、発射準備が整ったことをヨーステンに告げた。

ヨーステンは角度を測るような道具を出して大砲の角度を定めると、お夏に目を向け、下がって耳に手を当てるような仕草をし、大声で「――撃て！」と叫んだ。

松明で点火した刹那《せつな》、大砲がボンッ――と爆音とともに火を噴いた。

遠眼鏡を覗く。大天守には当たったものの、一番上の瓦を数枚吹き飛ばしたにすぎない。

お夏がヨーステンを睨みつけると、「次は大丈夫。心配ない」と苦笑いして、隣の〈カルバリン砲〉の砲手五人に合図を送った。同じ手順で発射準備は済んだが、今度は外せないと思ったらしく、大砲の角度を決めるのにかなりの時間を要している。

お夏は声を掛けた。

「焦らずともよい。一発で当たらなくとも、何度でも撃って破壊すればよい」

ヨーステンにしては珍しく目を吊り上げた。

「今度は必ず当てる」とすぐに大砲に目を戻し、大天守に顔を向けた。

しばらくしてから砲手らと頷き合い後ろに下がると、再び「――撃て！」と叫んだ。

ボンッ――と大砲が火を噴くや、黒い五重の大坂城の大天守の最上階が吹っ飛び、煙が上がった。

――当たった！

その刹那、不思議にも周りの喧騒は一瞬にして止《や》み、静寂に包まれた。

聞こえるのは頬をかすめていく、冷たい北風の音だけ。不気味なほど静かだった。おそらく敵味方、どの場所からも見えて、驚いているに違いない。これなら目論見《もくろみ》どおり、淀殿ほか城内にいる女子衆を震えあがらせることができるかもしれない。

お夏がほくそ笑んで頷いた時、静まり返る現実を引き裂いたのはヨーステンだった。

「Ik《イク》 deed《デー》 het《タツ》！——やったぜ！」と叫ぶや、お夏に駆け寄り、いきなりお夏の体を軽々と持ち上げ、胸に抱いた。さらに、どさくさに紛れて口吸いまでしようと髭面の顔を近づけてくる。

お夏は思いっきりヨーステンの顔に平手打ちをくらわした。

「——放せ、無礼者！　褒美《ほうび》は大御所様からじゃ。この夏ではないわ」

大坂城への大砲による一斉攻撃の効果はすぐに出た。

翌十二月十七日、禁裏から講和を求める使者がきた。しかし、家康はあくまで武家同士の戦とし、これを退けた。

その翌日だった。今度は豊臣方から和議を申し入れてきた。大天守が破壊されたことに加え、本丸への砲撃が功を奏したらしい。

和議交渉は二度行われたものの、瞬《また》く間に成立した。

交渉には、本多正純と家康の側室阿茶ノ局が出、豊臣方からは淀殿の妹常高院《じょうこういん》が赴き、和議の詳細について話し合いがなされ、双方が合意する。

和議の条件は――。豊臣方側は、秀頼・淀殿の身の安全に本領安堵《あんど》と、将兵の助命。対する徳川方側は、二ノ丸、三ノ丸の破却に外濠《そとぼり》の埋め立てと、豊臣家の重臣大野治長《はるなが》と織田有楽斎《うらくさい》より人質を差し出すというものだった。

十二月二十日に家康は攻撃中止を全軍に命令。その後、誓書が交換され、戦は終わった。

家康は後を秀忠に任せると、二十五日、お夏など供回りの者たちを引き連れ、早々と大坂から京二条城へ引き上げた。

四

翌慶長二十年（一六一五）四月――。

昼近く、お夏は二条城の湯殿で湯船に浸かり、家康の肩を揉んでいた。

京都とはいえ、四月になると暖かい。外からは鳥のさえずりが聞こえている。

大坂城攻めで徳川・豊臣双方の間で和議がなされた後、家康は側近本多正純や阿茶ノ局、お夏とともに一旦《いったん》は駿府に引き上げたものの、徳川の京都所司代を務める板倉勝重《かつしげ》から、再び大坂城での豊臣方の不穏な動きを伝えてきたため上洛したのだった。不穏な動きとは、大坂城にいた浪人の一部は去ったものの、未だ七万を超える将兵が残っており、しかも、徳川方が埋め立てた外濠の一部を掘り返し、戦支度まで始めているという。

それが七十四歳の家康には頭痛の種となっているようで、いつになく肩が凝っている。おそらく妙手が欲しくて湯に浸かったに違いない。お夏は家康の苦痛を少しでも和らげるよう、また、いい思案が浮かぶよう揉み出した。

「効くのう。これだから、お夏は手放せぬ。そういえば、昨年の戦で諸将に褒美を取らせた折、大坂城天守に大砲を撃ち込んだ耶揚子には、長崎の領地を二百五十石ほど分け与え旗本にしてやった」

「あの耶揚子殿を旗本に？　たった一発の砲弾で、でござりまするか」

「あれはわが徳川の砲手組に、洋式大砲の撃ち方を仕込んでくれた。その長年の功もある。その耶揚子が長崎の領地より、お夏を欲しいと言うてきおった。耶揚子はお夏のような凜《りん》とした女子が好きなそうじゃ。そなたに付いて一緒に備前島に行った者の話によれば、大天守に弾が当たった時、お夏に抱きついた耶揚子を平手打ちしたそうじゃのう、お夏」

「夏は大御所様の側室にござります。御陣女郎《ごじんじょろう》ではありませぬ」

「耶揚子も歳を取ったのよ。歳を取ると、やはり生まれ故郷が懐《なつ》かしいのであろう。耶揚子はお夏のような女丈夫を見ると、故郷オランダを思い出すそうな。あれの母親も気が強かったらしく、耶揚子が子供の頃、悪戯すると、しょっちゅう平手打ちされたと申しておった」

お夏は揉んでいる手を止めた。家康には側室を家臣に与えた過去がある。現にお梅ノ方は本多正純に下げ渡されている。

「で、大御所様は耶揚子殿に何と返答を？」

「勿論《もちろん》、断った。第一、お夏を耶揚子なぞに下しおけば、そなたの三人の兄に怨《うら》まれるわ。女丈夫といえば……ふん。淀殿も女傑よのう。亡《な》き太閤《たいこう》もたじたじであった」

家康は大きく溜め息を吐いた。「人の欲というは困ったものよ。なかなか捨てられぬらしい。淀殿に大坂城を出るよう国替えを、と促してもまったく応じぬ」

当然かもしれない。淀殿は天下人太閤秀吉の側室だったのだ。大坂城を出て一大名になれば、秀吉の子秀頼は徳川の下で余生を送ることになる。二人にとり、これ以上の屈辱はない。

「大御所様。それでは、また戦になるのでござりまするか」

「したくはないが、大坂をこのまま捨て置いては天下に示しがつかぬ。わが将軍家からの命を聞き入れぬとあらば、潰すしかなかろう。それにしても、あのような裸同然の大坂城にしがみ付いておるとは、まったく先の見えぬ親子よ」

「されば、孫娘の千姫様は、どうなるのでござります」

家康は腕組みをし、天井を仰いだ。

「そこが頭の痛いところよ。たとえ大坂城にこちらから何人か忍び込ませたところでお千は城から出るのを拒むであろうし、豊臣家を滅ぼし淀殿と秀頼を亡き者にすれば、自ら命を絶つであろうよ。お千の件だけは、さすがの正純もお阿茶も名案が浮かばぬらしい。お夏、そなたはどうじゃ。どうすれば、お千を救い出せる」

と言われても咄嗟《とっさ》には浮かばない。が……。

「たとえ再び戦となっても、千姫様のことは大丈夫かと存じます」

「なぜじゃ」家康は怒ったように振り向いた。「なぜ、そんなことが言える」

「淀殿・秀頼様の最後の心の支えは、太閤殿下が建てた大坂城です。淀殿は今も天下人の妻だった栄光を捨てきれず、秀頼様は二十三と若いといえども天下人の子として育った誇りがございます。だからこそ、あの大坂城を出ることを拒んでおられる。その二人が死を賭《と》して望む最後の戦で、周りから人質と思われている千姫様を道づれにすれば、天下人太閤殿下の妻として、息子として、面目を失うことになりますまいか」

「つまり、落城する折はお千を差し出す、と」

「そうではなく、最期《さいご》となれば、おそらく淀殿は千姫様を使者に立て、秀頼様の命乞《ご》いをされるに違いありませぬ。大御所様。夏にはわかるのです、淀殿の女子の誇りが……。それが子を持つ母たる最期の、女の算盤のように思います」

「……なるほど。あの女丈夫の淀殿でも最期は母の心に戻るか。されば、それに賭《か》けてみるか……相わかった」

家康は立ち上がると、何か策が浮かんだらしく、脇目《わきめ》も振らず湯船から出て行った。

五

大坂城の動きを危ぶむ家康の心を逆撫《さかな》でするように、豊臣方の幕府に対する抵抗は日を追う毎《ごと》に増していった。

豊臣方は四月末、大和に軍勢を進め大和郡山《こおりやま》城を攻落し、竜田・法隆寺などの村々を焼き、和泉岸和田城を攻め、堺の街を焼き払ったとの報せが次々と届いた。五月五日、家康は豊臣方の勝手な振る舞いを制するべく大坂に向け、大軍とともに二条城を出立していった。

先行している秀忠軍などを合わせ、徳川方の兵力は十五万五千――。

こたびの戦にはお夏は連れていってもらえず、伏見城の留守居を命じられた。敵が野戦を仕掛けてくる公算が強いからとの理由だ。豊臣方より兵の数が多く優位とはいえ、実際の戦場では何が起こるかわからない。血を血で洗う無法な場に連れて行くより、お夏には、豊臣方から救い出すお千を伏見城に送るので、その世話を頼むとのことだった。

戦場は殺し合いの場だ。いくら勇ましい武勇伝で美化しようが、美しい眺めであるはずがない。おそらく野戦ともなれば、昨年のような鉄砲・大砲の撃ち合いでは済まない。敵味方がぶつかれば多くの血が流される。かつて「美しき女子たちが武器を構えずとも安心して暮らせる、泰平の世づくり――」と言ったほどだ。そんな血生臭い、地獄絵図のような惨劇をお夏に見せたくはないに違いない。

〈大坂城落城――〉の一報が伏見城に入ったのは、五月雨《さみだれ》が激しく降る、五月八日の夕刻だった。

家康は軍勢とともにすでに大坂を発《た》ち、二条城に向かっているとのことで、それより一足先に、千姫を乗せた輿《こし》が着いているという。伝えに来た使者は、明九日に秀忠が伏見城に入るので、お夏はそのまま伏見城に待機し、家康が千姫を連れてくるまで留まるようとの指示だった。

使者に秀頼親子の安否を訊ねると、ただ「自刃《じじん》なされた」とだけで詳細は話さず、二条城に帰っていった。

おそらく淀殿は、千姫を秀頼の命乞いのためと説得して大坂城を去らせ、覚悟の自刃をしたに違いない。お夏の出した算盤の結果とは少し違うが、天下人の母子として散っていった心情はわかる。ただし――。

十九歳の千姫に、それがわかるかどうか。

今の千姫は、祖父家康と父秀忠に夫秀頼と義母淀殿の助命嘆願をしたにもかかわらず、それを無視して攻めたて、自刃にまで追い込んだと思っている。夢にも助け出されたとは思っていまい。となれば、千姫の心の内にあるのは秀頼親子の後を追う「死」しかない。

だからと、ここで自害されては家康の、千姫を助けようとの策も露と消える。そればかりか、こたびの二つの大坂攻めで多くの将兵を死なせたことも意味をなさなくなる。

翌九日の昼過ぎ――。

雨の中、千姫を乗せた輿が多くの護衛の兵に護られ、伏見城に着いた。

輿から降りた千姫は、十二年前の慶長八年（一六〇三）、同じくこの伏見城から大坂城入りした時とは見違えるほど大人になっていた。

当時、お夏は二十三歳で、まるでお人形のようと呼ばれた七歳の千姫が城から出て行くのを見ている。それだけに感慨深かった。

当然だが、迎えに出た徳川方の阿茶ノ局など多くの女房衆から挨拶《あいさつ》をされても、千姫はまったくの無表情で、歩く姿は痛々しいほどだった。大坂城から同じく無事に逃れた千姫の乳母刑部卿《ぎょうぶきょう》ノ局に体を支えられ、城の奥へと入っていった。

夕方、将軍秀忠が大勢の軍勢を引き連れ凱旋《がいせん》したが、千姫は部屋から出ず、会おうともしなかった。

千姫が伏見城に入って以降、降り続いていた五月雨が二十四日に止んだ。

昼過ぎ、二条城にいる家康から千姫を心配して、千姫を京見物に連れ出すようにとの書状が阿茶ノ局の許《もと》に届いた。阿茶ノ局はそれをお夏に託した。

お夏は京見物には反対だった。

気鬱《きうつ》になっている千姫の心を少しでも癒したい。その家康の気持ちがわからないわけではない。ただ、それは男の都合のいい算術というものだ。

そもそも女子の人生にとって「戦」など、まったく必要はない。戦さえなければ、身内同士が敵味方となって命を失い、憎しみ合うこともなかったはず。しかも生き残った者たちは、一生、その悲しみと辛《つら》い気持ちを引きずって生きていかねばならない。

それゆえ、今は何をしても、壊れた千姫の心は元には戻らない。長い時だけが薬であって、しばらくそっとしておくことこそが千姫のためだ。まして今、六百を超える首級が六条河原に晒《さら》してある。千姫にはこの上なく辛い場所に違いないと説いた。

だが、阿茶ノ局は顔を横に振り、「頼む」とだけ。

五月二十七日――。お夏が乗った輿が先頭に立ち、千姫の乗る輿を二百人ほどの兵に護らせ、京都東山の清水寺を目指し、伏見城を出て伏見街道を進んだ。

途中、伏見稲荷《いなり》や三十三間堂を参拝したが、千姫は輿から降りようとはしなかった。

豊国神社へも行けとの指示だったが、そこには大坂攻めの発端となった方広寺の釣鐘があるため、お夏はあえて避けた。

昼過ぎ、清水寺に着くと、お夏は千姫付の侍女が止めるのもきかず、千姫の手を取り、やや強引に輿から降ろし、清水の舞台へと連れていった。

何か算段があったわけではない。ただ、家康の思いを聞いてもらいたかった。

舞台の中央に千姫を立たせた。梅雨が明けたからか、眼下には青々とした松尾山と京の街がすっきり見えている。

「千姫様。今の辛く悲しいお心はわかります」とお夏が口火を切るや、千姫は振り返り、きっと睨みつけてきた。

「──祖父の側女《そばめ》ごときに何がわかる。わらわの苦しい胸の内などわかろうはずがない！」

初めて聞く、十九歳の大人になった千姫の、はっしとした言葉だった。

お夏は頷《うなず》いた。

「深くまではわかりませぬ。ただ、大御所様の思いだけはわかって頂きたいのです」

「わが夫秀頼様と義母様を死に追いやった祖父の戯言《ざれごと》など、聞く耳持たぬ」

「そのお二方《かか》の思いも知って頂きたいのです」

「何、秀頼様と義母様の思いじゃと？　そなたに何がわかる」

「――わかります」ぴしゃりと言うと、挑むような眼差しを向けてきた。が、千姫も負けていない。刺すような目を向けてきた。

「ならば、申してみよ」

「秀頼様も淀殿も、千姫様に何としても生きていて欲しかったのです」

「何ゆえじゃ。秀頼様と義母様のいないこの世の、どこに生きる価値がある」

「ありまする。大御所様はこの日ノ本から一切の戦を無くし、泰平の世をつくりたいのです。大御所様は戦の前、『戦国の世を終わらせる、最後の戦』と覚悟を申されました」

「それで愚にもつかない難癖をつけ、豊臣家を潰すために戦に引き込んだと申すか」

「違います。秀頼様も淀殿も、天下が徳川の世になったことを受け入れようとはなされなかった。一大名として生きて行こうというご覚悟さえあれば、こたびの戦はなかったはず」

　お夏は家康から聞かされた、日本の現状を話した。宣教師を次々と送り込んで数多《あまた》の国を征服して「太陽の沈まぬ国」とまで言われる大国イスパニアが、内紛に乗じて攻め込む機会を狙っている、と。

「――詭弁《きべん》じゃ」千姫は体に溜まった怒りを吐き出すように言った。「騙《だま》し討ちのような戦で豊臣家を潰しておいて『最後の戦』じゃ？　『泰平の世』じゃと？　ふん。笑止じゃ。戦は人に欲がある限り、この世からなくならぬわ。お爺《じい》様も歳を取られて耄碌《もうろく》をなされたか。そんな耄碌した年寄りに、わが夫秀頼様と義母様を殺されて……千は無念でならぬ」

千姫の目から涙が溢《あふ》れた。その千姫をお夏はきっと睨みつけた。

「千姫様。大御所様は耄碌などしておりませぬ。あの戦が『最後の戦』か、どうか。生涯を通して、その目でしかと確かめなされ。その目付け役として、秀頼様と淀殿は千姫様を生かそうと考えられたのではありませぬか。そんな御心に気づきもしないとは」

「何、わらわに目付けを」

「そうです。そのお役目から逃れたくば、今すぐ、この清水の舞台から飛び降りなされ。お止めはしませぬ。されど、亡くなられた秀頼様と淀殿は、それでお喜びになるとお思いか。せっかく労を尽くして助けたにと、きっと、きっと嘆かれるに相違ありませぬ」

お夏の、生涯一度の賭けだった。千姫が飛び降りれば、お夏も生きてはいない。

お夏は、しおれる千姫の姿を見つめて思った。お夏も千姫もこたびの戦がなかったら、どんな出会いをしていただろう。きっと京の美しい景色を眺めて和歌などを詠《よ》み、無邪気に笑い合えたに違いない。そう思うと、太刀音も筒音も聞こえない今、初夏の日差しすら、泰平の世の兆《きざ》しに思えてくる。

千姫は青空を見上げ、何かを探すような目をさ迷わせると、「秀頼様、義母様……このお千は如何《いか》に生きてゆけば……」と、その場に泣き崩れた。

六

九月五日――。

夕方、お夏は久しぶりに駿府城の湯殿で湯船に浸かり、小太りの家康の肩を揉みほぐしていた。今年は閏《うるう》年で六月が二度あったからか、九月といってもめっきり寒い。

駿府城ではこれまで、千姫と同い歳の側室お六ノ方と一緒に湯殿に入るのが常だったが、やはり大坂のことを引きずっているらしく、お夏に御湯殿番を命じてくる。

こたびの豊臣家との戦は勝利を納めたものの、身内にも多くの不祥事が起き、家康はその処理に心を痛めている。ことに茶阿《ちゃあ》ノ方が生んだ家康の六男松平忠輝《ただてる》のことでは、夏の大坂城攻めで何があったかは知らないが、家康の怒り方は激しく、今後一切面会を禁じている。駿府城内では、忠輝の名を口にすることすら憚《はばか》られた。

家康はお夏の右手を軽く叩くと、大きく息を吐いた。

「もうよい。こたびはそなたも戦だけでなく、その後の諸々《もろもろ》で疲れたであろう」

何のことかわかっている。千姫のことだ。

「いいえ。さほどには疲れておりませぬ。大御所様こそ、久しぶりの戦場でお疲れでしょう。肩に鎧の跡が今も赤く残っておりまする」

「歳は取りたくないものよ。夏の大坂攻めでは、危うく死ぬところであったわ」

そのことは側近の正純から聞いている。

冬同様、夏の戦でも徳川方を苦しめたのは真田信繁だった。五月七日、昨年の冬に家康が本陣を置いた茶臼山に陣取った真田勢は他の徳川勢には見向きもせず、真っ正面から家康本陣のみに狙いを定めて突っ込んできた。しかも真田勢だけでなく多くの豊臣方が攻め寄せ、目の前に陣取っていた松平忠直隊一万五千を蹴散らし、周りにいた徳川の軍勢を悉く《ことごと》撥《は》ね退け、本陣に迫ったという。真田勢のあまりの凄《すご》さに家康は逃げ出したものの、途中、二度も追いつかれ、死を覚悟したとのことだった。

「あのような惨《むご》い戦の世が百年以上も続いてきた。それを止めさせるために、天がこのわしを救ってくれたのであろう」

「天が、にござりまするか」

「もう戦はない世にせねば、人の心までもが死んでしまうでのう。心が死ぬと言えば、お千のことでは助かった。おちょぼの書状には、お夏が清水の舞台でお千を叱咤《しった》してくれたゆえ、もう心配はないと書いてきおった」

　おちょぼは千姫が今一番信頼している侍女で、家康からも信用されている。

「お夏が何とお千を諭したかは聞かぬが、やはり人の心を読むに長《た》けたお夏。女の算盤が功を奏したようじゃのう」

　清水の舞台で、千姫に言った言葉は算盤づくではない。

「心外にござります。大御所様。この夏とて天下のためなら、いつでも命を捨てる覚悟はできておりまする。あの折、千姫様が自害なされば、夏も死ぬ覚悟にござりました。絶望の中にいる千姫様には、男の算術も、女の算盤も通用しませぬ」

「いや。相すまぬ。許せ。なるほどのう。絶望の中では男の算術も、女の算盤も通用せぬか。されば尚のこと、戦のない世にせねば、あの戦で亡くなった者たちが浮かばれぬ。まずは焼け野原になった大坂を何とかせねばならぬが、大坂の民も今は絶望の中にいよう。男の算術も、女の算盤も通用せぬとなれば、どうするかじゃ。頭が痛いのう」

その時、千姫とともに清水寺から帰る途中の茶店の前で、大坂に向かう淀屋常安と出くわしたことを思い出した。

常安はお夏に気づくと前に出て平伏して、二条城にいる将軍秀忠から大坂城の再建と、城下の寺院などの修復すべてを任されたと自慢げに話した。さらに——。

「これ、すべてお夏ノ方様の教えてくれはった『損して得取れ』の商いの基本のお蔭《かげ》だす」と長々とお礼を言ってから「このままお夏ノ方様に何もお礼をせんかったら、大坂商人の名折れ。この淀屋常安が笑われます。お礼に何か差し上げたいんだすが、ご希望があれば何なりとお申しつけください」

「それは嬉しいことを申される。大御所様は大の温泉好きじゃ。されば、有馬温泉の湯を四斗樽《しとだる》で十樽ほど駿府城に届けることはできぬか」

常安は破顔した。

「何と欲のない。有馬温泉の湯を四斗樽で十樽などとお安い御用。ついでにと申してはなんだすが、大御所様のお好きな灘《なだ》の酒も二十樽ほどつけて持っていきます。それとは別にお夏ノ方様には京西陣のお召。遠慮はいりまへんがな。京西陣のお召はお夏ノ方様のような背の高い別嬪《べっぴん》はんが着てこそ映えます。恩を受けたら恩を返す。これが大坂商人の人を喜ばせる、算盤だす」

お夏は常安とのことを話した。

「ほう。これがその有馬温泉の湯か。それで赤っぽく濁り、とろりとしておるのか」

大坂から船で運ばれてきた有馬温泉の湯を、お夏は下の者に釜で温め直してから湯船に入れるよう命じておいた。

「常安殿によれば、有馬の湯は疲れた体と心を癒してくれる湯とのことにございます」

「なるほど。それがお夏の算盤か」

「いいえ。人を喜ばせる、大坂商人の算盤にございります。これをもってすれば、焼け野原になった大坂も直《じき》に蘇《よみがえ》るに相違ありませぬ。これからは民を大事にし、日ノ本の暮らしを豊かにすることこそが、武家の棟梁《とうりょう》たる徳川の務めにござります」

「――なるほど。先を見通すお夏の算盤は確かじゃ。いや、お千のためにも、そうせねばならぬ。泰平の世づくりのために、わしはまだまだ死ねぬようじゃ。ならば、大坂商人の恩返しの湯に浸かって、じっくり思案してみるか」

家康は肩まで湯の中に入れると、「おー、生き返る」と大きく息を吐いた。

た。

＊　＊　＊

翌元和《げんな》二年（一六一六）四月十七日、徳川家初代将軍家康は七十五歳の生涯を閉じた。

家康の死後、お夏ノ方は落飾し、「清雲院《せいうんいん》」と称し四十余年を江戸で過ごし、万治三年（一六六〇）に八十歳で天寿を全うした。二代秀忠、三代家光、四代家綱の世を見た、家康最後の側室だった。

その間、戦らしい出来事と言えば、家光の代に九州島原・天草で、ポルトガルが扇動したとみられるキリシタンによる大規模な一揆《いっき》が一度だけ。家康が切望した「戦のない泰平の世」は、徳川政権下で二百六十余年も続いていく。

戦の絶えない人類の歴史上、最も稀有《けう》な時期だったと言えよう。

春の夜《よ》の夢

茶阿ノ方の巻

「――対面ならずじゃと！　本当にお父上はそう申されたのか！」

元和《げんな》元年（一六一五）九月――。

越後国高田城本丸の大広間に、城主松平忠輝《ただてる》の声が轟《とどろ》いた。

忠輝は壇下で、壇上で座す父大御所《おおごしょ》徳川家康の使者、松平勝隆《かつたか》を睨《にら》みつけた。

勝隆は忠輝の附《つ》け家老松平重勝の五男で、忠輝より三歳年嵩《としかさ》の二十七。

裃《かみしも》姿の勝隆は表情ひとつ変えず書状を持ったまま、忠輝に目を向けた。

「確かに申されました。大御所様は京よりお戻りになられて以降、上総介《かずさのすけ》殿のことにおいては、ことのほか御気色《みけしき》よろしからず」

忠輝は畳を思いっきり拳で叩《たた》いた。

「わしが一体、何をした！」

「上総介殿は、上様の御旗本衆、長坂六兵衛信時《のぶとき》殿と伊《い》丹弥《たみや》蔵殿《ぞう》二名を家来に命じてお手打ちになされた。二人を斬《き》った家人の名もすでに判明。出奔したこともわかっておりまする」

「待て。〈下乗《げじょう》の礼〉を欠いたは向こうぞ」

〈下乗の礼〉とは、身分が下の者が格上の行列の前を横切る折、下馬して通らなければならない武家の作法だ。

今年五月の大坂夏の陣で、大坂への行軍途中、忠輝の軍勢の前を横切った騎馬武者二人を家臣が止めるや、謝罪や下馬を拒んだばかりか、将軍の権威を笠《かさ》に着て「何をのんびりと歩いておられる。物見遊山《ゆさん》にでも参られるか」「戦はもう始まっておるわ、越後の田舎侍ども」と嘲笑《ちょうしょう》したからだ。忠輝はその傲慢《ごうまん》な態度に我慢できず、その場で家来に命じて斬り捨てさせた。

「わしを若造と侮《あなど》っておった。無礼にも程がある」

「されど、あの折は一刻を争う戦《いくさ》。〈乗り打ち〉は当然にござる。まして上総介殿は、わざと大坂に遅参されたとの上様の言にござる」

「――わざと遅参したじゃと！　またそのような濡《ぬ》れ衣《ぎぬ》をわしに着せる気か」

勝隆は大きく溜《た》め息《いき》を吐《つ》くと、「大御所様も上様も、すべてをお見通しにござる」と前置きした上で、布陣についても触れた。

「上総介殿は大坂方の敵を前に、遥《はる》か遠くに陣を敷いただけでなく、まったく戦う気配すらなかった由《よし》に」

夏の陣では、大御所家康と将軍秀忠は大坂城の真南の奈良街道上に布陣し、旗本や譜代大名がそれを護《まも》るように陣を敷いた。忠輝はそれより西の大和口、紀州街道上で、義父である伊達《だて》政宗《まさむね》と前後して、敵将真田信繁《のぶしげ》（幸村《ゆきむら》）と対峙《たいじ》する形で陣を張った。

義父政宗内々の指示だった。万が一、父家康や兄秀忠が落命するようなことがあれば、徳川将軍家は家康の六男忠輝を擁立せざるを得ない。その時は政宗が後見人となって忠輝を支えていくとの腹積もりだった。

忠輝自身、視野が狭く器の小さい兄秀忠が政権を握るより、イスパニアなど世界に目を向けている政宗のほうが、これからの日ノ本には必要と考えていた。そんな新しい世づくりに関心があった。また、政宗の見識があれば、豊かな世ができると思った。

そんな思惑から、「真田信繁を牽制《けんせい》するため――」として陣を敷いたにすぎない。

だが、その思惑は外れ、豊臣家は完全に潰《つぶ》され、父家康も兄秀忠も死んではいない。

しかし――。

まさか、父家康にそこまで読まれていたとは思いもしない。

「さらには――」と勝隆は言葉を続けた。大坂の陣の戦の直後、家康と秀忠が禁裏《きんり》に戦勝報告の供を命じた折、病気と偽って拒み、嵯峨野《さがの》の広沢池で舟遊びをしていた上、無断で越後高田に引き揚げてしまった、と付け加えた。

「すべて調べはついておりまする。上総介殿は上様とご連枝《れんし》（兄弟）とは申せ、国家の大法を破られてはご政道が立ちゆきませぬ。大御所様、並びに上様の命に背くは、これ謀反《むほん》の証《あかし》」

「――む、謀反じゃと！　たわけが。高々七十万石のわしに何ができる。兄上の旗本を二人斬ったぐらいで話を大袈裟《おおげさ》にするな」

「二人斬ったぐらいで、ですと……！」勝隆は声を荒げた。

「いちいち兄上のように、揚げ足を取るな。わかった。兄上は腹の虫が治まらぬのであろう。斬った者は出奔して、ここにはおらぬ。身代わりを二人差し出すゆえ、それで帳尻《ちょうじり》は合おう」

「――何と！　何を愚かなことを申される。もう少しことの大事をおわかりくだされ」

「わしはまだ二十四ぞ。冬の大坂攻めでは留守居だったわしの初めての大戦《おおいくさ》。至らぬは若気の至り。申し開きを兄上にしたいと申し伝えよ」

勝隆は咳払《せきばら》いして居住まいを正した。

「上総介殿。兄上ではなく、上様にござりまする。そういうご言動が大御所様や上様に、あらぬ誤解と疑念を抱かせるのでござる」

「誤解と疑念じゃと？　それで謀反か」

「大久保長安《ながやす》の騒動から、まだ日が浅うござる」

幕内では「大久保長安騒動」と呼ばれている。

忠輝の附け家老で金山奉行だった長安が、慶長十八年（一六一三）四月に死去するや、徳川家に大騒動が起きた。

無類の女好きだった長安の死後、側女《そばめ》たちの遺産争奪が起き、金山統轄《とうかつ》権を隠れ蓑《みの》にした不正が発覚。あまりの隠し金の多さに謀反を企てていたとされ、長安の遺体は墓から掘り出され磔《はりつけ》にされ、長安の息子七人が切腹に処された。

その折、長安の屋敷の押収品《おうしゅうひん》の中から豊臣秀頼を始め、豊臣恩顧の大名と通じる連判状が発見され、そこに伊達政宗や忠輝の名もあったとのまことしやかな噂《うわさ》まで出る。ところが、実際には連判状は存在しなかった。にもかかわらず、兄秀忠は「忠輝謀反の疑い、是《これ》あり――」と忠輝を罰するよう父家康に進言する。

忠輝を庇《かば》い、身代わりに切腹したのが、忠輝の附け家老の花井吉成《よしなり》だった。十二の時から忠輝を支えてきた良き理解者だっただけに、ただの噂で濡れ衣を着せられての処罰には未《いま》だに腹が立つ。

「何と、女々しいほどの執念深さ。未だに疑っておるのか、兄上は」

「上総介殿。何度も申しますが、兄上ではなく、上様にござる。とにかく、上様への申し開きはなりませぬ。大御所様は、上総介殿が必ずそう申してくるだろうが、相手にするなと」

「な、何、相手にするな……！」

勝隆は読み上げた書状を丁寧に包んで差し出すと、慇懃《いんぎん》に一礼して退席した。直後、傍らにいた家老の松平重長《しげなが》が膝《ひざ》を進めてきた。重長は勝隆の二番目の兄であり、こちらも家康から附けられた家老で四十一になる。

「お前の弟は兄上同様、頭が固く融通が利《き》かぬ。ふん。何が兄上ではなく、上様じゃ。何だかんだと難癖を付けおって」

「殿。ここは大御所様には抗《あらが》わぬが肝要。江戸におる、わが兄重忠《しげただ》から上様に言上しては」

「わしをその方ら兄弟で盥回《たらい》しにする気か。わしは何も悪うはない。捨て置け。あんな兄など頼れるか。あれは父の言いなりの、虎《とら》の威を借る狐《きつね》よ。あの無能さでは、さもあらん。父上が生きておる間は何とかなろうが、あの兄ではいずれ……」

「――殿！」途中で遮った。「それ以上、口になされまするな。どこで誰が聞いておるか」

忠輝は重長を見て、小刻みに頷《うなず》いた。

「おお、そうであったわ。どこに兄の放った忍《しのび》がおるやもしれぬ。ま、さほどの心配もなかろう。いざとなれば駿府におる母上じゃ。茶阿《ちゃあ》ノ方様から父上に言上してもらえば、すぐに片が付く」

傍らで重長は不安げな面持ちで下を向いていた。

一

「――大御所様が忠輝と金輪際《こんりんざい》、御目見えをせぬじゃと……！」

九月中旬の昼下がり、茶阿は駿府城西ノ丸御殿の自室で、わが子忠輝からの書状を読み終わって慄《おのの》いた。まさか――と思いつつも、一抹の不安が脳裏をかすめていく。

大御所家康が八月二十三日に駿府に凱旋《がいせん》して以降、忠輝に関する悪い噂は後を絶たない。将軍秀忠の旗本二人を斬ったとか、大坂攻めの戦の後、禁裏に参内もせず、舟遊びをしていたとか、他にもいろいろと耳障《みみざわ》りな話が聞こえている。

茶阿付の侍女お鈴の話では、八月二十七日に家康は忠輝の附け家老を呼び寄せ、このとの詳細を確かめた上で越後高田に使者を送り、忠輝の言動を確認させたとのこと。

それが今月十日に使者が戻り、忠輝の様子を知らせたところ、家康はさらに激怒したとのことだった。

――やはり大御所様は、わが子忠輝がお嫌いなのか。

忠輝は生まれた時から不憫《ふびん》だったといっていい。色が黒かったことで家康に「気味が悪い」と言われ、一度も抱かれず、下野《しもつけ》国皆川《みながわ》城主の皆川広照《ひろてる》に下げ渡されている。初めて家康と対面できた七歳の時ですら、家康は「恐ろしげな顔じゃ」と言って近寄ろうともしなかった。

だが、忠輝の顔は醜《みにく》くはない。母親似の、目鼻立ちのしっかりした美男で、元服した当時から奥で働く女子衆《おなごしゅう》の衆目を集めた。古くから家康に仕えている者たちによれば、家康に詰め腹を切らされた長男信康《のぶやす》に面差しが似ているとのことで、それが毛嫌いする原因だったのだろうという。

もっとも、徐々に待遇が変わってきてはいる。

慶長四年（一五九九）に、断絶していた長沢松平家の名跡を継がせ、武蔵《むさし》国深谷で一万石を与えられた。さらに、慶長七年（一六〇二）には下総国佐倉五万石を、翌八年（一六〇三）に家康の征夷《せいい》大将軍就任に伴い、信濃国川中島十四万石を拝領。慶長十一年（一六〇六）には奥州の雄、伊達政宗の娘五郎八《いろは》姫と婚姻し、家康の子としての遜色《そんしょく》ない扱いを受けた。

その後も、秀忠二代将軍就任に、祝辞言上の上洛《じょうらく》を拒絶する淀殿・豊臣秀頼母子の許《もと》へ、秀忠の名代として大坂城に赴いている。そして慶長十五年（一六一〇）、忠輝は越後国高田七十万石に加増転封と、ついに譜代家臣と並ぶ地位まで上り詰めた。

その時、家康の信頼を一身に受けて徳川家の財政を任され、幕内で権力を握っていた大久保長安が、忠輝の附け家老となった。

今にして思えば、それが不運の始まりだ。慶長十八年の「大久保長安騒動」以降、家康の忠輝に向ける目が少しずつ変わってきたような気がする。

忠輝は書状で、父家康との間を取り持って欲しいと切望している。

それは家康が生きているうちにということだ。

家康は今、七十四歳。大坂城攻めで勝利したとはいえ、いつ亡《な》くなってもおかしくはない。残された刻《とき》はわずか。忠輝を嫌っている秀忠の代となっては、どんな処罰を忠輝に下すか、不安になる。となれば――。

ここは家康が側室の中で最も信頼する、阿茶《あちゃ》ノ局を頼るしかない。

阿茶ノ局は今も奥向きの諸事一切を任され、昨年、冬の大坂攻めでは和睦《わぼく》の使者を務め、淀殿・秀頼母子の誓書をとるなど交渉事に長《た》けている。阿茶ノ局なら、きっと茶阿の苦しい胸の内をわかってくれるはずだ。家康さえ説き伏せれば、家康に逆らうことのない秀忠など大したことはない。まして阿茶ノ局は、秀忠の母親代わりをしていたこともある。家康父子に掛け合えるのは、阿茶ノ局だけと言っても過言ではない。

「……そうじゃ。将来ある忠輝をこんな些細《ささい》なことで、つまずかせてなるものか」

茶阿は侍女のお鈴を、阿茶ノ局に面談の申し入れのため、本丸奥に走らせた。


翌日の昼過ぎ、駿府城本丸奥にある阿茶ノ局の部屋で、茶阿は一人で待っていた。

きょうは秋の日差しもあって温かい。空では鳶《とんび》が飛んでいるのか、盛んに鳴き声が聞こえてくる。

しばらくして阿茶ノ局が部屋に入ってきた。

さすが家康とともに戦場に出掛けているだけあって、還暦でも背筋がぴんと伸びている。かつて身重で戦場に出、子を流したという話は側室の間では有名だった。そんな武勇伝を持つ阿茶ノ局だが、化粧っ気のない日焼けした顔に、あまりにも地味な胡桃色《くるみいろ》の小袖《こそで》だからか、城で下働きをしている下女と見紛《みまが》うほどだ。

阿茶ノ局は茶阿を一瞥《いちべつ》すると、険しい表情で上座に座した。

「お茶阿殿。久しいのう。火急の用とか。きょうは今朝から鷹《たか》狩りに出られた大御所様の、御湯殿やら夕餉《ゆうげ》やらの支度で忙しい」

「はぁ……？　お阿茶ノ御局様が未だに御湯殿番を？」

「馬鹿《ばか》を申すな。わらわはもう六十一ぞ。御湯殿番は、大御所様が鷹狩りでお疲れであればお夏殿。お元気なればお六殿が務める」

「えっ、お夏殿が未だに？」

お六ことお六ノ方はまだ十九と若いからわかるが、お夏ことお夏ノ方は三十五。三十歳を過ぎれば、閨《ねや》を供にすることを遠慮する〈お褥下《しとね》がり〉の域にすでに入っている。

阿茶ノ局は渋く笑みを浮かべた。

「お茶阿殿。そなたいくつになられた」

「四十七にござります」

「そのように歳を重ねておって、未だに若い頃と変わらぬ華やかな裾《すそ》引《び》きの打掛で着飾っておるとは。森羅万象《しんらばんしょう》、時が経《た》てば外見は衰え、美は失われる。所詮《しょせん》、寄る年波には勝てぬというに、まだ若く見られたいか」

茶阿が着ている打掛は、大久保長安がまだ金山・銀山奉行で健在だった折、京の西陣で織らせた特別なお召で、茶阿の持っている着物の中で一番気に入っている。

「お茶阿殿。何ゆえ、側室の中でそなただけが本丸奥でなく、西ノ丸御殿に移されたか、考えたことがあるかえ」

「いいえ。考えたことはありませぬが、三十を過ぎれば、もう大御所様のお相手は務まりませぬ。それゆえ、遠ざけられて当然かと」

「ならば、わらわはどうじゃ。否《いな》、わらわだけではない。お竹殿は五十路《いそじ》。お亀殿は四十半ば。お仙《せん》殿やお勝殿、お萬《まん》殿は皆三十半ばを超えておる。お夏殿とて三十半ば。それぞれに歳を重ねても、何とか大御所様のお役に立ちたいと願《ねご》うておる」

お竹ノ方やお亀ノ方は戦で亡くなった者たちの冥福《めいふく》を祈り、写経を日課としている。お勝ノ方とお夏ノ方は伏見の金庫番を任されている。お仙ノ方は茶の湯を、お萬ノ方は華道を学び家康の居間に花を絶やしたことがないという。

「中でもお勝殿は同じ着物を何度も洗い張りして仕立て直し、着古すほどの倹約家。他の側室たちは皆、それを見習《みなろ》うておるに、そなただけは何をするでもなく、若い頃と相も変わらず化粧して着飾っておる。それゆえ、本丸奥から追い出されたのじゃ」

「……追い出された」——知らなかった！

高価な香で焚《た》き清めた西陣のお召で包んだ身がすくむ。

「お夏殿は武芸にも長け、肩揉《かたも》みが得意ゆえ、よう御湯殿番に召される。側室とは、街道や宿場町におる一夜妻ではない。子を産む道具でもないぞ。森羅万象の中で、人の才だけは磨けば磨くほど美しく光を増してゆく。それがまだわからぬか。ま、よい。今さら、そなたに言うても詮無《せんな》きこと。して、用とは何じゃ」

はい――。茶阿は阿茶ノ局の言葉に詰まったが、何とか、忠輝と家康との間を取り持って欲しい旨《むね》を涙ながらに訴えた。

「……このままでは、あまりに忠輝が不憫でなりませぬ。どうか、お阿茶ノ御局様。あの子を救ってやってくださりませ」

阿茶ノ局はますます険しい顔になった。

「身から出た錆《さび》と言うよりない。上総介殿は大御所様の命に従わず、禁裏を軽んじるという大それたことをしでかした。そればかりか、お旗本衆二人も斬り捨てておきながら、上様には一切謝罪もない。それでは勘当となっても致し方ないではないか」

「――勘当！」

「つい口を滑らせてしもうた。されど、遅かれ早かれ、上総介殿にご沙汰《さた》が下ろう」

「では、越後高田七十万石の領地は如何《いか》になりまする」

「さぁ？　そこまではわらわにはわからぬが、大御所様の前では今、上総介殿の名を言うこともままならぬ。それほど、大御所様はご立腹にあらせられる」

茶阿は両手をついて頭を下げた。

「後生にございます。このとおりにございまする。あの子はまだ二十四の若輩者。至らぬところは今後、この茶阿が言って聞かせますゆえ、こたびだけはご寛大なるご処置をお願い申し上げまする」

「大御所様はことのほか身内には厳しいお方じゃ。まして、女子のわらわがご政道に口を挟むなど以《もっ》ての外《ほか》。わらわは、先日の大坂攻めで亡くなられた淀殿ほど愚かではない。いくら頭を下げられても、できぬものはできぬ。ま、そなたら親子は『春の夜の夢』ゆえの顚末《てんまつ》よ」

「春の夜の夢ゆえの顚末……？　それはどういう意味にございます」

「その歳で、意味もわからぬとは嘆かわしい。やはり〈玉磨かざれば光なし〉よのう。かつては聡明《そうめい》と言われておったに……。お茶阿殿。何でも人に頼るでない。己で調べ、確《しか》と心に刻みおけ。大御所様はわからないことはすぐ書物で調べられる。見習うがよい」

そこへ、家康が鷹狩りから帰ってきたことを侍女が伝えに来た。

「とにかくお茶阿殿。少しは大御所様のお役に立てることを考えなされ。ひょっとしたら、それが大御所様の頑《かたく》ななお気持ちを解きほぐすやもしれぬ」

阿茶ノ局はすっくと立つと、侍女に家康の様子を聞き、「されば、御湯殿番はお夏殿に。急ぎ、報《しら》せて参れ」と告げるや、振り向きもせず部屋を出て行った。

二

茶阿は西ノ丸御殿の自室に戻った。

阿茶ノ局から聞かされたことは、茶阿にとり寝耳に水。驚くことばかりだった。

家康の側室になって二十余年――。側室は家康の心と体を癒《いや》すもの。そして子供を産む。それが家のためと信じてきた。まさか自分だけが遠ざけられていたとは思いもしない。

これまでは側室の振る舞いや武家のしきたりなど、見よう見まねで何とか暮らしてきた。遠江《とおとうみ》国の百姓の家で生まれた茶阿に、側室の余生の過ごし方などわかろうはずもない。正直、己の美貌《びぼう》だけを頼りにしてきたといっていい。それだけに本丸を追い出された、今の待遇は屈辱でしかない。

阿茶ノ局が何と言おうが、もう時はない。茶阿は側《そば》にいる侍女のお鈴に訊《たず》ねた。

「そなたは確か武家の出であったのう。『春の夜の夢』の意味はわかるか」

茶阿の唐突な問いに、お鈴の顔が曇った。

「確か……『枕草子《まくらのそうし》』という書に〈春はあけぼの――〉と似たような件《くだり》がありました」

「ま、枕……枕絵の草子に？　そ、そなた……」

茶阿は顔が赤らむのを覚えた。お鈴は激しく手を横に振った。

「あ、いえ、寝物語ではなく、その昔、宮中に仕えた清少納言《せいしょうなごん》という女官が書かれた随筆にございます。その中に〈春はあけぼの――〉という文言《もんごん》が出てきます。意味は、春は夜がほのぼのと明ける頃がよい、とのことですので、おそらくはほのぼのと夢心地との意かと存じます」

茶阿と忠輝は生温《なまぬる》い夢の中で呑気《のんき》に過ごしていたと言いたかったのだろう。そこまで阿茶ノ局に嫌味を言われては、他を当たるしかない。

「されば、お鈴。大御所様が今、一番、興味を持たれておるものは何じゃ」

お鈴には難しかったらしく、困り果てた顔になった。

「わたくし如《ごと》きにわかろうはずはありませぬ」

それはそうだと思い直した。

「では、お阿茶ノ御局様以外で、否、女房衆以外で大御所様をよく知る者は誰じゃ」

「駿府では、やはり本多上野介《こうずけのすけ》（正純）様にござりましょう。お手付きのお梅ノ方様を下げ渡されておりますし、大御所様が一番頼りとなさっておられます」

慶長十二年暮れに築城間もない駿府城が全焼した折、再建するまで本多正純の屋敷で家康は過ごしている。それほど信頼され、「家康の懐刀《ふところがたな》」とまで呼ばれてはいるが、一方では融通が利かないことでも有名だった。

「やはり上野介殿か。他には誰じゃ」

お鈴は目を瞑《つむ》って下を向き、眉間《みけん》に皺《しわ》を寄せた。

「他にと申せば……。林道春《どうしゅん》（後の林羅山《らざん》）殿かと。昨年、方広寺の釣鐘に大御所様を呪《のろ》う銘文を見つけ、それを考案した南禅寺の禅僧を激論の末に屈服させたとのこと。陰では『論破《ろんぱ》の名人』と呼ばれるほど碩学《せきがく》なお方と聞いております。確か道春殿は今、駿府城下におられます」

「論破の名人……か。頼もしい。相わかった。お鈴。上野介殿と道春殿に、わらわが会いたがっておると伝えて参れ」

わかりました。お鈴は一礼して部屋を出て行った。

本多正純の屋敷は、西ノ丸御殿の西、中濠《なかぼり》と外濠の間の、三ノ丸にある。

翌日の夕方、屋敷に赴き広間で待っていると、まず出てきたのはお梅ノ方だった。まだ三十路とあって肌の色艶《いろつや》もいい。藤色の裾引き着物が似合っており、より一層、美しく見える。

お梅ノ方は下座に座すと、顔をほころばせた。

「これはお茶阿ノ方様。お懐《なつ》かしい。相も変わらずお綺麗《きれい》でございますね」

世辞とはわかっている。茶阿は薄く笑った。

「お梅殿こそ、歳を重ねられて前よりお綺麗になられた。夫殿が優しいからであろう」

お梅ノ方は小刻みに顔を横に振ると、声を落とした。

「とんでもございませぬ。ここに来て八年。いくら美しく化粧をして着飾っても、あの人は指一本触れぬばかりか、見向きもしませぬ。頭にあるのはいつも大御所様のことばかり。何のために、ここに居るのかもわかりませぬ。聞きましたよ、大御所様のこと」

茶阿は身構えた。

「何を?」

「お六殿という若い側室を迎え入れられ、大御所様は虜《とりこ》だとか。まだ十九とのことで、羨《うらや》ましい限りです――」

その後、夫の正純が如何にケチか、散々、愚痴を聞かされた。

四半刻《しはんとき》（約三十分）もして、うんざりして庭に目を移すと、裃姿の正純が立っていた。五十路を過ぎたからか、家康に頼りにされているだけあり、重臣としての重みが滲《にじ》み出ている。

茶阿はお梅ノ方の口を封じるように、目で合図を送った。

「あら、お前様。本丸に出掛けておられたか。お茶阿ノ方様が先ほどよりお待ちかねにござります。では、あたくしはこれで」と足早に逃げるように出て行った。

正純は一礼して座すと、口を開いた。

「お待たせした。お梅の申したことは戯言《ざれごと》とお忘れくだされ。何分にも、あれはわがままにて。して、御用向きとは如何なることにござりましょうや」

「わが子忠輝のことにござりまする」と言うや、正純は言下に片手を突き出した。

「そのことならばご遠慮致す。大御所様は今、上総介殿の御名《おな》を聞くだけでご機嫌が悪くなられる。大御所様はそれを忘れるために、権中将頼将《ごんのよりまさ》（後の頼宣《よりのぶ》）殿と権少将頼房《よりふさ》殿をお供に三日にあげず鷹狩りに出られておりまする」

頼将は家康の十男で、頼房は十一男だった。頼将は十四歳で駿河国駿府五十万石を、頼房は十三歳で常陸《ひたち》国水戸二十五万石を賜っており、いずれも母はお萬ノ方である。二人の上の九男義利《よしとし》（後の義直）はお亀ノ方の子で十六となり、尾張名古屋五十三万石を賜っている。石高では及ばないものの、六男忠輝にとっては羨ましいほどの待遇だ。

正純によれば、この三人は冬と夏の大坂攻めで後詰としてよく働き、家康を大いに喜ばせたという。それだけに忠輝の態度は許せないに違いないと感想を漏らした。

「お阿茶殿にはご相談なされたか」

「お阿茶ノ御局様からは、われら親子、『春の夜の夢』ゆえの顚末と申されました」

「『春の夜の夢』ゆえの顚末……ふん。さすがお阿茶殿。旨いことを申される。ま、今となっては雪解け――大御所様のお怒りが静まるのを待つしか手はござるまい」

「されど、大御所様はすでにご高齢。もしお亡くなりにでもなられたら、忠輝を憎んでおられる上様がどのようなご処置をなさるか」

正純は腕を組み、目を瞑った。しばらくして目を開けると、大きく溜め息を吐いた。

「おそらくは改易となりましょう」

正純の淡々とした物言いには怒りすら覚え、つい声を荒げた。

「――かっ、か、改易ですと！　忠輝はまだ二十四にござりまするぞ。まだまだ将来のある身を、そこまで仕置きなさるとはあまりに酷《むご》い仕打ち。忠輝をお嫌いだからと、後から出てきた弟たちと、これほどの差を付けて良いものでござりましょうや。この茶阿は承服しかねまする」

何にも動じない正純の目がやや尖《とが》った。

「〈覆水盆《ふくすいぼん》に返らず〉と申す。武士には越えてはならない一線というものがござる。お身内ならば尚《なお》のこと。それを何度も越えられたは、上総介殿にござる」

正純はそれだけ言うと、座を蹴《け》って立ち、茶阿を見下ろしてから部屋を出て行った。

三

——思ったとおり、揉め事を嫌う正純では話にならない。

ただ、茶阿は「改易」と知らされては居ても立ってもいられなかった。

何とか忠輝を救う手立てを早急に探さなければならない。ここは、南禅寺の禅僧を屈服させ「論破の名人」と呼ばれる林道春に頼るしかない。

茶阿は翌日の午前中、駿府城の北西、賤機山《しずはたやま》の麓《ふもと》に住む道春の屋敷を訪ねた。

奥の部屋に通された茶阿は、目の前に現れた道春の姿に驚いた。

白い木綿の未晒《みざら》しの襟と袖口、裾を黒く縁取りした着物を着て、頭には黒い頭巾《ずきん》を被《かぶ》っていた。まるで漢人か朝鮮人を思わせる。歳は三十半ばといったところだろう。

道春は物静かに座すと、慇懃に頭を下げた。

「お初にお目に掛ります。林道春と申します。お城よりわざわざ足をお運びくだされ、誠に恐悦至極にござります」

言葉は京訛《なま》りだった。驚いている茶阿に気づいたらしく笑みを浮かべた。

「……あぁ、この姿に驚かれたのどすか。実は大御所様に僧形《そうぎょう》になれと命じられたのでおます。されど手前は建仁寺で仏門の修行はしましたが、僧ではおまへんさかい。これは手前が学んでおりまする儒学の正式なる出《い》で立ち――儒服《じゅふく》でおます。これからの泰平の世はただ拝む仏教ではなく、仁・義・礼・智・信の五常《ごじょう》に従い、己を律して学んでいく儒教におます」

物腰の柔らかな京言葉に、茶阿はほっとした。

「わらわは大御所様の奥を務めていた茶阿と申します。道春殿の名声は駿府城の奥にまで届いております。その道春殿に御知恵をお借りしたく、なりふり構わず罷《まか》り越した次第にござります」

茶阿は藁《わら》にもすがる気持ちで、忠輝が遠ざけられた経緯を事細かに話した。

「お阿茶ノ御局様からは〈身から出た錆〉と言われて見捨てられ、本多上野介殿からは〈覆水盆に返らず〉と申され、どうにもならぬと断られました。勿論《もちろん》、わが子忠輝が悪いのはわかっております。本人も深く反省しておりまする。二十四の、まだまだ将来ある身。大御所様はご高齢にて、もしここで身罷るようなことがあれば、上様は弟の忠輝を嫌《きろ》うておられますゆえ、どのような処置に相なるか。何卒《なにとぞ》、わらわの、子を思う気持ちをお察し頂き、道春殿のお知恵で、どうか救ってやってくださいまし」

道春は静かに頷くと、包み込むような優しいまなざしを向けた。

「人とは、とかく私なる欲心にて災いを生ずるもの。五常の義・礼・智・信を失えば、そうなるは当然。私欲に囚《とら》われて正しき行いの義を忘れ、相手を敬う礼を欠き、さらには物事の道理を顧みず智を働かさず、果てには信を失う。五常は誰の心にもあるのに、若いうちはしばしば五常を忘れ、分を超えてしまうものどすな」

「そうなのでござります」つい意気込んでしまった。

やっとわかってくれる人がいる——そう思えるだけで涙が溢《あふ》れた。

「これすべて、五常の根本、仁がなかったからでおます。人偏《にんべん》に二と書く、仁。人を思いやる心でおます。義・礼・智・信はすべて仁の中にある。仁なくして五常は成り立ちまへん。お茶阿ノ方様の、子を思う御心。これこそが仁どす。この道春、御方様の仁の御心がようわかりました。同時に、お父上であらせられる大御所様の辛《つら》く当たらなければならぬ、苦しく悲しい胸の内も痛いほどにわかります」

「辛く当たらなければならぬ、苦しく悲しい胸の内……？」

家康が忠輝を嫌っていると思っていただけに、意外な言葉に思わず訊《き》き返していた。

「簡単に申せば、〈泣いて馬謖《ばしょく》を斬《き》る〉。これが大御所様の今のお気持ちだすやろ」

ますますわからない。

「あの……。恥ずかしながら、わらわは武家の出ではないので難しい文言は不案内にございます。もう少しわかりやすくおっしゃって頂けませぬか」

中国が魏《ぎ》・呉《ご》・蜀《しょく》の三国時代、蜀の宰相・諸葛孔明《しょかつこうめい》が魏との戦で、日頃、重用していた臣下の馬謖が命に従わず魏に大敗してしまい、泣いて斬罪《ざんざい》に処した。その故事から、規律を守るためには、たとえ愛する者でも厳しく罰するとの意味で使われるという。

「わが子を罰して喜ぶ大御所様ではおまへん。これも皆、泰平の世づくりの礎《いしずえ》」

「泰平の世づくり……？　わが子を罰することが、泰平の世づくりとなりまするのか」

道春はすがる茶阿を払いのけるように背筋を伸ばし、床の間に掛っている掛け軸の書を指さし読みあげた。

「修身斉家《しゅうしんせいか》　治国平天下《ちこくへいてんか》――。天下を治めるには、まず己の行いを正し、次に家を整え、国を治め、そして天下を平らかにする」

これまで家康は数多《あまた》の戦をしてきた。それが先の大坂攻めで豊臣家が滅び、徳川に挑む者はない。家康は大坂攻めを「最後の戦」と臨んだ。それゆえ、道春も豊臣方を滅ぼすための口実探しに協力したという。

「大御所様は今、己が亡くなった後のことを憂慮されているのやと思います」

道春曰《いわ》く、豊臣家が滅んだとはいえ、西には九州の島津、中国の毛利。いつ反旗を翻《ひるがえ》すかわからない豊臣恩顧の大名が各地に大勢いる。二代将軍秀忠には諸国を束ねる力も器量も未だなく、まだまだ泰平の世になったとは言い難いと説いた。

「おそらく大御所様は死出の身支度をなさっておられるのでしょう。少しの火種も残しておきたくはない。それが大御所様の、今のお気持ちやと思います」

「よもや忠輝が火種と申されるのではありますまいの」

道春は渋い顔で「残念ながら、なり得るのどす。大御所様によれば――」と続けた。

問題は忠輝の義父伊達政宗だという。厄介なことに政宗は未だに天下取りを諦《あきら》めてはおらず、虎視眈々《こしたんたん》とその機会を狙《ねら》っている。二度の大坂城攻めでも鉄砲で味方討ちをするなど、不可解な動きを戦場で見せたという。

その政宗が家康の死後、忠輝を担《かつ》ぎ上げ、それに島津や、領地を三分の一にまで減らされた毛利ほか、徳川に少なからず恨みを持つ大名たちが加担すれば、再び戦国の世に逆戻りしてしまう、と。

「戦で苦しむのはいつも民どす。町や村の男たちは皆殺され、女子は手籠《てご》めにされ、残った子供は売られていく。大御所様は幼少の頃から数多の戦場を歩いてこられ、そんな光景を見るのはもう飽き飽きしておられる。せやから大御所様は己を律し、身内のことを整えて諸将に手本を示され、諸国に目を光らせて天下を治め、泰平の世にしようと懸命なのどす。〈泣いて馬謖を斬る〉のは、すべて平天下のためどす」

道春は眩《まぶ》しげに床の間の掛け軸に目を向けていた。

――天下泰平の世づくりのために、忠輝はその人柱《ひとばしら》とされるのか。

道春の言うことはわからないではない。男の理屈としては正しいのかもしれない。だが、子を思う母親としては納得できるものではない。

茶阿はますます八方塞《ふさ》がりになっていくような気がしてならなかった。

――こうなってはもう、大御所様に直《じか》談判するしかない。

四

九月二十三日昼過ぎ、茶阿は侍女お鈴を何度も本丸奥を仕切る阿茶ノ局の許に走らせ、家康に謁見《えっけん》したい旨を伝えさせた。しかし、九月いっぱい家康の日程が埋まっているとのことで断られた。

小の月の九月最後の二十九日――。家康が江戸に向かうとのことで、駿府城は早朝から家臣たちや女房衆がその準備に追われていた。

そのさ中、茶阿は目立たない常着を着て、二ノ丸蔵の前で家康を見送る家臣たちの列に混じり、控えていた。大手御門を出るには必ずここを通らなければならない。

辰《たつ》ノ刻（朝八時頃）――。騎馬武者を先頭に、槍や鉄砲を持った大勢の足軽たちの後、本多正純などの側近たちが騎馬で続き、その後に金色の〈三つ葉葵《あおい》〉の御紋の入った黒塗りの重厚な輿《こし》に乗った家康が出てきた。後ろには、若い側室お六ノ方など女房衆の乗った華やかな輿が続いている。

目の前に家康の乗った輿が差し掛かるや、茶阿は前に出て、その場で平伏した。

「――大御所様！　茶阿にござりまする。是非にもお聞き届けて頂きたく」と言うや、目の前に薙刀《なぎなた》の矛先が突き出された。

「――無礼者！　大御所様のご行列なるぞ。江戸への門出を穢《けが》すは不届きなり！」

茶阿の声を蹴散らすように女が怒鳴った。

見上げると、武者姿のお勝ノ方だった。恐ろしく目を吊《つ》り上げている。

お勝ノ方のことはよく知っている、茶阿が二十二で側室になった折、まだ十三歳で当時は「お梶《かじ》」と呼ばれた部屋子だ。十六、七で側室となり、一旦《いったん》は家臣の松平正綱《まさつな》に下げ渡されたが、気に入らなかったらしく、ひと月ほどで家康の許に戻っている。

関ヶ原の合戦に騎馬武者で同行して勝利を収めたことから、「お梶」から「お勝」に改名された。その後、家康の六女を生むも早世してしまい、お萬ノ方が生んだ家康の十一男頼房と、家康の次男結城秀康の次男松平忠昌を、お勝ノ方の養子にするほど家康からの信頼は厚い。

お勝ノ方の声に側近や家来たちが前方から戻ってきて、薙刀を構えるお勝ノ方の横に、輿を護るように並んだ。お勝ノ方同様、険しい表情で睨んでいる。

茶阿は撥《は》ね返すように目を向けた。勝気ではお勝ノ方に負けはしない。

「お勝殿。この場を血で穢したくば、ひと突きにされい。わらわは命懸け。否、命なぞ惜しいとは思わぬ」お勝ノ方を無視して目を輿に移す。「――大御所様！　わらわの命と引き換えに、どうか、忠輝を救うてくださりませ。後生にござりまする！」

ややあって輿の中から家康の声がした。

「お勝。皆の者、下がって控えておれ」

久しぶりに聞く。懐かしさのあまり、思わず涙が溢れてくる。しかし、泣いている時ではない。茶阿は半歩、膝を進めた。

「……忠輝の数多の許しがたき不行《ふこう》。大御所様、並びに、上様のご立腹は当然のことながら、忠輝もまた上様と同じく大御所様の血を引く者にござります。何卒、何卒、御寛大なご処置をお願い申し上げまする。この茶阿の、最後の願いにござりまする。それが叶《かな》うなら、わが命、ここで絶ってご覧に入れまする」

茶阿は帯に差している護り刀を手にすると、紐《ひも》を解き、鞘《さや》を払って喉《のど》に突き付けた。

「やはり気の強い、お茶阿じゃのう」輿の簾《れん》の奥から家康の声がした。「出立の時に必ず出てくると思うておった。初めて会《お》うた、若い頃を思い出したか」

茶阿が遠江国金谷村で鋳物《いもの》師の後妻となり、娘を産んで暮らしていた二十二の時だ。土地の代官が茶阿の美貌に目が眩《くら》み夫を殺し、自分の女にしようとした。それを拒んだ茶阿は幼い娘を抱いて逃れる途中、鷹狩りに来ていた家康に直訴したのだった。それが縁で浜松城に上がり、側室になった経緯がある。

「お茶阿。忠輝のことは、このような場で話せることではない」

「……されど」

「まぁ、黙って聞け。忠輝に申しておけ。今しばらくは辛かろうが、人生、何事も辛抱。人の一生は重き荷を負うて、遠き道をゆくが如し。急ぐべからずじゃ。自刃《じじん》するような、親不孝なたわけた真似《まね》は絶対にせぬようにとな」

「そ、それは……許すとの意にござりまするか」

「まだ早い。今、急ぐべからずと言うたばかりぞ。時を待て。忠輝のことは、わしも考えておるゆえ、今後、わしや秀忠には逆らうなと、そなたの口から言って聞かせよ。ただし、駿府の城には入れてはならぬ。わかったの、お茶阿」

　つまり、近くに呼び寄せておけということに違いない。

「あ……はい。必ず、必ず忠輝に会うて申し伝えます。あ、ありがとうございまする」

「それよりお茶阿。お阿茶や正純ほか道春を煩《わずら》わせるではない。皆、それぞれに役目を背負うておる。そなたも忠輝のことばかり頭にあるから心が乱れるのじゃ。正純から聞いたが、お阿茶から『春の夜の夢』ゆえの顚末と言われたらしいのう。意味は解けたのか」

「はい。親子揃《そろ》うて、ほのぼのと夢心地でおったからという意味かと」

「そうではない。有名な『平家物語』にある一節じゃ。〈奢《おご》れる人も久しからず、ただ春の夜の夢の如し――〉。つまり、慢心しておる者は長く続かぬ。春の夢のように儚《はかな》いと言うておるのよ。そなたは美人と慢心し、忠輝は己の分をわきまえず奢っておったゆえの顛末と、お阿茶は申したのよ」

阿茶ノ局の言葉が蘇ってくる。

そなただけは何をするでもなく、若い頃と相も変わらず化粧して着飾っておる。それゆえ、本丸奥から追い出されたのじゃ――。

――われも忠輝と同じであったか……。

「お茶阿。今さら後悔しても始まらぬ。そこでお茶阿に役目を授ける。わしが駿府に戻るまでに、トリカブトの根をできるだけ多く集めておけ」

――トリカブトの根！

トリカブトの根が猛毒であることは、さほど知識のない茶阿ですら知っている。というより、あまりに唐突過ぎて、何の含みかわからない。

「トリカブトの根……にござりまするか」

「そうじゃ。トリカブトは秋に烏帽子《えぼし》のような紫の花をいっぱい付ける。少し時季は遅いが、丘や沢筋にまだ咲いておろう。もう寒いから蝮《まむし》も蛇もおらぬゆえ、安心して採《と》って参れ。花がわからねばお萬に訊ね、摘んだトリカブトの花はお萬に渡せ。きっと美しく活《い》けてくれようぞ」

採った根は水で綺麗に洗い、天日で乾かしておくように——と細かく指示を出した。

「あ、あの……、乾かしたトリカブトの根は何にお使いになるので？」

「お茶阿。余計なことは聞かぬことじゃ。命ぜられたままに動く。そなたら親子は、それが足りぬゆえ災いとなる。己が変われば、この世の中、これまでの景色が違《ちご》うて見えたり、同じ言葉や音でも違って聞こえてきたりするものぞ」

「……己が変われば」

「そうよ。世の中と同じく、そなたら親子も変わらねばならぬ。茶阿。トリカブトの根は侍女など使わず、己の手で掘って採るのだぞ、わかったの。採りながら、城に上がる前の頃を思い出してみよ。心に望み起こらば、困窮したる時を思い出すべし」

はい。茶阿が平伏すると、お勝ノ方が「——出立！」と声高らかに発し、家康の行列は何事もなかったように二ノ丸御門に向かい進んでいった。

茶阿は翌日から一人で野良着姿に籠《かご》を担いで鍬《くわ》を携え、野原や小高い丘を歩き回り、トリカブトの花を探した。家康から「城に上がる前の頃を思い出してみよ」と言われたとおりの百姓姿だった。

その姿に驚いたのは茶阿付の侍女たちだけではない。城を出るまで、家人や中間《ちゅうげん》に呼び止められ、茶阿とわかるや、皆、驚きの顔になって、恐縮したように平伏した。城を出ると、誰が命じたかはわからないが、茶阿の護衛として侍六人ほどが遠巻きに付いてきた。

トリカブトは、駿府城の西を流れる阿部川の畔《ほとり》に多く群生していた。鍬で土を掘る度に懐かしく、また、これまでの己の愚かさに涙が溢れた。

――大御所様は老いた体に鞭《むち》打ち大坂攻めに出られ、世の安寧を願われた。なのに忠輝は、どうだ。身勝手な言動で大御所様の御心を煩わせていることにも気づかず、尚も戦の種を蒔《ま》いている。これ以上の親不孝はない。やはりわが子だ。まったく茶阿と同じ。時の流れに気づきもせず、己を顧みることもせず慢心して生きてきた。

茶阿は涙でぼやける目で、爪の先に泥が入る〈百姓爪〉になることも気に掛けず、トリカブトの根を必死に掘り出していった。

茶阿は越後高田にいる忠輝に文にて、駿府に出てくるよう促した。

五

しかし、忠輝はすでに越後を離れていた。十一月になって届いた、家老松平重長《しげなが》の書状によれば、越後は冬になると豪雪で身動きがとれない。なので雪が積もる前に、家康のいる江戸に近い、かつての領地武蔵国深谷に向かったとのことだった。

その後、家老の重長には何度も、忠輝を駿府に来させるよう書状を出したが、雪のためか返事がこず、忠輝が駿府に来るとの報せが来たのは、翌元和二年（一六一六）の一月だった。

その忠輝が駿府城の南東、十五町（約千六百三十五メートル）ほどのところにある、小高い八幡山の駿府八幡宮《はちまんぐう》近くの宿屋に着いたとの報せが来たのは一月二十二日――。

茶阿は人気《ひとけ》の少ない早朝を狙い、侍女たちにも告げず目立たない常着のまま、一人で宿屋に向かった。

忠輝は、茶阿との対面を家人には見られたくないのか、宿屋の座敷で一人、地味な深緑色の小袖を着て座っていた。会うのは忠輝と五郎八姫との婚礼以来、大よそ十年ぶりとなる。親馬鹿かもしれないが、忠輝は眩しいほどの若武者になっていた。

面長の顔に、茶阿に似た美しい鼻筋。その下にある八の字の髭《ひげ》と眉《まゆ》は黒く艶やかで、茶阿を見つめる目は大きく、幼い頃と変わらない。その目が潤《うる》んでいた。

「――母上！　ご心配ばかりお掛けして申し訳ありませぬ……」

茶阿は愛《いと》しさのあまり、思わず忠輝を抱き寄せた。

「もうよい。大御所様からの伝言じゃ。今後、二度と大御所様や上様に逆ろうてはならぬ。わかったの、上総介殿」

体は大きいが、何かに怯《おび》える小動物のように体を震わせた。

「……わかっておりまする」

「われら親子は、大御所様が最も嫌う〈奢る平家〉であったのよ。己の才や身分に甘んじ、他を見下しておった報い。すべてはわがままな己に負けた結果じゃ。それが今となっておる」

トリカブトの根を掘りながら己と向き合い、これまでを反省した末にたどり着いた茶阿なりの答えだった。忠輝は顔を上げて、はっとしたように茶阿を見た。

「すべてはわがままな己に負けた結果……。母上の、おっしゃるとおりです。忠輝も上様と同じ父上の子。しかも、わが妻五郎八の父は伊達陸奥守《むつのかみ》殿。まさしく〈虎の威を借る狐〉であったことにも気づかず、慢心しておりました。父上から勘当されて初めて……」目から涙が溢れた。「こんなにも女々しく……弱い己を知りました」

　言葉の端々に、昨年から許しを得ようと方々に行脚《あんぎゃ》した苦労が滲み出ていた。おそらく茶阿がトリカブトの根を一心不乱に掘って集めた如く、忠輝も江戸や駿河に向かう道中で深く内省したに違いない。

「上総介殿。大御所様はこうも申された。己が変われば、この世の中、これまでの景色が違うて見えたり、同じ言葉や音でも違って聞こえてきたりするものぞ、と」

「己が変われば……わかりました、母上。この忠輝、必ず変わって見せまする」

「それでよい。今後、何があろうと、どのような断が下ろうと素直に受け入れなされ。大御所様は上総介殿に、今しばらくは辛かろうが、人生、何事も辛抱。人の一生は重き荷を負うて、遠き道をゆくが如し。急ぐべからず。自刃するような、親不孝なたわけた真似は絶対にせぬようにと申された」

「人の一生は重き荷を負うて、遠き道をゆくが如し。急ぐべからず……有難きお言葉。父上の温かな心に触れた思いがいたしまする。されば母上。この忠輝、一生で最後のお願いを申し上げまする」

「最後の願い？」

「一目でよいですから、父上にお会いしとう存じます……会って、これまでの親不孝を、是非にも謝らせて欲しいのです。そうでなければ……」さらに涙が溢れていく。

「この忠輝、死んでも死に切れませぬ……お願いにござります、母上」

家康は昨年暮、十二月半ばに駿府城に戻っている。

今年正月二日、毎年恒例の正月の賀詞《がし》言上に、茶阿は阿茶ノ局など大勢の女房衆とともに出た。家康は散々、鷹狩りを楽しんできたとのことで顔の色艶もよかった。茶阿が「乾かしたトリカブトの根が、城の蔵に山のようになっておりまする」と告げると、家康は慈愛に満ちた目を向け、ただ頷《うなず》いていたことを思い出す。

茶阿の頰も涙に濡れていた。茶阿は忠輝の両手を包み込んだ。

「……相わかった。それだけは何としても成し遂げてみせる。大御所様はお元気じゃ。昨日から田中城のほうに鷹狩りで遠出をなさっておられる。まだまだ長生きされよう。ここで母からの吉報を静かに待っていなされ、上総介殿」

忠輝は無言で茶阿を見つめていた。

忠輝とは久しぶりとあって、瞬《また》く間に時が過ぎ、長居をしてしまった。

夕方、茶阿が駿府城の西ノ丸御殿の自室に戻ると、侍女のお鈴が血相を変えて入ってきた。

「——御方様! こんな大事に、どこにおいでになられたのです」

「どことは言えぬが、大事とは如何《いかが》いたした」

「大御所様が昨日、田中城でお倒れになられたとのことにございます」

「——何、大御所様が!」血の気が引いた。「して、お命は?」

「まだわかりませぬ。今朝早く、何人ものご家来衆が早馬にて城を出て行かれました。女房衆では、お勝ノ方様とお夏ノ方様が同じく馬で出られておりまする」

——ここで大御所様に死なれては、忠輝の願いが露と消える。

「お鈴。旅支度をせよ。わらわも田中城に向かう。女子の足でも夜中には着こう」

「それはなりませぬ」

「なぜじゃ。この大事に城でじっとしておられるか。早ういたせ」

お鈴は頭を振った。

「城を出てはならぬとの、お阿茶ノ御局様の命にござります。『大御所様が万が一にもご逝去なされば、それを伏せなければならぬ。未だに豊臣家の残党があちこちに隠れておる中、大御所様の死に乗じて乱を起こす者がいないとも限らぬ。まずは江戸の上様のご指示を仰いでから』との仰《おお》せです」

さすが奥を預かる阿茶ノ局だ。日頃から家康の近くにいるからだろう。家康の死に際しても動じず、どのように動くことが徳川将軍家のためかわかっている。

「さればお鈴。わらわも女房衆の一人としてお役に立ちたい。何でも致しますゆえ、遠慮のう、お申しつけくだされと、その旨、お阿茶ノ御局様に伝えて参れ」

わかりました。お鈴は足早に部屋を出て行った。


日が沈んだ酉《とり》ノ刻（午後六時頃）に戻ってきたお鈴の頰は、涙に濡れていた。

「御方様……田中城から早馬が着いてござります」

「……やはり大御所様は」という茶阿の言葉に、お鈴は満面の笑みを浮かべた。

「お喜びください。大御所様はご無事にござります」

「――まことか！」

「はい。鯛《たい》の〈テンプラ〉なるものを食されて腹痛になられたとのことですが、御方様が昨年、身を粉にして採られたトリカブトの根が功を奏したとのことにござります」

「……ト、トリカブトがか」

トリカブトは猛毒であって、腹痛に効くという話は聞いたことがない。

驚いている茶阿をよそに、お鈴は嬉《うれ》しそうに答えた。家康は鷹狩りに行く前日、茶阿が蔵に納めておいた乾燥したトリカブトの根を薬研《やげん》で粉にし、他の薬種《くすりだね》と調合して持っていったという。腹痛になった家康は、その薬を飲んで回復したとのことだった。

お鈴は涙を流しながらも言葉を続けた。

「お阿茶ノ御局様からは『こたび、茶阿殿はよき働きをなされた。よって、今後は大御所様の身の回りのお世話はお茶阿殿に頼むゆえ、早急に本丸御殿奥に移るように』との仰せに……ご、ございます」

茶阿の目からも涙が溢れた。やっと報われた思いがした。

「有難きお言葉じゃ。さればお鈴。今宵中に支度を」

はい。お鈴は勢いよく畳を蹴って出て行った。

六

家康は一月二十四日、駿府城に戻ってきたものの、大事を取って床に就いた。

茶阿は家康の寝ている寝所で、家康の手足となり甲斐甲斐《かいがい》しく世話をしていた。

床に就き、天井を見上げていた家康が「人とは死ぬまで欲は捨てきれぬものらしい」と、くすりと笑った。

田中城での腹痛の原因は〈テンプラ〉という食べ物だった。京の茶屋四郎次郎清次が「都では鯛を胡麻《ごま》油で揚げる〈テンプラ〉が流行《はや》っております。すこぶる美味にございます」と言うものだから、つい食べたくなり、駿河湾で捕れた鯛を〈テンプラ〉にしたという。あまりの美味《うま》さに、いつになく大食いしてしまったと笑った。

「それほどに美味《おい》しいものにございまするか」

「実に美味い。今度、四郎次郎が来た折はお茶阿にも食べさせてやろうぞ」

「ありがとうござります。されど、腹痛にトリカブトの根が効くとは思いもしませんでした」

「トリカブトは毒じゃが、中国では昔から〈附子《ぶし》〉というて薬によう使われておる」

「ぶし、にござりまするか」

「附《つ》ける子と書いて〈附子〉と読む。面白いものよのう。侍の武士《ぶし》も、使い方次第では毒にも薬にもなる。勿論、〈附子〉だけでは薬にはならぬ。それにいろいろ薬草を混ぜて練った薬が、わしのこさえた〈万病丹《まんびょうたん》〉じゃ」

阿茶ノ局によれば、家康は〈本草学《ほんぞうがく》〉に造詣《ぞうけい》が深く、中国の漢方を学び、自ら調合してつくった〈万病丹〉のほかにも、水銀と砒素《ひそ》を練り合わせた強壮剤〈銀液丹《ぎんえきたん》〉や解熱《げねつ》に効く〈紫雪丹《しせったん》〉をつくり、常に持ち歩いているとのことだ。

「侍の武士も百姓や商人と混ぜ合わせ、旨く使《つこ》うてこそ、天下泰平の世となっていく。これぞまさしく〈厭離穢土《おんりえど》、欣求浄土《ごんぐじょうど》〉よ」

〈厭離穢土〉は苦悩の多い穢れたこの世を厭《いと》い離れたいと願うことで、〈欣求浄土〉は極楽浄土を心から求めることをいう。

かつて正純から聞いた話では、家康がまだ今川家の人質の頃、今川方の武将として織田信長と戦うため大高城に入城。そこで桶狭間で今川義元が討死したことを知り、岡崎まで逃げ帰り大樹寺《だいじゅじ》に入ったものの、織田勢に包囲されてしまった。見苦しく討ち死にするより、先祖の墓前で潔《いさぎよ》く腹を切ろうとした時、住職登誉《とうよ》上人が〈厭離穢土、欣求浄土〉を説き、「地獄のような戦国乱世を、浄土のような泰平の世にするべし」と奮い立たせたという。以降、家康は戦場には必ず〈厭離穢土、欣求浄土〉の旗を掲げている。

茶阿は枕辺で意を決して切り出した。

「大御所様。その泰平の世づくりに、忠輝を混ぜて頂けないのでしょうか」

家康の鼻の下の白い髭が、微《かす》かに横に広がった。

「お茶阿。この世は何も政《まつりごと》だけが世をつくるのではない。風流――歌や舞、書画を極めていくことも泰平の世をつくる一部じゃ。昔、織田の右府様は歌と舞を得意とされ、太閤《たいこう》は茶の湯を好まれ、煌《きら》びやかな絵を大坂城の部屋という部屋の襖《ふすま》に描かせ、泰平の世とはこういうものぞと示された。泰平の世というは、上から下の者まで美しい絵を見せ、心和む音を聞かせねば、実感はできぬものぞ」

茶阿は家康が何を言いたいのか、わからなかった。

「大御所様。忠輝には、先日、駿府八幡宮近くの宿屋で会い、以前、江戸下りの折に申されたことを確と伝えておきました。忠輝はこれまでの親不孝を心底恥じ、是非にも大御所様に会うて謝りたい。また、どのような御沙汰も受け入れる覚悟と申しております。何卒、ご拝謁賜りとう存じます」

「あの忠輝がそのように言うまでになったか。子の成長とは嬉しいものよ、お茶阿」

「――さ、されば、大御所様。忠輝にお会いして頂けるのでござりまするか」

「それはならぬ。わしが倒れたせいで、家中ばかりか、各地の諸大名だけでなく、天子様までもが御勅使を遣わそうとなさっておる。そのような時に忠輝を枕辺に寄せたと知れれば、皆、わしを侮ろう。そうなれば、束《つか》の間《ま》の、春の夜の夢よ」

家康が言った「春の夜の夢」は「奢る平家」の意ではない。それほど、束の間の、今の泰平が危ういと言いたいのだ。それだけに、忠輝のことは些細なことではない。

身内に別なく、法は法として掲げる家康にとっては譲れないに違いない。

「これがわしと忠輝の運《さだめ》やもしれぬ。運には何人《なんぴと》も逆らえぬ。お茶阿も潔く受け入れてくれ」

忠輝とは生前会わない——それが今の家康の、天下人としての覚悟なのだろう。

頭ではわかっている。しかし、母親の情としては口惜しさに涙が込み上げてくる。

それを覚《さと》られないよう、上を向いて涙を乾かしていると、「——おう、そうじゃ。忘れておった」と家康が声を上げた。

「お茶阿。床ノ間の戸棚にある、細長い黒い箱を取ってきてくれ」

茶阿は立って、戸棚にあった、長さ一尺余り、幅と高さが四寸（約十二センチメートル）ほどの細長く艶のある蒔絵《まきえ》の箱を手にし、枕辺に置いた。

「中に、織田の右府様が愛用され、太閤が受け継ぎ、このわしが引き継いだ笛が入っておる。それを生き形見《がたみ》として忠輝に下しおく。そなたから渡してやってくれ」

「生き形見として……忠輝に？」——やはり大御所様の決意は固い。

茶阿は箱の蓋《ふた》をとった。中にあった、黒地に金糸の柄の笛袋の紐を解くと、中から黒い竹笛が出てきた。長さ一尺余り。穴は四つしかない。

「四穴の笛」と茶阿が呟《つぶや》くと、家康は布団《ふとん》から片手を出して指を折った。

「右府様、太閤、わしに、忠輝で四人目か。戦乱の世を終わらせようと挑んだ三人に、忠輝が最後の穴を押さえ、音を奏《かな》でる。――うん。それでこそ〈乃可勢《のかぜ》〉と呼ばれた、天下人の笛よ」

「……天下人の！」

茶阿のやや弾んだ声に、家康は溜め息を吐いた。

「そのような言葉に心を乱すようではまだまだぞ、お茶阿」

「あ、いいえ。そのような畏《おそ》れ多い笛とは思いませんでしたものですから驚いただけに」

「ま、よい。その笛の音は、わしの泰平の世の願いを奏でる笛じゃ。お茶阿よ。親子とは離れておっても、昔でも明日でもないこの今を、しっかりと生きておれば心は通じ合えるものぞ。忠輝がその笛を奏でれば、わしの思いと一つになれると申し伝えよ」

茶阿にはまったく意味するところがわからないが、忠輝ならわかるのかもしれない。

茶阿は礼を述べて、笛を笛袋に納めた。

家康が予想した如く、一月末から毎日のように引きも切らず、見舞の大名や使者が駿府城にやって来た。

家康の容態はさほど悪くはない。それだけに、二月二日に夜を徹してやって来た将軍秀忠への、家康の怒りは尋常ではなかった。茶阿が身を挺《てい》して止めたほどだった。

しかし、家康は茶阿に後ろから抱えられながらも、目の前に平伏した秀忠を叱咤《しった》した。

「高が父親が倒れたくらいで、江戸を離れるたわけがどこにおる！　全国の諸将に睨みを利かせるのが将軍というように腰の軽い、この大馬鹿者が！　早う帰れ。うぬの顔など見たくもないわ」

秀忠は這《ほ》う這《ほ》うの体で、側近たちと江戸に帰っていった。

家康は二月五日、十男頼将に駿府五十万石の領主としての自覚を持たせたいのか、本丸を頼将に任せ、西ノ丸に移った。

西ノ丸では側近や金地院崇伝《こんちいんすうでん》を病床に呼び寄せ、新しい法を定めた書物の校正をしている。藤堂高虎《とうどうたかとら》が見舞い薬として持ってきた納豆汁《なっとうじる》が効いたのか、家康は床から離れ、西ノ丸を出て本丸まで出掛けられるほどに回復した。茶阿は忙《せわ》しなく側近に指示を出している姿を目の当《ま》たりにして、改めて、天下人としての、また、天下泰平の世づくりに賭《か》ける、家康の覚悟を知った。

茶阿は二月半ばの昼過ぎ、半日、暇《いとま》をもらい、駿府八幡宮近くの宿屋にいる忠輝に会いにいった。

茶阿は天下人の笛〈乃可勢〉を差し出し、その由来と、家康からの言葉を伝えた。

「すまぬ、上総介殿。大御所様は、上総介殿と会えぬのが運《さだめ》と申された」

忠輝は目に涙を溜めながらも、静かに頷いた。

「この笛が、父上からの生き形見……」

「上総介殿。この母にはわからぬが、大御所様は、泰平の世というは、上から下の者まで美しい絵を見せ、心和む音を聞かせねば、実感はできぬもの。その笛の音は、泰平の世の願いを奏でる笛。たとえ離れていても、今をしっかりと生きておれば心は通じ合える。上総介殿が笛を奏でれば、大御所様の思いと一つになれると申された」

「笛を奏でれば、父上の思いと一つになれる……」

「この母にはわからぬが、上総介殿はおわかりかえ」

忠輝は涙を拭《ぬぐ》い、〈乃可勢〉を見ていた。

「織田殿、太閤殿下、父上が三つの穴を押え、最後にこの忠輝が四つ目の穴を押える。泰平の世というは、上から下の者まで美しい絵を見せ、心和む音を聞かせねば、実感はできぬもの……。まだはっきりとは摑《つか》めませぬが、何とのう、父上の御心を微かに知った思いです。この笛が吹けるようになれば、もっと父上の御心がわかるやもしれませぬ、母上」

茶阿に向けられた目は、今まで見たこともない澄み切ったものだった。

七

二月中旬から三月に掛けて、駿府城へは、伊達政宗ほか福島正則《まさのり》や黒田長政《ながまさ》などの諸侯、禁裏からの遣いなど、出入は一層、激しさを増した。

家康は自前の薬〈万病丹〉や〈銀液丹〉の服用もあり、さらには禁裏から太政《だじょう》大臣昇格の内示もあって、前にも増して元気になっている。その一方で、御典医の片山宗哲《そうてつ》は家康に、自前の薬は毒に近いので止《や》めるようしつこく諫《いさ》めた廉《かど》で、信濃に配流《はいる》となった。

三月二十九日には、禁裏から太政大臣宣下の勅使を迎えての饗応《きょうおう》が駿府城であり、家康は九男義利、十男頼将、十一男頼房ほか譜代の家臣を従えて列席し、全国から集まった諸大名の拝賀《はいが》を受けた。家康の側《そば》で身の回りの世話をしていた茶阿には、眩しいほどに輝いているようにも思えた。ところが——。

四月に入った途端、家康の病状が悪化する。饗応などの疲れも重なり、茶阿が口へ運ぶお粥《かゆ》すら食べられなくなり、みるみるうちに痩《や》せていった。時には吐血までした。家康自身も死期が迫っていることを感じたのだろう。側近の正純ほか、金地院崇伝と南光坊天海《なんこうぼうてんかい》を枕辺に呼び、葬儀、並びに死後のことなど事細かに指示を与えていた。四月三日以降、阿茶ノ局とともに茶阿は、家康の病床の間の隣の〈次ノ間〉で控えていた。見舞いに来る譜代家臣や諸大名は引きも切らない。見舞いを終え、部屋から出てきた誰もが頬を涙で濡らしていた。

将軍秀忠が義利や頼将、頼房ら弟たちを従え、家康の枕辺に揃って座した折、家康の「天下は一人の天下にあらず。天下は天下の天下ぞ。わかったの、倅《せがれ》ども。確と心に刻みおけ」という声が聞こえた時には、ここに忠輝がいないことに、さすがに口惜しさに涙が溢れた。

側にいた阿茶ノ局は、そんな茶阿の気持ちを察したのだろう。忠輝も枕辺に呼んで欲しい旨を家康に言上したが聞き入れられなかった。

四月十六日の昼過ぎ――。

阿茶ノ局が席を外し、茶阿一人が枕辺で控えていると、家康が弱々しく声を発した。

「嬉しやと、再び覚めてひと眠り。浮世の夢は、暁《あかつき》の空……」

茶阿は筆を走らせた。阿茶ノ局から、家康が発した言葉を一字一句、書き漏らすことのないよう言われている。

「お茶阿はおるか」

「はい。ここにおりまする」

「暁とは夜明け前のことぞ。昔、読んだ書物にあった〈長き夜の遠《とお》の睡《ねふ》りに皆目覚め、波乗り舟の音《おと》の良き哉《かな》〉という和歌を思い出しての。わしも和歌をつくってみたのよ」

さすが「好学の士」と呼ばれるだけあって、何事にも造詣が深い。

「されば、これは和歌にござりましたか」

「そうじゃ。わしが今、見ておった夢は、戦に明け暮れた夜が終わり、泰平の世になる朝の、日が昇る暁を見ておった。日が昇れば、泰平の世の有難さに皆が目覚める。未だ、その軽やかな音《ね》は聞こえぬがのう……。わしは明日をもしれぬ。できうれば、死ぬ前に忠輝と、その音《ね》を聞いてみたいものよ」

茶阿は膝を進めた。

「その音を聞いてみたい……と、申されまするとꞏ?」

「お茶阿にはわからぬか」すっかり土気色になった家康の顔がほころんだ。「そう忠輝に伝えてくれ。忠輝なれば、わしの……今の心がきっとわかるはずぞ」

それだけ言うと、家康はまた寝息をたて、眠ってしまった。

茶阿は阿茶ノ局が大勢の側室たちを連れて戻ってくるや、部屋を飛び出した。

家康が何度も口にした「音《ね》」という言葉で、家康の言葉を何度も心の中で反芻《はんすう》しているうちに、家康の伝えたかったことがようやくわかったからだ。

——利発な忠輝なら、すぐにわかるはず。

西ノ刻、茶阿は駿府八幡宮近くの宿屋にいる忠輝に家康の言を伝え、城に戻ってくると、西ノ丸御殿の家康の寝所には酒井忠世《ただよ》や土井利勝《としかつ》などの重臣に加え大勢の家臣が詰めていた。そこにはもう側室たち女房衆が座る場所すらなく、阿茶ノ局だけが側近くに控えているとのことだった。寝所からは「——大御所様！」と叫ぶ湿った声が何度も聞こえていた。

枕辺に末期《まつご》の水を運んだお竹ノ方の話によれば、家康は息をしているものの弱く、目は虚《うつ》ろで、今夜が峠かもしれないとのことだった。

茶阿は、人々が慌《あわ》ただしく往来する、玄関から家康の寝所に続く廊下にひとり座り、目を閉じ合掌した。家康が言った言葉が脳裏に蘇ってくる。

人の一生は重き荷を負うて、遠き道をゆくが如し。急ぐべからずじゃ――。心に望み起こらば、困窮したる時を思い出すべし――。泰平の世というは、上から下の者まで美しい絵を見せ、心和む音を聞かせねば、実感はできぬものぞ――。

できうれば、死ぬ前に忠輝と、その音を聞いてみたいものよ――。

今の茶阿の願いは、もうすぐこの世を去る家康と忠輝の心が通じ合えることだけ。それ以外に何もない。

どれほど刻が過ぎたのかはわからないが、笛の音が聞こえたような気がして、茶阿は誘われるままに西ノ丸御殿の回廊に出た。

雲の間からは、ほぼ満月に近い十六夜《いざよい》の月が覗き、城を囲む白壁の塀など辺りを照らしていた。しいんと静まり返る中、どこからともなく澄み切った笛の音が聞こえてくる。初めて聴く調べだが、何となく気持ちが晴れていく。

――忠輝だ!

おそらく、家康が願う泰平の世を己なりに思いを巡らせ、調べを編み出したのだろう。新しい時代の到来を感じさせる。家康と思い描いた世と同じであれば、きっと家康の琴線《きんせん》に触れるに違いない。その時、初めて父と子の心が通じ合え、一つになる。

そんなことを考えていた時だった。にわかに家康の寝所からざわめきが聞こえてきた。

茶阿は寝所へと急いだ。

寝所では、横たわる家康の周りを重臣たちや阿茶ノ局が取り囲み、一字一句聞き漏らすまいと頭を低くし、耳を傾けている。囲みの中からは家康の天井を指す手だけが見えていた。

茶阿は居並ぶ家臣たちの間をすり抜け、阿茶ノ局の後ろに座った。

家康が「皆の者。……あれじゃ。あれが泰平の世になる笛の音ぞ」としゃがれた声ながら、はっきりと言った。

――やはり親子だ。

家康と忠輝の心が通じ合えた。そう思えるだけで茶阿の胸に熱いものが込み上げてくる。しかし、誰も何も感じなかったらしく同調する声はない。

茶阿は涙でぼやけた目を袖で拭い、その場で声を張り上げた。

「――仰せのとおりに！　あれこそ大御所様が生涯、求め続けてこられた〈厭離穢土、欣求浄土〉。泰平の世になる笛の音にござりまする。大御所様。大願成就《じょうじゅ》……お目出てとうござりまする！」

茶阿は精一杯だった。胸が一杯で涙が止まらない。

しばらくして、周りの家臣たちにもようやく意味がわかったようで、「大御所様。大願成就、お目出てとうござりまする」と口々に言い、茶阿同様、涙にくれていた。

その光景は、まさに春の夜の夢のようであった。

＊　＊　＊

元和二年（一六一六）四月十七日の巳《み》ノ刻（午前十時頃）――。

大御所徳川家康は七十五年の生涯を閉じた。

家康の遺体は遺言に従い、駿府城の南東にある久能山《くのうざん》に葬《ほうむ》られ、一周忌の後、江戸の真北にある日光へ分霊された。神号は南光坊天海により「東照大権現《とうしょうだいごんげん》」とされた。

茶阿ノ方は他の側室たちとともに落飾して江戸に移り、晩年を過ごした。

その後、忠輝のことが心労となったのだろう。病となり、家康の死から五年後の元和七年（一六二一）六月十二日に没した。

一方、松平忠輝は家康の死後に改易となり、伊勢朝熊《あさま》に配流された後、飛騨《ひだ》高山、信濃諏訪《すわ》と移されて天和三年（一六八三）まで生き長らえ九十二歳の天寿を全うする。

忠輝が生きている間、将軍で兄秀忠は寛永九年（一六三二）一月に五十四歳で死去。弟で家康の九男義直や十男頼宣、十一男頼房も忠輝ほど長生きはできず、秀忠の後を継いだ三代将軍家光は慶安四年（一六五一）四月に四十八歳で病没してしまう。

忠輝は最後の配流地の諏訪高島城南ノ丸で、城の前に広がる諏訪湖を前に笛を吹いたり、魚釣りをしたり、時には村人たちと湖で泳いだりして余生を過ごしたという。家康の願った「泰平の世」の到来を心底楽しんだのは、武家社会から離れ、已を変えることができた、忠輝だったのかもしれない。

尚、〈乃可勢〉の笛は諏訪市の、忠輝の墓がある貞松院《ていしょういん》に現存している。

戦争・紛争の絶え間のない今、おそらく〈乃可勢〉は「泰平の世」の調べを奏でる吹手《ふきて》を今や遅しと待っているに違いない。

最後の鬼退治《おにたいじ》　阿茶ノ局の巻

徳川家康が亡《な》くなって十六年経《た》った。

寛永《かんえい》九年（一六三二）秋の昼下がり――。江戸城北側にある自邸から出てきた春日《かすがの》局《つぼね》は、黒地に金の蒔絵《まきえ》で装飾された女乗物《おんなのりもの》（駕籠《かご》）に乗り、侍女おなあを供に、同じ江戸城内に住む阿茶ノ局こと雲光院《うんこういん》の屋敷を訪ねた。

阿茶ノ局は家康に最も頼りにされ、他の側室たちからも尊敬の念で見られていた側室でもある。

玄関先で女乗物を降りると、屋敷横の広い庭の隅に立つ赤く染まった紅葉《もみじ》の木に、当世具足が立て掛けられているのが見えた。

近くでは、秋晴れの下、下男三人ほどが鋤《すき》を振るい、その前で穴を掘っている。

当世具足は、兜《かぶと》から草摺《くさずり》・佩楯《はいだて》に至るまで朱色の漆《うるし》を塗ったものだ。手入れが行き届いているらしく秋の日差しに輝いていた。兜の前立《まえだて》の蝶《ちょう》の形から阿茶ノ局が若い頃、戦場で着ていたものとわかる。

春日局は吸い寄せられるように近づいて行った。

「その方ら、具足の前に穴を掘って何を致しておる？」

春日局の声に穴の中で掘っていた下男の一人が見上げるや、慌《あわ》てたように平伏した。

「あぁ、これは春日ノ御局様、いや、二位ノ御局様。京から無事にお戻りで」

春日局は先日の七月二十日に、徳川三代将軍家光の代理として禁裏《きんり》に拝謁《はいえつ》した際、「従二位《じゅにい》」に昇格し、天酌御杯《てんしゃくぎょはい》も賜わった。二日前に江戸に戻ってきたというのに、阿茶ノ局の下男まで知っているとは驚く。

それほど女が官位を頂くのは稀有《けう》なことだが、阿茶ノ局はその上を行く。後水尾《ごみずのお》前天皇に二代将軍秀忠の五女和子《まさこ》を嫁がせた功で「従一位民部卿《じゅいちいみんぶきょう》」を賜っており、江戸城内では「一位ノ御局様」とも呼ばれていた。もっとも阿茶ノ局はそう呼ばれるのが嫌なようで、近しい者には昔どおり「阿茶ノ局」と呼ばせている。

春日局は家康の側室ではないが、家康の側室たち同様、公《おおやけ》の場以外では二十四年嵩《としかさ》の阿茶ノ局を「母様《かか》」と呼んでいた。

「わらわを『二位ノ局』などと呼ぶではない。春日じゃ。それより、その具足は母様のかえ？」

「へぇ。今年の正月に大御所（秀忠）様がお亡くなりになられ、ご出家なされた今、もうこのような具足は必要ないとの仰《おお》せで。数多《あまた》の血の臭《にお》いが沁《し》み込んでおるゆえ、障《さわ》りがあるので地中深く埋めよ、とのご命にごぜぇますだ」

――なるほど。家光殿が三代将軍となった今、天下は盤石になったということか。

多くいた家康の側室の中で、家康の死後、阿茶ノ局だけが落飾を許されなかった。

家康の遺言だった。家康の願いは、天皇の后《きさき》に秀忠の五女和子を嫁がせることで禁裏との結束を固くし、武家の棟梁《とうりょう》たる徳川の世を揺るぎないものにし、できる限り泰平の世を長く存続させようというものだ。

阿茶ノ局は家康の死後、外様《とざま》大名の藤堂高虎《とうどうたかとら》を使い和子の入内《じゅだい》に反対する公家《くげ》たちを黙らせ、無事に婚儀を取りまとめている。それゆえ、単なる側室というより、家康の右腕に近い。齢《よわい》七十八の今、ようやくすべての肩の荷を下ろした思いだろう。

かつて阿茶ノ局から聞いた話では、まだ甲斐の武田家や駿河の今川家があった頃、父親が武田家の家臣で、夫は今川家の家臣だった。当時、武田・今川・徳川は時には同盟を結び、時には敵対して三つ巴《どもえ》の争いを繰り広げていた。そんな中、夫は天正五年（一五七七）に戦死。阿茶ノ局は二十三歳で未亡人となる。

武田家が滅んだ甲州征伐の折、幼い倅《せがれ》を連れて甲斐黒駒《くろこま》に逃げてきたところを家康に見初められ、側室になったのが二十五歳の時。才知に長《た》け、馬術や武芸に優れた阿茶ノ局ゆえ、豊臣秀吉との小牧・長久手の戦いでは、家康の側《そば》で女だてらに具足を付けて薙刀《なぎなた》を振るい、向かってくる数多の敵から家康を護《まも》っている。

その折、懐妊しているとも知らず、家康の子を流産してしまう。阿茶ノ局は当時、流れた子は家康の身代わりに亡くなったと己に言い聞かせたと話してくれた。その後、阿茶ノ局は子の産めない体となった。

そんな過去のある具足だけに、春日局は手を合わせずにはいられなかった。

「で、母様の近頃のご様子は如何《いかが》じゃ」

「へぇ。朝早《はよ》うから仏間《ぶつま》に入られ、たくさんの位牌《いはい》を前に読経《どきょう》なされ、昼頃には写経をなされておられます。午後は庭などを眺め、わしらに声を掛けて楽しんでおられるご様子。わしらのような下の者にはわかりませぬが、近頃、何かにつけ『死ぬまで修行』と申されておられますだ」

「死ぬまで修行……」

やはり家康が頼りとしただけはある。八十に手が届こうという歳《とし》にもかかわらず、己を律する姿勢は少しも衰えてはいない。

「それでこそ母様よ。その方ら、母様の具足を二度とこの世に出ぬように確《しか》と埋めよ」

へぇ――。三人の下男は一礼すると、作業に戻っていった。

一

「――お阿茶！」と呼ばれた気がして振り返ると、在りし日の家康が鷹《たか》狩りから戻ってきた姿で裏庭に立っていた。懐《なつ》かしい。表門からそのまま来たらしく、頭には綾藺《あやい》笠《かさ》を被《かぶ》り、下は鹿皮《しかがわ》の行縢《むかばき》をはいたままだ。家康は鷹狩りが好きで、慶長二十年（一六一五）の大坂の陣で豊臣家が滅んだ後も駿府に戻り、戦《いくさ》の鍛錬として続けている。

――ん？　大御所様は十六年も前にお亡くなりになられたはずじゃが……。

その疑問を打ち砕くように、家康は再び「――お阿茶！」と叫んだ。

顔が渋い。さして収獲がなかったらしい。こういう時は茶を出すに限る。

「大御所様、しばしお待ちを。今、お茶を持って参ります」

「茶は後でいい」と家康は不機嫌に言うと、濡《ぬ》れ縁にどっかりと腰を下ろした。「茶よりお阿茶。そなたに話しておきたき儀を思い出したゆえ、急ぎ戻った。ここに座れ」

阿茶は命ぜられるままに、家康の側に座した。

「お阿茶。大坂での豊家《ほうけ》との戦を、最後の戦――戦止《いくさど》めとした、意味はわかるの」

「はい。この大八洲《おおやしま》でもう二度と戦は起きないということにござりましょう。大御所様がその覚悟で臨まれたことは、あの折、陣中で、この阿茶も感じておりました」

阿茶は十八年前の、慶長十九年（一六一四）にあった大坂冬の陣で大坂城に赴き、側近の本多正純《まさずみ》や、大坂城で籠城《ろうじょう》する淀殿の妹常高院《じょうこういん》とともに和睦《わぼく》の使者を務めた。その折、徳川方に邪魔だった出城真田丸の取り壊しや外濠《そとぼり》を埋めさせるなどの誓約書を豊臣秀頼母子《おやこ》から取り、翌慶長二十年の大坂の夏の陣での勝利に導いている。

「やはり才知に長けたお阿茶よ。三十有余年もの間、側におっただけに、わしの心のうちまで読んでおる。そのとおり、百年以上続いた戦国乱世を終わらせる戦であった。わが徳川が将軍家となったからには、この大八洲でもう戦は起こさせてはならぬ」

家康の人生は戦づくしの日々といっていい。その中で家康の正室や息子など身内だけでなく、かけがえのない家臣たちが大勢命を落としていった。

「そこで心配は秀忠の倅たちよ。秀忠が生きておった間は周りに土井利勝《としかつ》や本多正純ほか側近衆で固めておいたゆえ、何とか泰平の世は続いた。だが、今は心もとない」

「……秀忠が生きておった間？」

家康の後、二代将軍となったのは三男秀忠だった。嫡男信康《ちゃくなんのぶやす》は織田信長に嫌疑を掛けられ二十一歳で自刃《じじん》し、次男秀康《ひでやす》は太閤秀吉との和睦のために養子に出され三十四歳で病没している。しかし今、なぜ、十六年も前に亡くなった家康が、今年正月に亡くなった秀忠のことを知っているのか不可解でならない。

家康は阿茶の心に沸いた疑問に答えるように、にやりとして阿茶の頭を指さした。

「そなたは今、わしの禁を破り、落飾して白い尼頭巾《あまずきん》を被っておる。名も『雲光院』と改めたではないか。秀忠が亡くなったからに他ならぬ。もうそろそろこの城から出ようと、具足まで土に埋めておるではないか。お阿茶も年老いて気が急《せ》くか」

「それは急きますとも。わらわはもう七十八。立派な老婆《ろうば》にござりまするぞ」

家康は噴き出した。

「懐かしいのう、お阿茶の、その怒った顔。まるで山姥《やまんば》じゃ」

「――誰が、山姥ですと？」

山姥は山奥に住む鬼婆《おにばば》で、山に入った旅人を食うとされている。

阿茶は落飾したとはいえ、髪を剃《そ》り上げてはいない。歳のせいで剃り上げるのが面倒なこともあり、白い頭巾の下は、肩辺りで揃《そろ》える〈削《そ》ぎ尼《あま》〉にしている。日焼けした顔に白髪になったこともあり、たまに柄鏡《えかがみ》で頭巾を取った顔を見ると、己でも「山姥」と思うことがある。だからと、家康に言われたくはない。

「久しぶりに会《お》うたというに、そのような顔をするな。昔のように可愛《かわい》いお阿茶でおれ。それにしても秀忠め、大御所などと、わしの真似《まね》までした割には五十四歳で死ぬとはあまりに早い。否《いな》、天下を背負う任から逃げ出すとは不甲斐《ふがい》ないにも程がある」

秀忠は家康という眩《まぶ》しいほどの父を持ちながら、武功と呼べるものはほとんどない。反対に不名誉なことは多い。天下を二分した関ヶ原の合戦には遅参し、豊臣家を滅ぼした大坂の陣では総大将だったにもかかわらず、豊臣方の大野治房に本陣を襲われ大混乱となり、自ら槍《やり》を持って敵に向かおうとして総大将たる品格を損ねている。

家光が二十歳となった元和九年（一六二三）に将軍の座を渡した後は、大御所として全国に目を光らせるどころか、関東の洪水による飢饉《ききん》や全国で大雨による伝染病の流行などは家臣に任せで、「紫衣《しえ》事件」以降、気まずくなっている禁裏との関係も放置したままだ。戦がないとはいえ、今、徳川政権は盤石とは言い難い。

「秀忠め、自分でも後ろめたいのか、亡くなって四十九日を過ぎたというに、わしに挨拶《あいさつ》にもこぬ」

「どうして、そこまでご存じで？」

「どうしてじゃと？　お阿茶、わしは日光から目を光らせておる、東照大権現なるぞ。そなたらのことは逐一見ておるわ」

「……さ、されば、ここは」

「――そんなことは、今はどうでもよい。それより、秀忠の倅たちがことじゃ。今の将軍家のままでは危うい。徳川の内から諍《いさか》いが起きるやもしれぬ。そうなれば、また戦国乱世ぞ」

秀忠の倅たち――といえば、長男家光と次男忠長の二人しかない。

二人は将軍の座をめぐり、争った昔がある。春日局が江戸から駿府にいる家康に訴え出たことで、長男家光が三代征夷《せいい》大将軍となった。が、家光はその時の怨《うら》みもあるのか、忠長が浅間《せんげん》神社の聖獣とされた猿千匹余りを殺したとか、家老を切腹に追いやり、家臣・家人を手打ちにしたなどの廉《かど》で甲府に幽閉してしまう。このことも少なからず将軍家が安定しない要因でもある。

「お言葉ではございますが、大御所様、駿河《するが》大納言《だいなごん》（忠長）殿は今、甲府に蟄居《ちっきょ》の身。もはや大納言殿に加担する者は誰一人いないと存じまする」

「お阿茶。秀忠の倅は二人だけではない。もう一人おる」

「まさか。冗談が過ぎまするぞ。東照大権現様ならともかく、真面目《まじめ》一筋の秀忠殿。他にご落胤《らくいん》などあろうはずがありませぬ」

阿茶はつい目を吊《つ》り上げていた。というのも近頃、高遠《たかとう》藩藩主の「保《ほ》科正之《しなまさゆき》」と申す男が、家光・忠長の異腹の兄弟との噂《うわさ》が江戸城内で日増しに高まっているからだ。

秀忠は家康の顔色を常に窺《うかが》うほどの小心者で、家康の指示すら上手《うま》くこなせない不器用な生き方しかできなかった。幼い頃から母親代わりとして育ててきた阿茶としては、陰で隠し女をつくり、その上、子まで産ませたとは、到底、信じられない。ましてや、秀忠の正妻江与《えよ》ノ方は度を超える嫉妬《しっと》深さ。阿茶が知る限り、江与ノ方に歯向かう度胸は秀忠にはない。秀忠の死後、降って湧《わ》いたような愚にもつかない噂ながら、阿茶には耐え難いほど不愉快でならなかった。

「……よもや秀忠殿の霊廟《れいびょう》の建立《こんりゅう》を命じられた、保科正之とか申すお方が秀忠殿の隠し子と、東照大権現様まで信じてはおりますまいの？」

家康は渋い顔で頷《うなず》いた。

「秀忠めはお江《ごう》（江与）を恐れて側室も置けなかったほどの腰抜けであった。にもかかわらず、陰では奥女中を追い回しておった」

「――奥女中を追い回したですと？　あの真面目一辺倒の秀忠殿が」

「やはりお阿茶の前では良き倅を演じておったのじゃな。秀忠めはわしに似て女好きであったが、お江が怖くて、最後の最後まで親子の名乗りも上げぬ体《てい》たらくよ。呆《あき》れて物も言えぬ。――おっと、秀忠のこととなると、つい愚痴が出る。それより、その保科正之がことじゃ。弟かどうかは別として、次男の忠長とも親しいゆえ、家光との間に諍いが起こらぬとも限らぬ」

家康曰《いわ》く、諍いというのは二者の間では起こらない。三者が加わった時に初めて均衡が崩れ、諍いが起きるという。

「わかりました。正之殿の真偽を明らかにし、本当の弟御であれば、忠長殿から引き離し、家光殿の従順な弟として生きるよう導くのでござりまするな」

「さすがお阿茶よ。呑《の》み込みが早い。不安の芽は先手先手で摘んでおくに限る。導くと言えば、もう一つ。家光自身がことじゃ。あれは今、衆道に狂っておる。戦国の世ならいざ知らず、泰平の世に衆道など馬鹿《ばか》げておる」

衆道――とは、男同士で睦《むつ》みあうことをいう。戦国時代は当たり前のように行われていたが、今は泰平の世。徐々に消えつつある。ただ、家光は祖父の家康を崇拝しており、何より戦話が好きで、それが高じて衆道にのめり込んでいると城内ではもっぱらの噂だった。かつて春日局も嘆いていた。

家光を男色に走らせた原因の一つは、公家の鷹司《たかつかさ》家から輿《こし》入れした正室孝子《たかこ》にあるらしい。お互い出会った時からソリが合わず、今では孝子は奥を追放され、呼び名も「御台所《みだいどころ》」から「中ノ丸殿」と変わり、誰も正室とは見ていない。以降、家光は女に懲《こ》りたのか、まったく側に近づけないとのことだ。

「わしも秀忠も女好きというように、どうしてあのような孫が生まれたか不可解でならぬ。お江の伯父、信長公は大の男色好きであられたゆえ、それを受け継いだのやもしれぬが、この先、世継ぎができねば将軍家の一大事ぞ。ま、それを見越して尾張と紀伊の二家を置いたが、次期将軍の座となれば揉《も》めるは必至。お家騒動にならぬとも限らぬ。そうなれば、また天下は揺らぐことになろう」

将軍家に後嗣が絶えた折、家康の九男義直《よしなお》が初代を務めた尾張家か、家康の十男頼《より》宣《のぶ》が初代となる紀伊家から養子を出すことになっている。

「とにかくお阿茶。二つのこと、確と頼みおく。すべては天下安寧のためじゃ。こちらに来るのはすべてが片付いてからでよい。この世は修行の場ぞ。命が尽きるまで修行と心得よ。わかったの」

では、やはりここは——と言い掛けた時、何かに吸い込まれるような感覚に囚《とら》われたかと思った刹那《せつな》、目が開いた。

眼前には、床の間に掛った、在りし日の神君家康公の肖像画の掛け軸があった。

午後の陽だまりの中、眺めているうちに眠り込んだらしい。齢七十八にもなると、夜、寝付けないこともあり、逆に昼間は睡魔に襲われ眠り込んでしまうことも多く、夢と現実の境すらわからなくなることが多々ある。

掛け軸の家康に目を向ける。

狩野《かのう》派の若き絵師探幽《たんゆう》に描かせた絵だ。この世の戦の種を見逃さないと言いたげな、大きく見開いた目。身内や家臣の間に燻《くす》ぶる不満の火種を嗅《か》ぎ出そうとする、胡坐《あぐら》を掻《か》いた鼻。悪だくみの囁《ささや》きを漏らさず聞こうとする大きく開いた福耳。死んだ今でさえも、慕う者に確と命じてくる雄弁な口……。生前の家康の特徴をよく捉《とら》えている。

阿茶は大きく溜《た》め息《いき》を吐《つ》いた。

「ふん。お前様は相変わらず人遣いが荒い。お前様の行年《ぎょうねん》をもう三つも超え、もうすぐ八十に手が届く老婆を、まだ働かせるおつもりか」

その時、襖《ふすま》の向こうの廊下から、「雲光院様」と侍女の呼ぶ声がした。

「もうわらわの具足を埋めたのかえ」

「はい。地中深く埋めたとのことにございます。それより、春日ノ御局様がお目に掛りたいとお出《い》でになりました。如何いたしましょう」

「何、春日が。丁度よいところに参った。奥に通せ」

阿茶はまた掛け軸の家康に目を向けた。

「ふん。この老婆では心もとないと、大かたお前様が呼んだのであろう。さりとて、お福とて五十半ばにござりまする。さほどには若くはありませぬ。少しは老女を労《いたわ》りなされませ」

その刹那、庭からの突風で掛け軸が激しく揺れた。

「わかりました、東照大権現様。口より体を動かせでござりましょう。死んでもまだ女子《おなご》を責められる……」——やはり死ぬまで修行のようじゃ。

「——何ですと、女子ではなく山姥ですと！　今度と言ったら、お前様のその掛け軸を手水場《ちょうずば》（便所）に投げ込んでやりまする。ふん」

阿茶は脇息《きょうそく》に手を突き、「どっこいしょ」と気合を入れた。

二

阿茶が奥の座敷に入ると、春日局は侍女のおなあを後ろに控えさせ、座していた。京から戻ったゆえか、秋を思わせる鮮やかな柿色《かきいろ》の地に水文様《みずもんよう》に赤い紅葉の葉をあしらった打掛を羽織っている。五十半ばゆえの執着だろう。まだまだ女として着飾っていたいに違いない。阿茶も経験してきただけに微笑《ほほえ》ましい。

阿茶が上座に着くと、二人は慇懃《いんぎん》に頭を下げた。

「母様。ご機嫌麗《うるわ》しゅう。一昨日、京より戻って参りました。ご挨拶方々、天子様の妃《きさき》和子様……」

阿茶は手を上げて制した。

「今、和子様は東福門院《とうふくもんいん》様。天子様は女一宮内親王《おんないちのみやないしんのう》であらされた明正《めいしょう》天皇ぞ」

和子が入内《じゅだい》したとはいえ、幕府との関係はうまくはいっていない。ことに幕府が〈公家諸法度《はっと》〉や「紫衣事件」などで禁裏の勝手を封じたことから、後水尾天皇は三年前、突然、皇位をわずか七歳の女一宮内親王に譲り上皇となり、院政を敷いている。

「そうでござりました。その東福門院様や明正天皇様ほか皇女《ひめみこ》様三人のご様子などお話ししたく、京の土産に塗香《ずこう》をお持ちしました。これ、おなあ」

春日局が声を掛けると、おなあは紫の包を解き、中から桐《きり》の箱を取り出した。箱を開くと、いい香りがかすかに漂った。中には塗香の包みが三つと、黒檀《こくたん》の塗香入れが納められている。質素を旨《むね》とする、墨染の法衣しか着ない阿茶には嬉《うれ》しい品だ。

「春日。お気遣い、痛み入る。出家したわらわには何よりの土産。して、上皇様のご様子は如何じゃ。気遣いの上手い東福門院様なら、つつがなくなさっておられようがのう。皇女様たちも、さぞ大きくなられたであろう」

「はい、上皇様も東福門院様もお変わりなく。四人の皇女様も健やかにお育ちになられております。近頃、東福門院様は皇女様らに、得意の押絵を教えておられるとのこと」

「それはなにより。でき得れば、皇子《おうじ》様が育って頂きたかったのじゃが。ま、東福門院様も二十六とまだお若い。また男子《おのこ》ができぬとも限らぬ」

後水尾天皇と和子は、これまで二男四女を授かったが、男二人は早世。東福門院の長女の女一宮が天皇に即位したものの、皇位を一時預けたにすぎず、皇子誕生の折には譲位されることになっている。

「そうなればよいのですが、これぱかりは。それより母様。先ほど、庭の外れで、下男たちが母様の具足を埋めると申して穴を掘っておりましたが、ひょっとしてこの城からお出になるのでは？」

さすが春日局。先を読んでいる。

「そう思うて、上様（家光）から頂いた日本橋馬喰《ばくろ》町とかいう場所に寺を建てておるところじゃが、今ほど夢枕《ゆめまくら》に……否、うとうとしておったら、目の前に東照大権現様がお出になられて、まだ城から出てはならぬとお叱《しか》りを受けたわ」

「えっ……と、東照大権現様が？」

「お亡くなりになられても尚《なお》、徳川の行く末を案じておられる。老《お》い先短いこの老婆に、頼み事を二つも託して行かれたわ」

阿茶は夢の中で家康が命じた、家光の異腹の弟とされる保科正之の真偽と、家光の衆道のことを話した。すると、春日局は驚きの顔で口を開いた。

「まさか東照大権現様が、そこまでご存じとは……。確かにこの春日も、その二つは案じておりまするが」

「されば噂はまことか。保科正之とか申す大名は、まこと秀忠殿のお子か」

春日局は言い辛《づら》いのか、無言で頷いた。阿茶はあまりのことに頭に血が上った。

「その母は誰じゃ！　何処《いずこ》におる」

春日局はますます渋い顔になっていく。

「母は……台徳院《たいとくいん》（秀忠）様の乳母大姥《だいうばのつぼね》局様の侍女で」

「——何、大姥局じゃと！」

大姥局は阿茶自らが幼い秀忠のために乳母《うば》として付けた女だ。大坂の陣の前年に八十九歳の大往生を遂げている。だが、まったく阿茶に報せず亡くなったことに、今さらながら腹が立つ。

「母は大姥局様の侍女で、名はお静《しず》。北条家の家臣であった、神尾《かんお》とか申す一族の娘で、今は信州高遠藩におりまする」

驚くことばかりだ。阿茶の前夫も今川家の家臣であり、お静と同じ神尾一族。これも因縁であろうか。しかし、これまで内部で誰も知らなかったとは考え難い。

「して、このことを知っておったのは誰じゃ」

「老中の土井（利勝）殿ほか数名しか知らぬことにて」と前置きした上で、春日局は秀忠とお静のなれそめを話した。

秀吉の小田原攻めで北条家が滅んだ後、一族とともに江戸に出たお静は、武家としての行儀作法を身に付けていたことから大姥局の目にとまり、江戸城に上がり部屋子《へやご》となった。ある日、城中で秀忠に見染められたお静はまもなく懐妊する。それを知った秀忠の正室江与ノ方は嫉妬に狂い刺客を差し向け、お静を亡き者にしようと企てた。

そこでお静は、親兄弟や一族に危害が及ぶことを懼《おそ》れ、やむなく子を流したのだが、秀忠は再びお静を呼び寄せ寵愛《ちょうあい》。再び懐妊し極秘裏《ごくひり》に生まれたのが、保科正之だった。

聞き終わって、ますます不快でならなかった。わが子同然に育て、これまで抱いてきた秀忠の表の顔とはまるで違う。それより増して、こんなにも側にいて何も気づかなかった己が情けなく、あまりの口惜しさに涙が溢《あふ》れた。

「……何と言うことぞ。亡くなられて半年も経ち、このような穢《けが》らわしい愚行を耳にするとは。秀忠殿はわらわの前で、不器用で生真面目な倅を演じておられたか。わらわを愚弄《ぐろう》するにも程がある」

阿茶が白扇を畳に叩《たた》きつけると、春日局が神妙に膝《ひざ》を進めてきた。

「母様。愚行ではありませぬ。否、愚行にしてはなりませぬ。肥後《ひご》（正之）殿は台徳院様の、正式なるご三男。徳川の血を引く者がおるということは今の将軍家、並びに上様にとっても喜ばしいこと」

「したが、大納言殿との仲違《なかたが》いの前例もある。第一、その者は秀忠殿に子として認めてもろうてはおらぬゆえ、少なからず将軍家を怨みに思うておるはず。加えて、大納言殿と親しいというではないか。大納言殿は蟄居させられておるゆえ、上様への怨みは深い。その二人が通じれば、どんな力となるか。この世で一番怖いのは、人の心に棲《す》まう、怨みという鬼。これだけは一筋縄ではいかぬ」

「ご懸念《けねん》には及びませぬ。台徳院様の霊廟の上棟式の折、上様は肥後殿と並ばれ、『われら兄弟は父上で繋《つな》がっておる』と、ことのほかお喜びになられたそうにございます」

秀忠の霊廟は増上寺境内南側に設けられ、七月に本殿の上棟式が行われた。

「待て、春日。七月の上棟式にはわらわも出たが、そのような者を見た憶《おぼ》えはない」

春日局はにっこりと笑みを浮かべた。

「弟御の肥後殿は二十二と若いながら、上様に弟御として認めて頂いたにもかかわらず、〈菊ノ間〉ではいつも下座に座すほどの控えめなお方」

「何、〈菊ノ間〉じゃと……！」

江戸城の〈菊ノ間〉は、「伺候席《しこうせき》」と呼ぶ将軍に拝謁する順番を待つ詰所の中でも最も下位の大名が入る。

「はい。信州高遠藩は三万石にござりますゆえ」

「将軍の実の弟が、わずか三万石！」

開いた口がふさがらない。将軍の弟と認められた者が高々三万石に甘んじているとは信じがたい。家光の弟忠長ですら、幽閉になる前は五十五万石を有していたほどだ。

阿茶の不安をよそに、春日局は言葉を継いだ。

「しかも、上様が〈徳川〉姓を名乗ることを許すと申されても、〈保科〉姓のままでと断られた由《よし》に」

――〈徳川〉の姓を断った！

「そは、どういうことじゃ。弟として認められたくないとの意か」

「さにあらず。肥後殿は、これまで刺客から護り育ててくれた養父に恩義を感じ、養父殿の〈保科〉姓のままにしておいて頂きたいと、上様に懇願なされたそうにござります。それほど欲のない控えめな御仁。まさにお亡くなりになられた台徳院様と瓜《うり》二つの性格ではありませぬか」

秀忠と瓜二つの性格――と聞いてはますます信じられない。阿茶の前で秀忠が従順を装《よそお》ったのと同じに見える。家光はまだ二十九歳と人を見る目が浅い。確とこの目で見るまでは信じられない。

「相わかった。いずれその者にじかに会《お》うて見よう。それはさておき、東照大権現様のもう一つの懸念は上様の衆道じゃ。今のままでは世継ぎができず、やがては大きな災いとなろう。上様はまこと女子を側に寄せぬのか」

春日局は眉《まゆ》を寄せ、困り顔で頷いた。

「側にいるのは皆、若い小姓ばかりにござります」

家光の周りには常に十人ほどの小姓がおり、中には小姓同士で睦み合うこともあったらしい。それを知った家光の嫉妬で手打ちになった小姓もいたという。

「――何と！　おぞましや。そこまでのめり込まれておられるとは知らなんだ。奥を取り仕切るそなたが付いておりながら……いや、今さら愚痴を言うても詮無《せんな》きこと。とにかく若い娘じゃ。奥には大勢おろう。何ゆえ、上様に足を運ばせせぬ」

春日局はこれまでいろいろな娘たちを着飾らせ目に触れるよう策を弄してきたが、

風流踊《ふりゅうおどり》の好きな家光は一向に関心を示さず、衆道にのめり込む一方だという。

「……ならば、ここは荒療治じゃ。将軍として断り切れぬ娘をあてがうしかない」

春日局の顔が曇った。

「お言葉ではございますが、母様。それでは中ノ丸殿（孝子）の二の舞では」

「わらわが申すは、気位の高い禁裏や公家の女子ではない。代々徳川家に仕える忠臣の大名・旗本の姫じゃ。上様は今、一人で将軍家を背負うておられる。身内の申し出となれば、上様とて、そう邪険に断れまい」

「――なるほど。盲点にございました。されど、忠臣と呼べる方がおりましょうや」

「いくらでもおるではないか。たとえば……そうじゃ、東照大権現様が大事に思うておられた鳥居元忠《もとただ》殿。その孫の左京亮《さきょうのすけ》殿に姫がおられたはず」

家康が天下を取る発端となった、天下分け目の関ヶ原の合戦前夜、家康率いる東軍のために石田三成率いる西軍四万もの兵を、わずか千八百で護る伏見城に引きつけて壮絶な死を遂げたのが、鳥居元忠だ。徳川家中では今も「三河武士の鑑《かがみ》」と語り継がれている。

春日局は渋い顔を横に振った。

「元忠殿は確かに皆が認める忠臣にございました。されど、鳥居家を継いだ左京亮殿は四年前に亡くなり、娘たちはすでに他家へ嫁いでおりまする。跡を継がれた山形藩主の伊賀守殿には子がなく、しかも厄介なことに、従兄弟《いとこ》は甲府に蟄居となっておる大納言殿の附け家老にて。上様の覚えが悪すぎまする」

「されば……。――おっ、そうじゃ、その元忠殿とともに伏見でご生害なされた、内藤家長《いえなが》殿の倅左馬助《さまのすけ》（政長）殿にも姫がおられたはず。左馬助殿は『城受け取り名人』と言われるほどの切れ者ぞ。駆け引きに長けておるゆえ、さすがに上様も口では敵《かな》うまい」

内藤政長は、改易となった大名から城の明け渡しを何度も諍いなくやり遂げている。秀忠が生前、「左馬助にまた救われた」と褒めていたことを憶えている。

春日局も何か思うところがあったのか、今度は深く頷いた。

「なるほど。内藤左馬助殿は……確か六十半ばで、まだご存命です。そういえば娘がおられた。歳は十六、七だったかと思います」

「丁度良いではないか。左馬助殿にとっても将軍家の親戚《しんせき》筋となる。悪い話ではない。これでお世継ぎができれば、異腹の弟御のことも案ずるに足りぬ。春日。東照大権現様が日光から見ておわす。善は急げじゃ。早速、左馬助殿に掛け合《お》うて算段いたせ」

「東照大権現様が日光から……あ、はい、母様」

三

阿茶は四日後の昼過ぎ、江戸城内濠の鍛冶《かじ》橋近くにある高遠藩上屋敷を女乗物で訪ねた。高遠藩上屋敷は江戸城の東にあり、同じ江戸城内の北にある竹橋門内に住む阿茶の屋敷からは一里（約四キロメートル）ほどと遠い。

阿茶は通された広間の上座で侍女二人を控えさせ座していると、〈次ノ間〉に家老らしき男と小姓を連れた若者が現れ、座して慇懃に平伏した。

「雲光院様、お初にお目に掛ります。保科正之にござります。本来なれば、こちらからご挨拶に伺わねばならぬところをわざわざお運び頂き、御礼申しあげまする」

あまりに丁寧過ぎるからか、余計、疑いの目で見てしまう。

「礼などと申されるな。わらわは、上様に異腹の弟御がおられると聞いて、嬉しさのあまり参ったまでじゃ。上様の弟御と申せば、先の大御所様を幼少の頃より育てて参った養母のわらわにとっては孫も同然。面《おもて》を上げて、もそっと近こう。この母婆《ばば》にお顔を見せてくだされ」

正之は一礼して立って広間に入ってくると、一間ほど開けて座した。

目は秀忠や家光の大きな目とは違い、切れ長。思慮深ささえ漂って見える。どこか次男の忠長にも似ている。口元は母親似か、家康とも秀忠とも家光とも似ていない。が、鼻の形が秀忠と瓜二つで顔が面長だからか、全体から受ける印象が秀忠の若い頃に生き写しといっていい。――間違いない。秀忠の子だ。

「秀忠殿の若き頃に似た良き面相じゃ。この歳になって、新たにこのような美丈夫《びじょうぶ》な孫に会えるとは、わらわは仕合わせ者よ。いくつにおなりじゃ」

「二十二にござりまする」

「上様より七つ、大納言殿より五つ下か。そなたは大納言殿とも親しいと聞いたが」

「はい。駿河大納言の兄上とも親しくさせて頂いております」

「兄上……なるほど。今も大納言殿のことを尊んでおられるか」

「はい」正之は帯に挟んでいた、一尺ほどの守り刀を前に置いた。黒い鞘《さや》には金で描いた〈三つ葉葵《あおい》〉紋がある。「これは三年前、兄上がまだ駿府城におられた頃、初めてお会いした時に頂いた品にござります」

正之が十九歳の時、昨年十月に病死した養父保科正光《まさみつ》とともに駿府城に赴き、当時まだ存命だった大御所秀忠と、江戸城の諸将の居並ぶ大広間で、親子の対面を果たさせたいという養父の願いを申し入れたという。その折、忠長は「任せておけ」と快諾してくれたばかりか、守り刀のほかに鷹《たか》一羽と黒馬一頭、白銀五百枚ほか、家康の小袖ももらったとのことだった。

「正光殿は道半ばでお亡くなりになり、どんなにご無念であられたか。肥後殿はさぞかし父の秀忠殿を――否、台徳院様を怨まれたであろう」

正之の眉間《みけん》に微《かす》かに皺《しわ》が寄った。

「当時、怨みがなかったと言えば嘘《うそ》になりまする。されど今は、上様から弟と認められたことで怨みも消えております。養父も死に際《ぎわ》に、兄上の大納言様にお会いできて嬉しかったと申しておりました」

「されば、大納言殿のことはさだめし今も心を痛めておいでであろう」

「はい。あの優しき兄上が、猿を千頭も殺し、小姓や家人を手打ちにしたなどとは、到底、信じられませぬ。何かの間違いに相違ありませぬ」

本当に心配しているような顔だった。

――本心か。それとも嘘の顔か……。

「わらわは大納言殿の行く末が案じられる。同じ孫同士で、いがみ合《お》うておるは、この母婆には耐え難い。兄弟、笑い合うて仲よう暮らしては行けぬものかのう、肥後殿」

「……それがしも、それは案じておりまする」

「そうであろう。弟御として何か良き手立てはないか。わらわは台徳院様と、未《いま》だ諏訪に幽閉の東照大権現様の六男忠輝殿のように、兄弟仲違いしたままにしとうはない」

正之は苦渋に満ちたような顔になった。

「それがしは、上様に弟と認められたとは申せ、高遠藩三万石を預かる一家臣に過ぎませぬ。幕閣でもない、一家臣が上様に言上するなど、非礼にあたりまする」

「――何と！」阿茶はわざと驚いて見せた。「その守り刀ほか、それほどの物を頂いておきながら、見て見ぬ振りとは呆れる。肥後殿。そなたは己が安泰なれば、大納言殿がどのようになってもよいと申されるか」

「いえ、決してそのようなことは。ただ……」

「何じゃ。仲違いしておる兄たちの仲を取り持ってこそ、まことの弟御ではないのか。大納言殿とそなたで上様を支えていく。これが真の兄弟の姿というもの。それを非礼などと他人行儀な。兄弟なればこそ遠慮のう、本心を言えるのではないのか」

その時、後ろに控えていた家老らしき男が「――暫《しば》く！」と言って広間に入るや、正之から一間ほど後ろに座して平伏した。歳は四十半ば過ぎぐらいだろう。太く黒い眉毛に、三河武士にも似た、田舎者らしい面貌《めんぼう》には懐かしさを覚える。

「初めて御意を得まする。それがし、高遠藩江戸家老、北原采女《うねめ》と申しまする。わが殿も、雲光院様と同様、上様と大納言様が今のままで良いなどと思うてはおりませぬ。されど、ようやく上様の弟として認められたばかり。ましてや、未だ二十二の若輩者。幕閣の方々ですら止められなかったご兄弟の諍いを、昨今、にわかに上様のお側近くに上がった殿が、どうして上様に諫言《かんげん》などできましょうや。逆に、大納言様に頼まれ、諫言するために近づいたように上様に取られますまいか、雲光院様」

——なるほど。確かに一理ある。

阿茶は深く頷いた。

「采女殿とか申したの。そなたの申すとおりじゃ。老い先短い年寄ゆえ、つい急《せ》いてしまう。肥後殿。年寄の勇み足と笑うて許してくだされ」

正之は真剣なまなざしを向けた。

「いえ。雲光院様のご心痛、この正之、わからぬわけではありませぬ。されど、兄上たちのことは一朝一夕で片付くようなことではありませぬ。この采女からも兄二人の確執は根深いと聞いておりまする。それがしもじっくりと考えてみますゆえ、もう少し時の猶予《ゆうよ》をお与えくだされば幸いに存じまする」

実直、且《か》つ丁寧過ぎるところが何とも疑わしい。単なる見せ掛けと思えなくもない。「信を得るには弟とて時がいると申すか……相わかった。宜《よろ》しく頼みおくぞ、肥後殿」

はっ――。正之は慇懃に腰を折った。

四

「――何、肥後殿が内藤家の姫を！」

二日後、阿茶の許《もと》を訪ねてきた春日局の言葉に、愕然《がくぜん》として声を上げていた。

先日、春日局は磐城平《いわきだいら》藩の藩主内藤政長に、阿茶の達《たっ》ての願いとして、娘お菊を家光に側室として差し出すように申し出た。政長はあいにく病に臥《ふ》せって動けなかったものの、「身に余る光栄」と涙を流し喜んだという。

政長は自らの病を賭《と》して家光に迫り、最後の望みは「将軍家との縁《えにし》」のみ。娘お菊を側室にと懇願した。渋る家光に二刻（約四時間）も交渉に及んだ。まさに命を懸けての交渉だったという。ところが――。

家光も然《さ》る者。「将軍家と縁とあれば丁度よい、わが弟、正之はどうじゃ。あれは未だ一人身。側室ではなく、正妻として娶《めと》らせよう。お菊殿にとっても、それがよい」と言い負かされ、さすがの政長も二の句が継げなかったとのことだ。

「……上様に上手くかわされたか」

　春日局は渋い顔で溜め息を吐いた。

「お菊殿は稀《まれ》にみる美人。春日も大丈夫と思うておりましたに、まさか、そこまで上様が女子に興味がないとは夢にも思いませなんだ」

「……となると、上様の衆道を止めるはかなり手強《てごわ》いのう。春日、女子のわれらの力では無理やもしれぬ。――そうじゃ。ここは兵法指南の但馬守《たじまのかみ》（柳生宗矩《むねのり》）殿に策を練ってもろうては如何じゃ。人を嵌《は》める権謀術数《けんぼうじゅっすう》はお手の物であろう」

　春日局は、言下に頭《かぶり》を振った。

「以前、但馬守殿だけでなく、『知恵伊豆《いず》』と呼ばれた老中伊豆守（松平信綱《のぶつな》）殿にも相談致しましたが、いずれも女色・色事の道は不案内と申され耳も貸しませぬ」

　やはり保身の術《すべ》を身に付けた宮仕《みやづか》えたちだ。諫言して逆鱗《げきりん》に触れれば、かつて秀忠の側近で「家康の懐刀《ふところがたな》」とまで呼ばれた本多正純や、家光の書院番だった柳生十兵衛三厳《みつよし》のようにお役御免で配流《はいる》になると考え、関わりを避けたに違いない。

「これは思うていた以上に難題ぞ。というて何とかせねば、今のままでは、肥後殿にやがて倅が生まれれば、それが将軍の座を継ぐことになる」

「――肥後殿のお倅が？」

「上様のご気性では、幽閉した大納言殿を許すつもりはない。となれば、上様から譲られたお菊殿と肥後殿との間に男子《おのこ》が生まれれば、それを養子にされるに違いない。上様はそれを見越して肥後殿に妻を娶らしたのやもしれぬ」

春日局は初めて気づいたのか阿茶に顔を向けると、沈んだ顔で頷いた。

十月に入ると、さらに悪い報せが阿茶の許に飛び込んでくる。

甲府に幽閉されていた次男忠長は領地をすべて召し上げられ改易となり、十月末には上野国《こうずけのくに》高崎藩にお預けとなった。理由は、忠長が以前の行いを反省するどころか、酒による乱行は一向に治まらなかったからとのことだ。

翌寛永十年（一六三三）十月――。三男の保科正之は幕府の許しを得、阿茶が家光にと提言した、磐城平藩の内藤政長の菊姫を娶った。その一方で家光は十二月、高崎藩に幽閉されていた次男忠長を自害させたという。

それを報せにきた春日局によれば、忠長はかつて将軍の座を家光と争った時の大名に密《ひそ》かに文を送り、謀反《むほん》を企てたとの理由から、切腹を申し渡されたとのことだった。

おそらく捏造《ねつぞう》だろうが、逆に家光の怨みの根深さを思い知らされた。

阿茶は脇息にもたれ、白扇を握りしめた。

——やはりこの世で一番怖いのは、人の心に棲まう、怨みという鬼か。

これでますます家光に諫言する者は出てこなくなるだけでなく、阿茶の予測したとおり、正之の子が将来、将軍家を継ぐことになるような気がしてならない。

阿茶は内心、焦《あせ》っていた。

家康から言い渡された、いずれの事柄も旨《うま》くはいっていない。それどころか、悪化の一途を辿っている。次男忠長を失い、三男正之は未だに正体が知れない。家光の衆道は以前にも増して酷《ひど》くなり、女たちで溢れる奥は有名無実の存在になりつつある。このままでは本当に家康の予測したとおり、世継ぎ争いでお家騒動となり、徳川将軍家が内側から崩壊しないとも限らない。反面——。

秀忠の死後、家光はわずか四年足らずで将軍として政《まつりごと》を盤石なものにしている。政の決定はすべて、老中・若年寄による合議制という「六人衆」の仕組みをつくっただけでなく、〈武家諸法度〉に新たに〈参勤交代〉という制度を設け、全国の大名を従わせている。また、家光は上洛して後水尾上皇に拝謁し、「紫衣事件」以降、冷え込んでいた禁裏との関係を改善しようと励んでいるなど目を見張るような働きだ。

その陰で阿茶の耳に聞こえてくるのは、相変わらず家光が衆道に溺《おぼ》れ、女を近づける気配はまったくないという噂だった。

寛永十二年（一六三五）は何の進展もなく、いたずらに時だけが過ぎていった――。

五

翌寛永十三年（一六三六）正月――。

正月三ヶ日《さんがにち》が終わった四日の朝、阿茶はいつものように朝の行《ぎょう》――読経と写経を終えると、自室の床の間に掛っている、神君家康公の肖像画の掛け軸の前に座った。

「……お前様、否、神君東照大権現様。阿茶はもう手詰まりにござります。何か良き知恵をお授けくだされ。お願いします」

掛け軸の家康は、相変わらず、どこ吹く風といったような表情で遠くを見ている。

近頃、掛け軸の家康は、愚痴は聞きたくないとばかりに何も答えてはくれない。

阿茶は睨《にら》みつけた。

「お前様は命を下す時だけ人を呼びつける。しかも面倒なことは人任せ。いつもそうじゃ。言うておきますが、この阿茶も八十路を超え、今年で八十二。近頃は憶えも悪く己でも情けなるほどじゃ。いつまで生きておるかわかりませぬぞ……。何ですと、まだこちらには来てはならぬ。ふん。若いお六殿はさっさと連れて行かれたくせに」

お六ノ方は家康の最後の側室だった。家康が七十歳の時で、お六ノ方は十五歳と孫ほども歳の差があった。当時も家康は血気盛んでお六ノ方を片時も放さず、大坂の陣の陣屋にまで連れて行くほどの気に入りようだった。

片や阿茶は、豊臣方の秀頼母子と「和睦交渉」という大変な使命を負わされていた。

家康が七十五で亡《な》くなった折、お六ノ方は未だ二十歳。一旦《いったん》は落飾して比丘尼《びくに》屋敷に住んだものの、あまりに若かったので不憫《ふびん》に思った阿茶は、秀忠を通じて還俗《げんぞく》させ、徳川四天王の一人、榊原康政の養女にしてから他家に嫁がせた。ところが——。

お六ノ方は家康の年忌で日光東照宮に参詣《さんけい》した折、社殿前で急死する。まだ二十九歳と若く綺麗《きれい》だったためか、生前の家康を知る家臣の誰もが「東照大権現様の悋気《りんき》(嫉妬)の祟《たた》り」と陰で囁いたものだった。

「お前様の女好きが、家光殿にないはずがないのじゃがのう……」

その時、襖の向こうの廊下で春日局が新年の挨拶に来たことを侍女が告げた。

阿茶は掛け軸の家康を睨んだ。

「困った時の春日頼みにござりまするか。されど春日ももうすぐ還暦。婆《ばばあ》二人では、いい知恵は浮かびませぬぞ。かといって男衆は皆、保身揃《ぞろ》いの腰抜けばかり。上様を諭すためなら命を惜しまぬという者は一人もおりませぬ。昔、お前様に意見した、鬼《おに》作左《さくざ》（本多作左衛門）のような無骨な三河武士が懐かしいものよ」

鬼作左――。剛邁《ごうまい》で気性が荒く、家康にも遠慮なく諫言したことからそう呼ばれた。小牧・長久手の戦いの後、家康の上洛を望んだ秀吉が母親の大政所《おおまんどころ》を人質に岡崎に差し出した折、大政所の宿舎の周りに薪を積んで万が一に備えたことから、後々まで秀吉に怨まれた三河武士だった。阿茶がまだ三十代の、若い頃の話だ。

「わらわもまだまだ修行が足りぬ。過ぎた昔を懐かしんでも戻ってはこぬのになぁ……ほんに歳は取りたくないものよ」

阿茶は大きく溜め息を吐くと、脇息に手をついて立ち上がった。

広間には春日局と侍女おなあの他に、珍しく小姓三人が控えていた。

春日局の装いは正月らしく、上が白の小袖に下は緋袴《ひばかま》。その上に抹茶色《まっちゃいろ》の地にいぶし銀をふんだんに使った鶴《つる》の模様の裾引《すそび》き打掛《うちかけ》を羽織っている。墨染の僧衣をまとう阿茶とは正反対に華やか。正月ということもあり、上座に座した阿茶に向けられた春日局の顔は、いつになく嬉しそうだった。

「正月早々、何か良きことでもあったのかえ、春日」

「はい。大ありにございます」春日局は満面の笑みを浮かべた。「上様の弟御である肥後殿に、昨年暮れ、嫡男《ちゃくなん》が誕生してございます」

「そのことは、わらわも聞いておる。慶事には違いないが、上様は未だに独り身。女子も側に寄せぬ。よもや上様がそのお子を将来、養子に迎えるとでも申されたのではあるまいの」

「いいえ、そのようなことは申されてはおりませぬ。実はその肥後殿と、賀詞《がし》言上の正月二日に城中でお会いして、上様の衆道のことで良き策を教えて頂いたのです」

正月二日の賀詞言上とは、参勤で江戸に滞在している旗本・大名が江戸城の将軍に正月の挨拶に出向く行事で、毎年、恒例だった。阿茶は秀忠が亡くなり、出家して以降、遠慮している。

春日局は保科正之が賀詞言上から帰ってくるのを城中で待ち伏せ、城内の一室で何か良き策がないか迫ったとのことだった。

「それが、この三人にございます。母様」

「何、その三人が策じゃと……?」

阿茶は三人に目を向けた。頭は前髪を立て額の両脇《りょうわき》を剃り込んだ、元服前の角前髪《すみまえがみ》。

紺地に白の井桁絣《いげたがすり》の小袖に、藤鼠色《ふじねずみいろ》の半袴という揃いの恰好《かっこう》だ。歳は十三、四ほど。いずれも甲乙つけがたい、美少年たちだった。

「春日。何を血迷うておる。このように美男の小姓を上様に献上すれば、火に油を注ぐようなものではないか。火で火は消えぬぞ」

春日局は突然、噴き出すや、側にいる侍女おなあと顔を見合わせて声を上げて笑った。お、ほほほ……。三人の小姓たちも口を押え、笑っている。

「何がおかしい、春日。無礼であろう」

「これはご無礼の段、お許しを」春日局は慇懃に腰を折ってから、三人の小姓に目を移した。「母様。この三人は小姓に非《あら》ず。皆、女子にござります」

「何、女子じゃと？　馬鹿を申せ。正月から、この年寄りをからかうではない。第一、胸の膨らみがないではないか」

「胸は白布《はくふ》を巻いて押えておりますので平らなのでござります」

「白布で……なるほど。それにしても上手く小姓に化けたものよ。否、よう考え付いたものじゃ、肥後殿は」

「何でも、能の《関寺小町《せきでらこまち》》で、役者の北七大夫《きたしちたゆう》殿が小野小町を演じるのを見た折のことを思い出し、逆もできないかと思いついたとのことにござります」

——なるほど。面白いことを考える。

北七大夫は秀忠の好きな能役者で、江戸城内にわざわざ能舞台を建てるほどだった。《関寺小町》は年老いた小野小町が出てくる老女物で、家康の時代からある能だ。

「……されど、春日。上様一人なれば騙《だま》せるやもしれぬが、上様の周りには今も大勢の小姓が取り巻いておる。毎日、小姓部屋で寝起きを共にしておる小姓たちを遠ざけねば、簡単に見破られてしまうのではないのか」

春日局は自慢げに頭を振った。

「抜かりはありませぬ」

今度は柳生宗矩の策だった。昨年暮れ、小姓部屋から十字架が出て来たとの理由で、家光の周りにいた小姓をすべて取り調べているという。十字架を小姓部屋に仕込んだのは柳生配下の伊賀忍者。キリシタンは寛永十年から発布された〈寛永鎖国令〉の中の禁止項目の一つで、幕府が最も強化している点でもある。

「上様は三十三と男盛り。それがすべての小姓を取り上げられて、今は体が小姓を欲して止《や》まぬはず。もう十日ほど十分に焦《じ》らしてから、この者三人をお側に送り込めとの但馬守殿の命にござります」

「焦らしてから……のう。さすが権謀術数に長けた但馬守殿。十字架を使うとは旨いやり方よ。勿論《もちろん》、この者たちの素性は確かであろうのう」

「はい。右のお振《ふり》は、わが侍女おなあの娘、おたあの子」

「何と。おなあの孫娘か」

お振は鼻筋の通った、すっとした少年顔。切れ長の目が清々《すがすが》しく青みを帯びていた。

「真ん中のお蘭《らん》は、この春日が三年前に奥に入れた娘で素性は確か。左のお夏は京の生まれで中ノ丸殿にお仕えしておりましたが、中ノ丸殿の侍女に嫌われておるのを不憫に思い、もらい受けた娘にござります」

お蘭は鈴を張った目が印象的で、お夏は京生まれらしい丸顔だった。

「となれば、あとは女嫌いの上様をどう導くかじゃ」

「それもご懸念には及びませぬ。これは男と女子の、戦にござりまする」

三人の娘たちには甲賀流秘伝〈房中術《ぼうちゅう》〉の奥儀《おうぎ》をしっかりと仕込んでおり、一度、娘たちの体に手を出せばもう離れられなくなるという。

「この際、女子というものをとくと上様の体に覚えさせてあげまする」

あまりの露骨な言葉に、年甲斐もなく顔が赤らむのを覚えた。

「……したが春日、男と女子の違いは単に体だけであろうか」

「はて。衆道をやめさせるには、やはり男と女子の体の違いをわかってもらうのが一番かと存じまするが」

「そうは思わぬ。というより、上様が女子の体だけになびいたとすれば、単なる淫欲《いんよく》。情けないではないか。少なくとも神君東照大権現様は女子をそのような目で見て、側室にされたことなど一度もなかったように思うぞ」

「と、申されますると？」

「やはり、人が人に惚《ほ》れるは才。そして人と人を結ぶは信であり、次に情——上様を思う心であろう。女子の心が男と、どこが違い、どう優れておるかではないか、春日。上様を騙すような真似までして女子を近づけるは、奇策というより、愚策でしかない」

「されば……、止めよと？」

「そうではない。肥後殿が策を考え、せっかく但馬守殿が小姓を上様の側から追い払うたのじゃ。試してみる価値はある。したが、体を武器にしてはならぬと申しておる。それでは衆道が女色に代わっただけ。あまりに上様を愚弄しておる。上様は遊女屋に来た客ではない。泰平の世をつくらねばならぬ、将軍ぞ。わかったの、そこな三人。そこを踏まえ、上様に心を込めてお尽くし致せ」

はい——。小姓姿の娘三人は女に戻ったように柔らかく平伏した。

六

阿茶は八十二回目の桜の開花を床から眺めていた。

二月半ばを過ぎた辺りから急に体が衰え立てなくなり、床に就くようになった。八十二ともなれば、いつ死んでもおかしくない。やはり歳、否、終焉《しゅうえん》に近づいているのだろう。周りの家人たちは阿茶が一日も早く往生するのを待ち望んでいるように思えてならない。勝手な思い込みか、歳を取れば、それほど厄介な存在になりつつあるのだろう。己でも、まさか八十二まで生き長らえるとは思いもしない。

春日局からは、正月以降、ふっつりと音沙汰《おとさた》がない。

女子というものをとくと上様の体に覚えさせてあげまする——とは言ったものの、旨くいかなかったのだろう。いくら小姓に化けさせたとはいえ、それを見抜けぬほど暗愚な家光とも思えない。いや、それで女に走ったとすれば、先が思いやられる。

こう考えていくと、保科正之という男は、その場、その場を旨くすり抜け、周りに敵をつくらず、着実に己の目的を遂げていく底知れぬ策士に見える。異腹とはいえ、家光とは実の兄弟なのだ。高遠藩三万石では不服で当然だ。やはり狙《ねら》っているのは、将軍家の座そのもの……。——おそらく。

となれば、一日も早く家光の衆道を止めさせ、世継ぎをつくるしかない。

解決の答えはわかっている。だが、その手立てが見つからない。

阿茶は堂々巡りから逃れるように寝返りを打って、床の間にある家康の肖像画の掛け軸に目をやった。

「お前様。世の中というは思うようになりませぬのう。早うお前様から出された厄介ごとを片づけて、もう一度、京の都を見てから死にたいものじゃ」

目の錯覚か、きょうは掛け軸の家康の顔がほころんだように見えた。

その刹那だった。家康の肖像画が動いた。


「八十二も生きながらえて酸《す》いも甘いもわかっておるに、何を今さら『世の中というは思うようにならぬ』などと寝言を言うておる。世の中というは思いどおりにならぬからこそ、修行の場ではないか、お阿茶」

「驚きじゃ。きょうは聞いてくださるのかえ。すみませぬ、東照大権現様。家光殿と保科正之殿とは兄弟仲ようやっておるとのことにござりまするが、未だ正之殿の正体の程は摑《つか》めませぬ。それと、少し言い難《にく》いことでござりまするが」思わず溜め息が出た。「家光殿の衆道はまったく治りませぬ。将来、正之殿に生まれた嫡男が将軍の座に就くことになるやもしれませぬ。おそらくそれが正之殿の目的であったと思われまする。ま、わずかながらも東照大権現様の血を引く曾孫《ひまご》ゆえ、それでも構いませぬかと思いまするが、〈徳川〉姓を名乗らぬというところに、何やら正之殿の心の奥底にある、黒い奸計《かんけい》のようなものを感じまする」

家康が眉間に皺を寄せた。

「お阿茶。相変わらず戦国の世の名残りか。『人と人を結ぶは信』と春日に説きながら、未だに疑いの心で人を見ておるとは呆れるのう。疑いの心で見ては、白いものも黒く見えるものぞ。それでは真の姿——実相は見えてはこぬ」

「まぁ。暫くお声を聞かぬと思うたら『実相』などと末法《まっぽう》臭い。あの世でお坊様の修行でもなされたか。阿茶は疑《うたご》うておるのではありませぬ。万が一のことを考え、それに備えておるだけのこと。油断大敵。平時の見落としこそ、災いに転ずるのではありませぬか。東照大権現様は信長公より長男信康殿や築山殿に掛けられた嫌疑や、その後に豊臣家に出奔した石川数正殿のことをお忘れか。すべては東照大権現様のご油断」

家康は舌打ちした。

「つまらぬことをいつまでも憶えておって、鬼の首を取ったように申すな。ま、よい。そろそろ戦国の世を知るそなたもお役御免じゃ。徳川の慶事を少し味おうてから、こちらに参れ。ただし、こちらに来る前に己の中の鬼を追い払《はろ》うておけ。さもなくば、この極楽浄土には参れぬ。ここは赤鬼や青鬼など、如何《いか》なる鬼も持ち込めぬでな」

「何を仰《おお》せか。いくら山姥に似ておるからと、阿茶の心に鬼などはおりませぬぞ」

「己では気づかぬようじゃのう。わしには黒鬼が一匹見えるがのう」

「黒鬼……」――といえば〈五蓋《ごがい》の鬼〉のことか。確か、赤鬼は強欲。青鬼が憎悪《ぞうお》。黄鬼が我執で、緑鬼は怠け。黒鬼は……何であったか思い出せない。

「さすがお阿茶の心に棲まう黒鬼。見つかると思うて隠れておる。もうそろそろ春日が参るゆえ、訊《たず》ねてみよ。それでもまだ黒鬼を棲まわせておるようなら、極楽浄土には死んでも参れぬと知れ」

はぁ……？　と返事を返すと同時に、「母様」と呼ぶ春日局の呼ぶ声で目が覚めた。

おぼろげな視線の先に、こちらを覗《のぞ》き込む春日局の顔があった。

「あ、お気が付かれましたか」

阿茶は目を瞬《しばたた》かせて、掛け軸の家康と春日局を交互に見た。

「……また夢を見ておったか。近頃はほんに夢と現し世《うつよ》の境がわからぬようになってしもうた。歳よのう。時に春日。そなた、黒鬼を存じておるか」

「黒鬼……？　ああ、〈五蓋の鬼〉のことにござりまするか」

「そうじゃ。赤鬼と青鬼、黄鬼、緑鬼は思い出せたのじゃが、歳のせいか、黒鬼だけが何であったか、思い出せぬ」

「黒鬼は猜疑《さいぎ》であったと思いまする」

「猜疑の鬼……」

「以前、天海大僧正《そうじょう》様にお伺いした折、人はおしなべて赤鬼の強欲、青鬼の憎悪、黄鬼の我執、緑鬼の怠慢、黒鬼の猜疑の五つの鬼により、心に重い蓋《ふた》をされておることから〈五蓋の鬼〉と申すそうで、五つの鬼から心がほどけた時にホトケ——即《すなわ》ち、仏になるのだそうです」

——つまり、すべての鬼を消さねば、極楽浄土にはたどり着けぬということか。

「黒鬼が何か」

「いや、何でもない。それより、如何した、春日。何か、城で変事でも起きたか」

「はい。大変なことが起きました。上様が」

「——上様が如何した！」

春日局は突然、顔を歪《ゆが》ませた。悲しみとも喜びともつかない表情だった。

「上様が、あの上様が……」

「だから如何したのじゃ、春日。早う申せ」

「ついに、ついに側室を迎えられました」

「――何、側室を……！　そはまことか。して、相手は誰じゃ」

「お振にございます。しかも、これまでお側《そば》近くにいた小姓たちは皆、お役御免となり、上様は毎夜、お振の許に足を運ばれておられます」

「――でかした！　それでこそ上様じゃ」阿茶は涙でぼやけた目を掛け軸に向けた。

「……お前様。ついに孫は衆道を断ち切り、ようやく女子に目覚められましたぞ。よかったのう、春日」

「すべての糸口は、肥後殿が考えた策のお蔭《かげ》にございます」

「ふん。あのようなあざとい策で、上様がそこまで変わられたとは信じられぬ」

阿茶は言下に厳しい顔を向けた。

「母様。あざといなどと申されますな。肥後殿は、上様が気づかれるのを承知の上で提言なされたのでございますよ」

「何、承知の上じゃと……？」

保科正之は娘三人を小姓の姿にと考えたのは己と吐露した上で、諫言したという。

「上様からのお話では、肥後殿は『天下を治めるには万民の心を知らねばなりませぬ。天下の半分は女子。女子の心を知らねば、天下万民の心の半分を知らぬこととなりまする。それでは真のご政道とは言えず、天下を治めたことにもなりませぬ』と申された由に。これには『知恵伊豆』の伊豆守殿も舌を巻かれたとか」

「女子の心を知らねば、天下万民の心の半分を知らぬじゃと？」――何と小賢《こざか》しい。よう知恵が回るものよ。

その時、床の間の方から、「――早う心の中の鬼を追い出さぬか。そういう見方こそが鬼の仕業ぞ、お阿茶！」と家康の声が飛んだ。

「鬼の？」と鸚鵡《おうむ》返しに問うと、春日局は苦笑した。

「あ、はい。あの鬼の伊豆守殿も驚かれて。上様も近頃は肥後殿を『わが弟』と呼んで、どこへ行くにもお供をさせておられます。これで母様のご心配なさっておられたご案件二つすべて、良い兆《きざ》しが見えて参りました」

したが――と言おうとした時、「――まだわからぬか、お阿茶！」と怒号が飛んだ。

「それが戦国の世の名残りぞ。〈疑《ぎ》心《しん》、暗鬼《あんき》を生ず〉という言葉を忘れたか。戦の折、使《つこ》うたと自慢げに話したは誰じゃ。人の疑心は引き出せても、己の暗鬼は見えぬか」

三十歳の時だ。疑心があると、何でもないことに恐れを感じたり疑わしく思えたりして、正しい判断ができなくなると家康から教わった。小牧・長久手の戦の「八幡《はちまん》林《ばやし》（羽黒）の戦い」の折に使った時のことは、今も鮮明に思い出せる。

七

天正十二年（一五八四）三月十七日早朝――。

一進一退の攻防が続く戦況の中、秀吉方が本陣を置く犬山城と、家康が奪取した小牧城との間の八幡林に、秀吉方が兵三千を進めたとの報せが届く。

家康はすぐさま五千の兵を迎撃に向かわせた。その中に阿茶もいた。

阿茶は使者として、わずかの兵とともに薄暗い八幡林の中で森長可《ながよし》勢を探していた。使者は殺さないのが古来より武士の倣《なら》いとなっているが、戦況ではどうなるかわからない。阿茶の役目は森長可の兵を引き返させることにあった。

しばらく探し回っていると、林の中で軍勢を従え陣羽織を着た騎馬武者と出くわす。

敵は奇襲をかけようと、早々と動き出していた。

阿茶は下馬して、片膝をついた。

「森武蔵守《むさしのかみ》殿の隊とお見受けいたす。われらは徳川の使い。伝言を持って参りました」

騎馬武者は阿茶の出で立《い》ちに苦笑した。

「女だてらに具足を付けて戦場に来るとは呆れる。徳川はよほど兵が足りぬと見える。わしが森武蔵守長可じゃ。伝言は何じゃ」

「森武蔵守殿の親父《おやじ》殿、池田恒興《つねおき》殿はわれら徳川方にお味方なされた。されば、森武蔵守殿も速やかに徳川に付かれますようにと」

森長可は池田恒興の娘婿《むこ》だった。

「ふん。たわけたことを申すな。先ほどまで親父殿とは一緒であった。わが羽柴勢は三万ぞ。こたびは徳川の負けじゃ。それを見誤る親父殿ではないわ」

「嘘ではござりませぬ。われらは密かに親父殿の願いを受けて、ここにおりまする」

「――何。親父殿の……まことか？」

「親父殿は、羽柴秀吉という男は所詮、信長公の大恩《だいおん》をも顧《かえり》みず、お倅様の信孝《のぶたか》殿を亡き者にし、今また信雄殿までも殺《あや》めようと兵を向ける忘恩《ぼうおん》の徒。大義はない。それゆえ元織田家に仕えたわれらを、捨て駒《ごま》としか見ておらぬと申されて」

「す、捨て駒としか見ておらぬ……」顔色が変わった。

──疑心が生まれた。

「それゆえ森武蔵守殿が先鋒《せんぽう》にされておるのです。わずか三千の兵で」

「三千が、わずかじゃと？」

──疑心から暗鬼が出てきた。もう一息じゃ。

「この先の小牧城はすでにわが徳川の手に落ちております。迎える、わが徳川勢は八千」わざと多く言って不安を煽《あお》る。「森武蔵守殿はすでに囲まれております。如何なさる。親父殿は兵五千。われらが法螺《ほら》貝を鳴らせば、森勢は敵として徳川勢だけでなく、親父殿とも戦うことと相なりまするが、宜しいか」

「お、親父殿と戦う……」顔が止まった。「──う、嘘じゃ、嘘じゃ！　そのようなことがあろうはずはない」

──暗鬼が大きくなっていく。もう平常な判断はできない。

「残念。致し方ござらぬ。──者ども、法螺貝を吹け！」

阿茶の後ろにいた数人の兵が一斉に法螺貝を吹き始めるや、それに呼応するように阿茶の背後の鬱蒼《うっそう》とした茂みの奥から酒井忠次勢の鬨《とき》の声が上がった。

森長可は青ざめた顔で「──引け！　引け！　犬山城に引くのじゃ！」と叫びながら慌《あわ》てて馬首を返していった。

それを見越して、徳川の鉄砲隊が森勢の背後に先回りして待ち伏せている。

その後、まもなくだった。徳川勢の一斉射撃による筒音が八幡林の奥で轟《とどろ》いた。


「ようやく思い出したか。疑心は誰の心にも生ずる。お阿茶。疑うておっては相手の心にも暗鬼が生まれ、やがては心に蓋をし、それが災いとなる。秀忠と忠輝しかり、家光と忠長しかりぞ。互いが信じられぬゆえの不和ではなかったか。泰平の世は真実を見抜く目を持たねばならぬ。したが、信じることは強固な絆《きずな》を生む。家光はそれに気づいて、変わったのじゃ」

家光は正之の諫言で、将軍の役目の何たるかがわかったからこそ、天下泰平の政のために己の嗜好《しこう》であった衆道を捨て、将軍家の将来のために側室を迎え入れたという。

家康は優しく諭すように言葉を継いだ。

「暗鬼は常に心の隙《すき》を窺《うかが》い、両者を敵対させ、泰平の世を覆《くつがえ》そうとする。泰平の世づくりは、人と人とが互いに信じ合ってこそ成り立つもの。長い間、奥をまとめてきたお阿茶に、それがわからぬはずはない。——いやいや、謝らねばならぬ。お阿《あ》茶には済まぬことをした。戦国の世を終わらせるためとはいえ、そなたの心の中に悪しき鬼を何匹も生ませてしもうたは、わしじゃ。長い間、苦労を掛けて相済まぬ。早う元のお阿茶に戻れ」

——元の阿茶に戻れ……？　もしかして、心に棲む暗鬼を追い出すために……、否、未熟な私めの心を案じて、何度もこの世に出てきてくだされたのかえ、お前様は。

家康は軽く頷《うなず》くと、はにかむように微笑んだ。

「この極楽浄土は良きところなれど、やはり側にお阿茶がおらねば寂しいでな」

側にお阿茶がおらねば寂しい——。

思いも掛けない、家康の一言だった。それだけに、今まで味わったこともない熱い思いが込み上げてくる。と同時に、涙が止めどもなく溢れ、己ではどうすることもできない。嬉しさのあまり、嗚咽《おえつ》までしてしまうほどだった。

「——如何なされた、母様」と春日局。「何をそのように涙されておられる。どこぞ苦しいのでござりまするか」

阿茶は頭を振った。

「胸が苦しいほどに、今が嬉しくて堪《たま》らぬ。このような仕合わせな時が、年老いて訪れようとは夢にも思わなんだ……。よくよく考えれば、肥後殿も秀忠殿の実のお子。お身内にもかかわらず猜疑の目で見てしまい、危うく敵にするところであった。戦国乱世に身に付いた悪しき習慣は、泰平の世では捨てねばならぬのう、春日」

——そうじゃ、お阿茶。ようやく最後の黒鬼が消え、元の美しきお阿茶の心に戻ってくれたのう。嬉しいぞ。褒美《ほうび》に、ゆるりと京見物をしてから、こちらに参れ。

掛け軸の家康に向けた視線を遮るように、春日局が顔を覗かせた。

「母様。これからは徳川三代目上様の、新たな時代となりましょう。兄弟仲もいい今、もうわれら年寄の出番はありませぬ。これからを担《にな》う若い者たちを信じ、遠くから見守っておりましょうぞ」

「若い者たちを信じ、年寄は遠くから……春日の申すとおりじゃ。泰平の世づくりは、人と人とが信じ合ってこそぞ。最後のわらわの鬼退治もできたゆえ、京見物でもしてこようかのう」

「そうなさりませ。和子様や皇女様たちも喜ばれましょう」

庭に目を移す。桜の花がはらはらと散っていた。

「京の桜はもう散ったかのう」

「母様。来年の春には上様の和子《わこ》を抱いての花見になりましょうぞ。それを楽しみに、まだまだ長生きなされてくださりませ」

「新たな時代に……上様の和子が生まれ出るか。冥途《めいど》の土産に早う見たいものよ」

阿茶はようやく心の重い蓋が取れたようで、体までもが軽くなるのを感じながら、深い眠りに落ちていった――。

＊＊＊

二ヵ月後、江戸城内は、お振ことお振ノ方の懐妊で喜びに包まれた。そして――。

翌寛永十四年（一六三七）閏《うるう》三月、お振ノ方は家光の初めての子、千代姫を産んだ。

残念ながら阿茶ノ局は、その吉報を待たず一月二十二日、京にて八十三歳の生涯を閉じた。

その日は桜の花びらにも似た花弁雪《はなびらゆき》がはらはらと降り、京の古刹《こさつ》を白く埋めていったという。

八

阿茶は青空の下、色とりどりの花が咲く緑の草原を駆けていた。

草花に春の香りがする。練絹《ねりぎぬ》と綾絹《あやぎぬ》の白小袖二枚しか着ていないこともあり、若い頃に戻ったように身が軽い。気のせいか、時々、頬に掛かる灰色の髪も、走るにつれ、徐々に黒く長くなり、艶《つや》まで蘇《よみがえ》っていくよう。

柳の木が立つ土手の横に、赤い欄干《らんかん》の橋が見えてきた。

阿茶は橋の袂《たもと》で足を止めた。

人影はない。橋は擬宝珠《ぎぼし》のある日光の神橋《みはし》に似てはいるが、それより長く神々《こうごう》しい。

橋の下には青々とした川が流れており、軽やかな水の音をたてている。

橋の奥、向こう岸は眩《まばゆ》い光でよく見えない。

——これが〈三途《さんず》の川〉か……。

足を一歩踏み出そうとした時、背後から誰かが優しく両肩を掴んだ。

「お阿茶。待っておったぞ」と家康の声。「京見物をして、曾孫が生まれてから来ると思うておったが、意外と早かったではないか」

「京見物や曾孫の顔より、愛《いと》おしいお前様に早う会いとうて」

振り向くと、かなり若い頃の家康が黄緑色の小袖姿で立っていた。

「あれ……！　お前様。そのように若《わこ》うなられて。それではわらわのような老婆と釣り合いが取れませせぬぞ」

「何を申す、お阿茶。今のそなたは、身も心も凜《りん》として美しい。これを見よ」

家康は懐から柄鏡を出して向けた。

柄鏡に映っていたのは二十代の頃の、肌が透《す》けるように白く、体もほっそりとしている、潑剌《はつらつ》とした阿茶の姿だった。

「あらあら、わらわまでこのように若返って……」

「長い間、ご苦労であったの、お阿茶」

しみじみとした家康の言葉に、再び熱いものが込み上げてくる。

「……罪なお人じゃ。あの世に来ても、まだ泣かせるおつもりかえ」

家康は笑みを浮かべ、右手を差し伸べた。

「さあ、共に参ろう、お阿茶」

「あい」

阿茶は家康の手に己の手を重ね、家康に導かれて橋を渡り日の光の中へと入っていった。

◆参考文献

『柳営婦女伝叢・玉輿記』国書刊行会編
『徳川実紀・第1編』経済雑誌社校
『源氏物語』「花散里」紫式部著　谷崎潤一郎訳（中公文庫）
『日本女性人名辞典』（日本図書センター）
『家忠日記』松平家忠著（文科大学史誌叢書）
『うまい雑草、ヤバイ野草』森照彦著（SB creative）
『林羅山』鈴木健一著（ミネルヴァ書房）
『春鑑抄』林羅山著（奈良女子大学学術情報センター蔵）
『関ヶ原合戦と大坂の陣』〈戦争の日本史17〉笠谷和比古著（吉川弘文館）
『大坂城　天下一の名城』宮上茂隆著（草思社）
『大坂商人』武光誠著（ちくま新書）
『新・早わかり格言小事典』日本棋院編（日本棋院）
『千姫考』橋本政次著（神戸新聞総合出版センター）
『リーフデ号の人びと』森良和著（学文社）
『徳川将軍家十五代のカルテ』篠田達明著（新潮新書）
『平家物語・第一巻』（有朋堂文庫）
『別冊歴史読本　春日局の生涯』（新人物往来社）
『徳川秀忠「凡庸な二代目」の功績』小和田哲男著（PHP新書）

『徳川家光』藤井譲治著　日本歴史学会編（吉川弘文館）
『保科正之のすべて』宮崎十三八編（新人物往来社）

◆参考資料
〈越天楽今様〉慈鎮作詩
現存する家康の幼少の書と手形（法蔵寺蔵）
〈日光東照宮御遺訓〉（日光東照宮蔵）
〈乃可勢〉の笛（長野県貞松院蔵）長野県諏訪市有形文化財
＊その他、インターネットなどを参考にさせて頂きました。

解説

大矢博子

今年（二〇二三年）のNHK大河ドラマ「どうする家康」で注目が集まっている徳川家康。特にSNSなどで話題になっているのは、正室・側室の描き方だ。正室・築山御前の性格や信念、西郡《にしごおり》ノ局の本音、お万ノ方の策略。最新の研究を取り入れて従来のイメージを大きく覆《くつがえ》しつつ、その一方で史実や有名な逸話と齟齬《そご》のない結末に持っていく解釈は大きな反響を呼んだ。

こういった挑戦ができるのも、こと女性については一次史料が少ないからに他ならない。天下人の正室・側室なので、どこの誰の娘であり、誰を産んだというあたりはわかっていても、それ以外の生涯は決して詳《つまび》らかではない。いわんやその心中をや。だからそこにフィクションが入る余地がある。家康の正室は築山殿と朝日姫のふたりだけだが、なんせ一説には二十人もの側室がいたというのだから、誰をどのように登場させるか、史実や逸話と齟齬のないようにどう解釈してみせるか、制作側の腕の見せ所だ。

さて、そこで『凜《りん》と咲け　家康の愛した女たち』である。仁志耕一郎は家康の正室・側室の中から六人を選んだ。彼女たちを描くことで当時の女性たちの置かれた状況を活写するとともに、家康の覇道を女性の目から見た連作となっている。

ひとつずつ見ていこう。

第一話「花散里」は築山殿。武田との内通を疑われ、織田信長の命令で嫡男《ちゃくなん》・信康ともども粛清された——というのが最も知られた説だろう。実際には内通はなかったとか、今川の出なので三河武士から疎《うと》んじられていたとか、さまざまな説がある。正室と嫡男の粛清は家康にとっても大きなできごとであり、多くの小説の題材になっている。

本編の築山殿は無実だ。夫・家康と疎遠《そえん》になっていることを寂しく思い、浜松に呼ばれたと聞いて胸を弾ませる。しかしそれは……。築山殿暗殺の実行者とされる野中重政と築山殿の視点を行き来しながらその日を描いたこの物語では、野中の迷いもさることながら、ことが終わったあとの家康の態度が印象深い。そういう解釈にしたのかと膝《ひざ》を打った。

第二話「側室、出奔！」はお万ノ方。当時は不吉とされた双子を産んだことで、ふたりの息子は家康に疎まれる。そのうち義伊丸（後の結城秀康）は人質のような形で秀吉の養子となった。お万は納得できず、我が子に一目会おうと岡崎を出奔、大坂を目指す。そこで出会ったのは、徳川から豊臣に寝返った石川数正だった——。

面白いのは、側室とはいえお万ならこれができる、という点だ。お万は正室・築山殿の許可なく家康が手を出したため（側室についてのすべての権限は正室にあった）、築山殿によって浜松城より退去を命じられたと史料にある。つまり自由な行動がとれたわけだ。なるほど、うまいなあ。

ここまでの二篇に共通するのは、妻として、母として、戦国の習いに翻弄《ほんろう》された女性の姿である。正室であろうとお家のためなら命を奪われる。息子は政治の道具として使われる。そこに彼女たちの意志や感情が入る余地はない。そういう時代であったことが、このふたつの物語から浮かび上がる。

しかし第三話から少しずつ味わいが変わってくるのが読みどころ。「三十日月《みそかづき》」は家康の最初の側室であり、家康の次女・督姫の生母である西郡ノ局の物語。すでに四十代も半ばとなり、忘れられた存在と自嘲《じちょう》していた西郡ノ局だったが、同じく初期からの側室である阿茶《あちゃ》ノ局から相談を持ちかけられた。若い側室の茶阿ノ方が双子を産んだというのだ。双子は不吉、表にばれてはならない。そこで西郡ノ局と阿茶ノ局は一計を案じた——。

つまりここで初めて、側室たちが協力して家康に対抗するという話になってくるのである。これは側室たちがただ子を産むだけの役目ではないことを表している。彼女たちは家を守ると同時に自分たちと子どもたちを守るために協力する「同僚」なのだ。西郡ノ局が同年代で人質同然に豊臣から送られてきた継室・朝日姫の世話をしたというのも、それを表している。

さらに第四話「夏の算盤《そろばん》」で描かれるお夏ノ方は、大坂冬の陣で本陣に供奉《ぐぶ》している。大坂の商人を金勘定で手玉に取り、大坂城天守閣を砲撃する作戦の相談に乗る。落城前に返された家康の孫・千姫のケアを任され、家康の大望を語る。実際にそういうことがあったかどうかはさておき、本陣に供奉したのは事実であり、その後も重く扱われていることから、ただ慰みのために同行したのではないことは自明だ。同じく大坂の陣で徳川方の名代として交渉に当たった阿茶ノ局同様、側室が政治の場にいたことがわかるのである。

第五話「春の夜の夢」は家康の六男・松平忠輝《ただてる》の生母である茶阿ノ方の物語。第三話で双子を産んだ側室である。この忠輝が問題児で家康の勘気を被《こうむ》り、対面を禁じられてしまう。茶阿ノ方はなんとかとりなそうとするのだが……。

これは天下人の側室、息子としての心得の物語だ。忠輝には、今際《いまわ》の際《きわ》に家康が茶阿ノ方を介して「乃可勢《のかぜ》」と呼ばれる笛を与えたと伝わる。織田信長、豊臣秀吉を経て家康が手にした名器だ。それを、家康を怒らせ、配流《はいる》となった六男になぜ与えたのかの謎《なぞ》解きが光る。

そして最終話の「最後の鬼退治」は、家康の懐《ふところがたな》刀とも言える阿茶ノ局。すでに家康は鬼籍に入り、三代将軍家光の時代。齢《よわい》八十を超えた阿茶ノ局は、女に興味を示さない家光を不安視し、春日局に相談を持ちかける。

築山殿亡《な》きあと、奥向きの一切を任された側室中の側室である。家康との子を産めなかったにもかかわらず、家康の深い信頼を得て、従一位《じゅいちい》という官位を授けられるまでになった女性だ。秀忠と松平忠吉の養育にもかかわり、家康に代わって徳川家のその後を見守った。

こうして六話を続けて読むと、家康が織田と同盟の関係にあった時代に始まり、豊臣の臣下になった時代、そして幕府を開き、大御所となり、大坂の陣を経て、亡くなって以降までの家康の後半生が描かれていることがわかるだろう。

何度も危機に遭い、還暦を過ぎてようやく天下を手中におさめた家康の生涯には、常に女性たちの姿があった。命や子を奪われた者がいる一方で、家康を支え、天下人になる手助けをした者もいた。戦場で敵と戦い、天下を目指したのは、なるほど男たちだったろう。しかし女もまた戦っていたという厳然たる事実が、これらの物語から浮かび上がる。そして彼女たち正室・側室の存在なしには、家康は天下人たりえなかったのではないだろうか。

ここで、本書とぜひ併せてお読みいただきたい仁志耕一郎の短編集がある。『家康の遺言』（講談社）だ。石川数正、鳥居元忠、渡辺半蔵、千姫、そして家康自身を主人公にした短編が収められているが、本書収録の短編と表裏一体を為《な》すものも多い。たとえば「逢坂《おうさか》の難関」は石川数正がなぜ豊臣方に寝返ったのかを描いたものだ。お万ノ方は登場しないがこのタイミングでお万が来たのだなあと想像すると、石川数正の内心が想像できて実に面白いのだ。また「千の貝合わせ」は本書の「夏の算盤」の裏表である。お夏ノ方が大坂城攻撃の算段をしているとき、城内では何が起きていたか。逆の視点から見ることができる。

特に表題作「家康の遺言」には「春の夜の夢」と同じ場面が登場するのみならず、築山殿粛清について家康がどう思っていたか（本書と同じ真相が用意されている）も描かれる。「家康の遺言」に描かれる築山殿は本書の「花散里」とはやや造形が異なるが、「花散里」への返歌のようにも見えて、併せて読むことで物語が何倍にも膨らむのだ。

これが歴史小説の面白さだ。家康の見る歴史と築山殿の見る歴史は違う。同じ側室でも、阿茶の局と茶阿の局が見る景色も違う。歴史は誰かひとりによって作られるのではなく、そんな無数の人々の経験が、思いが、撚《よ》り合わさってできているのだ。仁志耕一郎は、そんな撚り糸から一本を抜き出す。あるいは、撚られた糸の断面を描く。他の作品も然《しか》りだ。『按針《あんじん》』(ハヤカワ時代ミステリ文庫)ではウィリアム・アダムスから見た家康が、『玉繭《たままゆ》の道』(朝日新聞出版)では伊賀越えに同行した茶屋四郎次郎から見た家康が登場する。『松姫はゆく』(角川春樹事務所)は武田信玄の娘・松姫が主人公で、武田と織田・徳川連合軍の戦いが描かれる。

それぞれが見た家康を、歴史を、どうかじっくりと味わっていただきたい。そしてその陰には本書に登場した側室たちがいたのだと思いを馳《は》せれば、そこにはまた新たな景色が広がるに違いない。

(令和五年六月、書評家)

初出
「花散里　築山御前の巻」（「小説新潮」二〇二三年四月号）
他はすべて書下ろし

安部龍太郎著

血の日本史

時代の頂点で敗れ去った悲劇のヒーローたちを描く46編。千三百年にわたるわが国の歴史を俯瞰する新しい《日本通史》の試み！

安部龍太郎著

信長燃ゆ（上・下）

朝廷の禁忌に触れた信長に、前関白・近衛前久の陰謀が襲いかかる。本能寺の変に至る一年半を大胆な筆致に凝縮させた長編歴史小説。

安部龍太郎著

下天を謀る（上・下）

「その日を死に番と心得るべし」との覚悟で合戦を生き抜いた藤堂高虎。「戦国最強」の誉れ高い武将の人生を描いた本格歴史小説。

安部龍太郎著

冬を待つ城

天下統一の総仕上げとして奥州九戸城を囲んだ秀吉軍十五万。わずか三千の城兵は玉砕するのみか。奥州仕置きの謎に迫る歴史長編。

安部龍太郎著

迷宮の月

白村江の戦いから約四十年。国交回復のため遣唐使船に乗った粟田真人は藤原不比等から重大な密命を受けていた。渾身の歴史巨編。

梓澤　要著

捨ててこそ　空也

財も欲も、己さえ捨てて生きる。天皇の血筋を捨て、市井の人々のために祈った空也。波乱の生涯に仏教の核心が熱く息づく歴史小説。

朝井まかて著

眩《くらら》

中山義秀文学賞受賞

北斎の娘にして光と影を操る天才絵師、応為。父の病や叶わぬ恋に翻弄されながら、絵一筋に捧げた生を力強く描く、傑作時代小説。

池波正太郎著

闇の狩人（上・下）

記憶喪失の若侍が、仕掛人となって江戸の闇夜に暗躍する。魑魅魍魎とび交う江戸暗黒街に名もない人々の生きざまを描く時代長編。

宇江佐真理著

春風ぞ吹く
―代書屋五郎太参る―

25歳、無役。目標：学問吟味突破、御番入り――。いまいち野心に欠けるが、いい奴な五郎太の恋と学問の行方。情味溢れ、爽やかな連作集。

宇江佐真理著

古手屋喜十 為事覚え

浅草のはずれで古着屋を営む喜十。嫌々ながら北町奉行所同心の手助けをする破目に――人情捕物帳の新シリーズ、ついにスタート！

宇江佐真理著

雪まろげ
―古手屋喜十 為事覚え―

店先に捨てられていた赤子を拾って養子にした古着屋の喜十。ある日突然、赤子のきょうだいが現れて……。ホロリ涙の人情捕物帳。

海音寺潮五郎著

西郷と大久保

熱情至誠の人、西郷と冷徹智略の人、大久保。私心を滅して維新の大業を成しとげ、征韓論で対立して袂をわかつ二英傑の友情と確執。

梶よう子著
ご破算で願いましては
―みとや・お瑛仕入帖―

お江戸の「百円均一」は、今日も今日とてんてこまい！　看板娘の妹と若旦那気質の兄のふたりが営む人情しみじみ雑貨店物語。

梶よう子著
五弁の秋花
―みとや・お瑛仕入帖―

お江戸の百均「みとや」には、涙と笑いと、色とりどりの物語があります。逆風に負けず生きる人びとの人生を、しみじみと描く傑作。

梶よう子著
はしからはしまで
―みとや・お瑛仕入帖―

板紅、紅筆、水晶。込められた兄の想いは……。お江戸の百均「みとや」は、今朝もお店を開きます。秋晴れのシリーズ第三弾。

西條奈加著
千両かざり
―女細工師お凜―

女だてらに銀線細工の修行をしているお凜は、神田祭を前に舞い込んだ大注文に天才職人時蔵と挑む。職人の粋と人情を描く時代小説。

西條奈加著
善人長屋

差配も店子も情に厚いと評判の長屋。実は裏稼業を持つ悪党ばかりが住んでいる。そこへ善人ひとりが飛び込んで……。本格時代小説。

西條奈加著
閻魔の世直し
―善人長屋―

天誅を気取り、裏社会の頭衆を血祭りに上げる「閻魔組」。善人長屋の面々は裏稼業の技を尽し、その正体を暴けるか。本格時代小説。

志川節子著
ご縁の糸
芽吹長屋仕合せ帖

大店の妻の座を追われた三十路の女が独り長屋で暮らし始めて——。事情を抱えて生きる人びとの悲しみと喜びを描く時代小説。

志川節子著
日照雨
芽吹長屋仕合せ帖

照る日曇る日、長屋暮らしの三十路の女がご縁の糸を結びます。人の営みの陰影を浮かび上がらせ、情感が心に沁みる時代小説。

藤沢周平著
本所しぐれ町物語

川や掘割からふと水が匂う江戸庶民の町……。表通りの商人や裏通りの職人など市井の人々の微妙な心の揺れを味わい深く描く連作長編。

藤沢周平著
たそがれ清兵衛

その風体性格ゆえに、ふだんは侮られがちな侍たちの、意外な活躍！　表題作はじめ全8編を収める、痛快で情味あふれる異色連作集。

藤沢周平著
竹光始末

糊口をしのぐために刀を売り、竹光を腰に仕官の条件である上意討へと向う豪気な男。表題作の他、武士の宿命を描いた傑作小説5編。

藤沢周平著
時雨のあと

兄の立ち直りを心の支えに苦界に身を沈める妹みゆき。表題作の他、江戸の市井に咲く小哀話を、纖麗に人情味豊かに描く傑作短編集。

有吉佐和子著

華岡青洲の妻

女流文学賞受賞

世界最初の麻酔による外科手術——人体実験に進んで身を捧げる嫁姑のすさまじい愛の葛藤……江戸時代の世界的外科医の生涯を描く。

有吉佐和子著

鬼怒川

鬼怒川のほとりにある絹の里・結城。戦争の傷跡を背負いながら、精一杯たくましく生きた貧農の娘・チヨの激動の生涯を描いた長編。

有吉佐和子著

悪女について

醜聞にまみれて死んだ美貌の女実業家富小路公子。男社会を逆手にとって、しかも男たちを魅了しながら豪奢に悪を愉しんだ女の一生。

有吉佐和子著

開幕ベルは華やかに

「二億用意しなければ女優を殺す」。大入りの帝劇に脅迫電話が。舞台裏の愛憎劇、そして事件の結末は——。絢爛豪華な傑作ミステリ。

藤原緋沙子著

月凍てる

—人情江戸彩時記—

婿入りして商家の主人となった吉兵衛だったが、捨てた幼馴染みが女郎になっていると知り……。感涙必至の人情時代小説傑作四編。

藤原緋沙子著

百年桜

—人情江戸彩時記—

新兵衛が幼馴染みの消息を追えば追うほど、お店に押し入って二百両を奪って逃げた賊に近づいていく……。感動の傑作時代小説五編。

諸田玲子著

別れの季節 お鳥見女房

子は巣立ち孫に恵まれ、幸せに過ごす珠世だったが、世情は激しさを増す。黒船来航、大地震、そして——。大人気シリーズ堂々完結。

森下典子著

日日是好日
—「お茶」が教えてくれた15のしあわせ—

五感で季節を味わう喜び、いま自分が生きている満足感、人生の時間の奥深さ……。「お茶」に出会って知った、発見と感動の体験記。

山本周五郎著

日日平安

橋本左内の最期を描いた「城中の霜」、武士のまごころを描く「水戸梅譜」、お家騒動をユーモラスにとらえた「日日平安」など、全11編。

山本周五郎著

松風の門

幼い頃、剣術の仕合で誤って幼君の右眼を失明させてしまった家臣の峻烈な生きざまを描いた「松風の門」。ほかに「釣忍」など12編。

山本周五郎著

ちいさこべ

江戸の大火ですべてを失いながら、みなしご達の面倒まで引き受けて再建に奮闘する大工の若棟梁の心意気を描いた表題作など4編。

山本周五郎著

深川安楽亭

抜け荷の拠点、深川安楽亭に屯する無頼者たちが、恋人の身請金を盗み出した奉公人に示す命がけの善意——表題作など12編を収録。

山本周五郎著
四日のあやめ
武家の法度である喧嘩の助太刀のたのみを、夫にとりつがなかった妻の行為をめぐり、夫婦の絆とは何かを問いかける表題作など9編。

山本周五郎著
一人ならじ
合戦の最中、敵が壊そうとする橋を、自分の足を丸太代りに支えて片足を失った武士を描く表題作等、無名の武士の心ばえを捉えた14編。

山本周五郎著
さぶ
職人仲間のさぶと栄二。濡れ衣を着せられ捨鉢になる栄二を、さぶは忍耐強く支える。友情を通じて人間のあるべき姿を描く時代長編。

山本周五郎著
青べか物語
うらぶれた漁師町・浦粕に住み着いた私はボロ舟「青べか」を買わされた――。狡猾だが世話好きの愛すべき人々を描く自伝的小説。

山本周五郎著
日本婦道記
厳しい武家の定めの中で、愛する人のために生き抜いた女性たちの清々しいまでの強靭さと、凛然たる美しさや哀しさが溢れる31編。

山本周五郎著
柳橋物語・むかしも今も
幼い恋を信じた女を襲う悲運「柳橋物語」。愚直な男が摑んだ幸せ「むかしも今も」。男女それぞれの一途な愛の行方を描く傑作二編。

新潮文庫最新刊

塩野七生著
ギリシア人の物語1
—民主政のはじまり—
名著「ローマ人の物語」以前の世界を描き、現代の民主主義の意義までを問う、著者最後の歴史長編全四巻。豪華カラー口絵つき。

吉田修一著
湖の女たち
寝たきりの老人を殺したのは誰か？ 吸い寄せられるように湖畔に集まる刑事、被疑者の女、週刊誌記者……。著者の新たな代表作。

尾崎世界観著
母《おも》影《かげ》
母は何か「変」なことをしている——。マッサージ店のカーテン越しに少女が見つめる、母の秘密と世界の歪《いびつ》。鮮烈な芥川賞候補作。

志川節子著
日日是好日
芽吹長屋仕合せ帖
わたしは、わたしを生きろう。縁があっても、独りでも。縁が縁を呼び、人と人がつながる「芽吹長屋仕合せ帖」シリーズ最終巻。

仁志耕一郎著
凜と咲け
—家康の愛した女たち—
女子《おなご》の賢さを、上様に見せてあげましょうぞ。意外にしたたかだった側近女性たち。家康を支えつつ自分らしく生きた六人を描く傑作。

西條奈加著
因果の刀
金春屋ゴメス
江戸国からの阿片流出事件について日本から査察が入った。建国以来の危機に襲われる江戸国をゴメスは守り切れるか。書き下し長編。

凜《りん》と咲《さ》け

家康の愛した女たち

新潮文庫　に-34-1

令和五年八月一日発行

著者　仁《に》志《し》耕《こう》一《いち》郎《ろう》

発行者　佐藤隆信

発行所　株式会社　新潮社

郵便番号　一六二—八七一一
東京都新宿区矢来町七一
電話　編集部(〇三)三二六六—五四四〇
　　　読者係(〇三)三二六六—五一一一
https://www.shinchosha.co.jp

価格はカバーに表示してあります。

乱丁・落丁本は、ご面倒ですが小社読者係宛ご送付ください。送料小社負担にてお取替えいたします。

印刷・株式会社光邦　製本・株式会社大進堂

ISBN978-4-10-104631-0 C0193